Aos que têm coragem

de enfrentar o desconhecido universo da alma humana e descobrir que é um imenso campo de oportunidades e realizações.

Ana Cristina Vargas

Começou a estudar a doutrina espírita aos dezessete anos, movida pela curiosidade de entender como funcionam os fenômenos mediúnicos. Em 2000, passou a psicografar livros inspirada e instruída pelo espírito José Antônio, em uma parceria que já dura mais de dez anos. Juntos, produziram romances de sucesso, como *A morte é uma farsa*, *Em busca de uma nova vida*, *Em tempos de liberdade*, *Encontrando a paz* e *O bispo*. Natural da cidade de Pelotas, no Rio Grande do Sul, também é fundadora da Sociedade de Estudos Espíritas Vida, localizada na mesma cidade.

Espírito Layla

Amiga espiritual de Ana Cristina Vargas, Layla foi apresentada para a autora pelo espírito José Antônio, parceiro da escritora há mais de uma década. Da sua história, além do que a própria Layla contou nos livros *Em busca de uma nova vida*, *Em tempos de liberdade* e *Encontrando a paz*, sabemos que ela também foi escritora e precursora dos direitos femininos e das ideias espiritualistas na Europa do século 19. Agora, na condição de espírito liberto da matéria, Layla nos fala sobre os muitos caminhos por ela percorridos até atingir um estágio de tranquilidade da alma, sempre buscando o progresso e levando mensagens de paz e alegria aos leitores.

Coordenadora editorial: Tânia Lins
Assistente editorial: Mayara Silvestre Richard
Coordenador de comunicação: Marcio Lipari
Coordenadora de criação: Priscila Noberto
Capa e Projeto gráfico: Jaqueline Kir e Rafael Rojas
Diagramadora: Letícia Nascimento
Preparadora: Mônica Rodrigues
Revisora: Cristina Peres
Redatora: Roberta Clemente

1ª edição – 3ª impressão
3.000 exemplares – janeiro 2016
Tiragem total: 9.000 exemplares

Sindicato Nacional dos Editores de Livros, RJ
CIP-BRASIL. Catalogação na Publicação

L455s
Layla (Espírito)
Sinfonia da alma / [pelo espírito Layla] ; psicografado por Ana Cristina Vargas.
1. ed. – São Paulo, SP: Centro de Estudos Vida & Consciência, 2014:
272 p.; 23 cm.

ISBN: 978-85-7722-357-2

1. Espiritismo. 2. Romance brasileiro. I. Vargas, Ana Cristina. II. Título.

14-12477 CDD-133.9
CDD-133.9

Índices para catálogo sistemático:
1. Romance brasileiro: Espiritismo

Este livro adota as regras do novo acordo ortográfico (2009).

Editora Vida & Consciência
Rua Agostinho Gomes, 2.312
Ipiranga – CEP 04206-001
São Paulo – SP – Brasil
editora@vidaeconsciencia.com.br
www.vidaeconsciencia.com.br

Sinfonia da Alma

Capítulo 01

— Mãe, agora não, tá? — pediu Denise, afastando a cadeira da mesa. — Já tá na minha hora, tchau!

Marlene olhou para o marido, e seu olhar mostrava inconformação e inquietude. Denise não precisava encarar a mãe para saber o que se passava, o assunto já era batido. Por isso, apanhou a mochila sobre o sofá e saiu. O tilintar suave do emissário dos ventos, feito de bambu e preso à porta principal da residência, anunciou a saída da jovem.

— Não sei mais o que fazer, Pereira. Ela é teimosa, não me ouve — reclamou Marlene. — Puxou à sua mãe. Você precisa falar com a Denise e tirar essa ideia estúpida da cabeça dela.

— Ih! — Renato sabia que quando a mulher o chamava pelo sobrenome, como era conhecido no trabalho, estava irritada. — Acalme-se. A Denise sempre foi difícil, mas é uma menina ajuizada. Apesar da teimosia e das esquisitices dela, nunca nos deu problemas. Graças a Deus, jamais se envolveu com drogas, nem com más companhias, é estudiosa, trabalhadora. Tenha calma, Marlene. É um sonho de juventude. Vai dizer que você não tinha os seus? Isso passa! Ela vai cair na real e esquecer essa história toda. Espere e verá!

Marlene jogou o guardanapo sobre a mesa. A paciência do marido a exasperava ainda mais. Reconhecia que, em parte, ele tinha razão. Afinal, era ela quem ouvia as confissões angustiadas da filha. Renato adorava a filha mais velha e, desde bebê, fizera dela a sua companheira. Com Camila, a caçula, tinha um bom relacionamento, mas ela era mais independente. Denise acompanhava o pai nas noites de pescaria aos fins de semana, cantava as músicas que ele gostava e o acompanhava nas festas com os amigos e, quando havia uma roda de samba, mesmo não sendo a preferência musical dela, acompanhava o pai e os amigos dele, cantando animada. Ele conhecia as angústias da filha, mas não encucava com elas. Deixava-a desabafar e simplesmente abraçava-a, brincava que a estava examinando, beijava-lhe os cabelos cacheados e respondia despreocupado:

— Você não tem febre, não tem dor, está corada e sadia. Então, esqueça! Está tudo bem. Vá pegar a bicicleta e vamos passear. O dia está lindo. Chame a sua mãe.

— Pai, ela não pode pedalar, esqueceu? O médico disse que faz mal para o joelho dela.

— Ah, é. Tem razão. Então vamos nós dois. Ela fica com a sua irmã.

E assim passaram-se os anos da adolescência de Denise, hoje com vinte e dois anos.

Voltando ao momento presente, Marlene acusou o marido:

— Para você tudo é fácil. Mas eu me preocupo. Ela não tem condições de ficar sozinha. Denise é frágil e, por mais que você diga o contrário, não me convence. Tenho medo de que ela se deprima. Sei lá, às vezes penso que ela vive à beira de uma neurose. Eu me preocupo.

Renato estendeu a mão sobre a mesa e segurou a da esposa, pressionando-a de leve, no intuito de confortá-la, e disse:

— Marlene, esse é o problema: você se preocupa demais. Esquece que tem coisas que são da idade, elas passam. Denise é uma menina saudável, e, como lhe disse, tudo isso não passa de um sonho. As chances dela são mínimas. Por que se desgastar por algo que tem, sei lá, noventa e nove por cento de possibilidade de não acontecer? Você fica aí se desgastando, criando atritos com a menina, enquanto podia estar calmamente aproveitando o tempo, curtindo o esforço dela. Ela irá se frustrar, é quase certo, mas se lembrará de que nós, os seus pais, a sua família, a apoiamos, torcemos por ela até o fim, e que continuaremos aqui quando a realidade chegar e o sonho for embora pela janela, meu bem.

— Não sei, Renato. Meu coração de mãe não sossega, e tenho medo de que as coisas não sejam tão simples como você vê. Já pensou no que você fará se ela realmente se for?

Renato soltou a mão da esposa e balançou-se na cadeira. Não gostava de pensar no assunto. Sabia que sofreria muito com o afastamento da filha. Reconhecia que era apegado e até possessivo em relação à sua menina. Por isso, sacudiu a cabeça com força, levantou-se e sorriu:

— Isso não vai acontecer. Está na hora. Você vai comigo?

Marlene suspirou e desistiu da conversa. Consultou o relógio de pulso e levantou-se apressada. Não teria tempo de recolher as louças, guardou os alimentos na geladeira e correu ao banheiro para terminar a higiene e aplicar uma maquiagem leve. Seu pensamento voltou-se às questões práticas da rotina.

Renato deixou a esposa em frente à empresa em que trabalhava, deu-lhe um beijo rápido de despedida e disse:

— Estarei aqui no final do expediente. Hoje temos que ir ao supermercado, não é? E depois, buscaremos Camila, certo?

— Exatamente. Bom trabalho, amor.

— Pra você também. Até mais!

Ela desceu do carro, e Renato partiu. O local de trabalho dele ficava a algumas quadras. Mais um dia se iniciava.

Capítulo 02

Equilibrando-se no corredor do ônibus lotado, Denise irritou-se ao ouvir o toque do seu celular. "Maldita hora que coloquei essa música!" O som estridente do rock do Black Sabbath tomava conta. Recebeu alguns olhares de censura, mas o rapaz ao seu lado sorriu e comentou:

— Maneiro! Gostei. Vou colocar no meu.

Denise sorriu sem graça, procurando o aparelho na mochila. Aliviada, encontrou-o e viu no visor o nome da professora e amiga.

— Oi, Vanessa!

— Oi, Denise. Você pode falar comigo?

— Estou no ônibus, está lotado e um pouco difícil. É urgente?

— Um pouco. Será que pode me encontrar na sala do departamento?

— Claro, estarei um pouco atrasada para a primeira aula. Já estou chegando.

— Ok, aguardo você. Beijo, querida.

Denise desligou e guardou o aparelho. O rapaz ao seu lado continuava sorridente. "Cantada de ônibus, não! Sexta-feira é demais! Se pelo menos fosse bonitinho", pensou.

Decidida, pediu licença e foi abrindo caminho com dificuldade até a saída. Desceu em frente aos portões do campus universitário.

Apressou-se para chegar ao local do encontro. Vanessa a esperava e, ao vê-la, Denise assustou-se:

— Pelo amor de Deus, o que aconteceu?

— Problemas domésticos, querida.

Denise sentiu a desolação tomar conta de seu ser. Adorava a professora, eram amigas desde a primeira aula. Vanessa era uma mulher sensível, inteligente, culta, mas mantinha um relacionamento conturbado com o namorado, Dênis. Denise o encontrara poucas vezes. Ele era arredio, possessivo e truculento. Não conseguia entender o que a amiga via nele. Não tinham absolutamente nada em comum. E, apesar de batida, obrigava-se a recorrer à velha frase "o coração tem razões que a própria razão desconhece" para explicar por que Vanessa parecia não conseguir se libertar do traste.

Olhando o rosto machucado da amiga, a boca inchada, com alguns cortes, não precisava pedir explicações. Vanessa tinha os olhos marejados de lágrimas, as faces avermelhadas. A fragilidade emocional estava literalmente "na cara". Denise decidiu não abordar a questão espinhosa, não tinha coragem de mexer na ferida.

— Sei, entendo.

— Denise, preciso lhe pedir um grande favor. Prometi cantar em um casamento amanhã e... — fez um gesto com a mão envolvendo o rosto. — Eu não queria me expor. São amigos da minha família e...

— Entendi, Vanessa. Não quer que a incomodem. Tudo bem! Acho que você tem direito de escolher o que quer e ninguém tem nada a ver com isso. Odeio lições de moral!

— Obrigada, querida. Só que ficou em cima da hora. Tentei localizar uma conhecida, antes de recorrer a você, mas ela está com a agenda cheia. Então, pensei em você. Amo a sua voz, ela é linda. Você tem muito talento, tem todas as condições de me substituir. Será apenas na cerimônia religiosa. São algumas músicas conhecidas, bem tradicionais. Você faria isso por mim, Denise?

Denise sentou-se, impactada.

— Vanessa! Mas eu não sei que músicas são, quem vai fazer o acompanhamento. Imagina se eu estrago a cerimônia de casamento! Eles vão me matar, e com razão!

— Não vão, não. Na verdade, estão apavorados. Eu já avisei que não poderia comparecer, mas garanti que haveria uma substituta e que tudo sairia perfeito como nos sonhos dela.

— E de quem é o casamento?

Vanessa declinou o nome de uma família conhecida e importante na cidade.

— Jesus! Eles vivem nas colunas sociais e revistas de fofocas. Você deve estar brincando comigo, Vanessa.

Desesperada, Vanessa pegou as mãos da jovem e pediu, com lágrimas descendo pela face:

— Por favor, Denise. Eu não posso ir. Mesmo que fizesse um milagre com a maquiagem. Dênis e eu brigamos feio ontem. Eu não quero mais ficar com ele. Até fui à Delegacia da Mulher e registrei a ocorrência. Procurei uma psicóloga logo cedo e comecei um tratamento. Cheguei no fundo do poço. Mas está sendo difícil e juro que assistir a um casamento está além das minhas forças — Vanessa rompeu em choro dolorido. — Imagina que fiasco! E todas as câmeras das revistas de fofoca para registrar essa bizarrice. Por favor, Denise! Aceite! O cachê é ótimo!

Penalizada, Denise abraçou-a. Nem ouviu os pedidos reiterados. Estava com dó e feliz ao mesmo tempo, enfim a amiga tomava uma atitude firme para resolver aquele relacionamento. Não recusaria apoiá-la.

— Está bem, eu irei. Mas não tenho roupa, acho que não posso ir de jeans, não é? Nem com os meus vestidos de balada. E precisamos ensaiar. Como será o acompanhamento?

— Órgão e cordas. Miguel e Catarina vão tocar.

— Santo Deus! No que eu me meti! Olha, tenho uma prova no segundo período. Depois que eu terminar, será que poderia marcar um ensaio com eles? Creio que eles também devem estar preocupados.

— Já marquei — declarou Vanessa, sorrindo entre lágrimas, agradecida. — Às 11 horas, lá em casa. Espero você no estacionamento. E não se preocupe com a roupa, poderá usar a minha. Será preciso fazer poucos ajustes.

Vanessa baixava o rosto, escondendo os machucados com os cabelos escuros, lisos, que caíam soltos até os ombros. Denise sentiu uma profunda piedade. Admirava a amiga e mestra. Vê-la tão machucada e frágil tocava-lhe o coração."Que bom que ela decidiu tomar uma atitude! Não importa o que aconteça amanhã, eu quero ajudá-la agora", pensou.

— Ok! — concordou Denise.

Ela consultou o celular e assustou-se, pois estava terminando o primeiro período. Aquele provavelmente fora o diálogo mais cheio de silêncio do ano.

— Encontro você daqui a pouco — disse Denise.

Vanessa ergueu o rosto, aliviada, procurou sorrir e demonstrar confiança, mas a gratidão e o alívio eram dominantes. Abraçou Denise com cuidado, seu corpo tinha outros ferimentos que doíam. A jovem entendeu, esforçou-se por esconder o horror ao ver marcas arroxeadas no pescoço e nos braços da amiga. Intimamente lutava para conter a revolta e a vontade de xingar Dênis com todos os palavrões e desaforos que conhecia.

Mas a fragilidade de Vanessa não permitia e, com muito esforço, Denise demonstrou respeito a sua vontade, calando-se.

— Obrigada, Denise!

— Hum, acho melhor me agradecer amanhã.

Vanessa sorriu compreendendo o receio da aluna.

— Confio no seu talento, sei que é capaz disso e muito mais.

— Tenho que ir, não posso perder a prova.

— Boa sorte!

Em frente à porta da sala de aula, Denise obrigou-se a expulsar os pensamentos irados contra Dênis e concentrar-se na prova. Entrou na sala, a turma não era das maiores, cumprimentou os colegas com um "oi, gente!", e sentou-se na última fila.

Capítulo 03

— Denise, vamos dar uma caminhada? A manhã está linda — convidou Renato, batendo na porta do quarto da filha na manhã de sábado.

— Não posso, pai. Preciso repassar as músicas do casamento. Além disso, Vanessa marcou hora com o cabeleireiro dela e depois irei provar o vestido. Ainda bem que a costureira aceitou fazer os ajustes de última hora.

— Que casamento? — indagou Renato, espiando para dentro do quarto.

— Entra, pai — chamou Denise, sentada de pijama sobre a cama, com as letras das músicas espalhadas ao redor. — Eu contei, mas você não prestou atenção. Vou cantar em um casamento hoje à tarde. Era trabalho da Vanessa, mas ela pegou um resfriado e ficou rouca. Daí me chamou para substituí-la.

— Hum, lembrei. Mas precisa estudar tanto? Casamentos têm sempre as mesmas músicas no repertório — e, afastando os lençóis, acomodou-se aos pés da cama.

Renato apanhou algumas letras e as examinou. Ficou sério, colocou-as de volta e criticou:

— Nenhuma música em português. Repertório difícil. Onde será o casamento?

— Na catedral, às dezoito horas. Bem clássico. Vanessa me passou isso ontem. Achei que poderia ser pior, considerando-se que é um casamento tão chique e badalado.

— E a minha pequena vai cantar para a elite da cidade. O pessoal do samba não pode saber disso — brincou Renato.

Conformado, ele sorriu para a filha, levantou-se e, antes de fechar a porta, perguntou:

— Posso ir ao casamento com você? Prometo que coloco terno e fico ouvindo num cantinho bem escondido.

— Pai! Estou nervosa, mas adorarei saber que você estará lá. Só que vou direto da casa da Vanessa. Faremos o último ensaio com os músicos. Até parece que foram muitos ensaios... E depois seguiremos para a igreja.

— Estarei lá. Será lindo!

— Tomara! Nunca cantei em uma igreja.

Renato sorriu, fez cara de pouco caso, jogou um beijo com a ponta dos dedos para Denise e saiu. Pouco depois, Denise ouviu o pai chamando a irmã e a porta se fechando.

— Vamos, Camila! Sua irmã não irá com a gente.

Concentrou-se tanto nas músicas que se esqueceu de que a mãe estava em casa, até que sentiu o característico cheiro do feijão cozinhando e o inconfundível chiado da panela de pressão.

— Denise! — chamou Marlene da porta da cozinha. — Denise, venha cá! Preciso de ajuda.

— Que foi, mãe? — perguntou Denise, surgindo no corredor, ainda de pijama.

— Preciso que me alcance os enlatados. O armário é alto e não quero ficar subindo e descendo.

— Não é bom, mesmo. Seus joelhos não iriam gostar.

As duas trabalharam alguns minutos em silêncio e, ao terminar a tarefa, a jovem indagou:

— Eram só essas latas ou tem mais?

— Era só, obrigada pela ajuda.

— Então vou continuar estudando — informou Denise, retornando ao quarto.

— Tem prova na próxima semana, filha?

— Não, estou estudando para a apresentação de hoje à tarde. O casamento de que falei ontem, mas pelo visto nem você nem papai prestaram atenção.

Marlene sentiu-se culpada com a decepção no rosto da filha. Sabia da apresentação e estava incomodada, não apreciava a amizade de Denise com Vanessa. Admitia um quê de ciúme pela influência da outra mulher sobre a jovem. E, acima de tudo, não gostava do incentivo que ela dava aos sonhos e devaneios de Denise.

— Ah, é verdade. Você falou. É hoje, não é? Em cima da hora, sua amiga lhe deu uma bela bola nas costas.

— Não foi nada disso, mãe. Ela não poderá cumprir o compromisso e me pediu para substituí-la. Ninguém escolhe quando vai adoecer. E será bom, o cachê é dos melhores. Vai engordar o meu poupançudo[1].

— Isso é bom, filha. Dinheiro não se põe fora. É difícil ganhar, por isso é preciso saber guardar. E como está a faculdade?

— Qual delas, mãe? A minha ou a sua? — indagou Denise, sem esconder o desprazer com o assunto.

— Denise! Não quero discutir. Já falamos muito sobre isso. Você é inteligente, esforçada, e eu a admiro por conseguir fazer dois cursos ao mesmo tempo. Mas sabe que viver de música é delírio. Insisti para você se matricular no outro curso, e pago com gosto, porque eu sei, filha, que no futuro irá me agradecer. E você gosta de jornalismo. O campo de trabalho está se ampliando, as pessoas correm atrás da informação. Você poderá fazer uma especialização, em economia, por exemplo.

— Mãe, você é economista. Você trabalha nessa área financeira. Eu odeio isso. E, quer saber, vou voltar a estudar. Não quero brigar hoje. Não vou me desconcentrar. Cantar a Ave-Maria, de Gounod, com raiva não dá certo.

Marlene viu a filha afastar-se e sentiu-se impotente e frustrada. O relacionamento com Denise piorava. A criança meiga e alegre tornava-se uma mulher teimosa e sonhadora. E, como mãe, tudo que desejava era o bem da filha, não queria vê-la

---

1 Cofres plásticos, coloridos, em formato de pequenos monstros, distribuídos em campanha publicitária.

sofrer desilusões nem perder tempo na vida correndo atrás de uma carreira ilusória. Nos últimos anos, elas discutiam muito "a suposta vocação artística de Denise", como Marlene se referia à paixão da filha pelas artes e pela música em especial.

Largou o pano de prato usado para tirar o pó da prateleira dos enlatados sobre a mesa e sentou-se.

— Maldição! — praguejou. — É teimosa como a dona Clara. Não sei de onde saiu essa veia artística. Só pode ser influência da tal Vanessa. Ela devia era ter filhos primeiro, para depois querer "ajudar" os dos outros. Música não enche barriga, não paga as contas. Vai conseguir o quê? Cantar em algum bar. Isso não é futuro. Não foi para isso que me esforcei para dar-lhe uma boa formação.

O timer do fogão avisou o final do tempo de cozimento do feijão, e Marlene dedicou-se ao preparo da refeição procurando esquecer a conversa com Denise e seu desconforto emocional.

"É a adolescência, vai passar." Pensava Marlene tentando conformar-se e manter a paciência.

No final da tarde, Renato dava o nó na gravata em frente ao espelho no quarto. Marlene, deitada, assistia a um filme.

— Que tal? Ficou bem? — perguntou Renato, apontando para a gravata.

Marlene olhou com ar de pouco caso e respondeu desinteressada:

— Está passável. Mas ninguém o conhece mesmo. Você irá de penetra.

— Eu vou assistir à apresentação da minha filha — retrucou Renato com orgulho. — E, de mais a mais, igreja é um local público e casamento tem que ser realizado com as portas abertas.

Aproximou-se da esposa, beijou-a e informou:

— Trarei pizza para o jantar.

— Ótimo! — respondeu Marlene, sorrindo sem graça.

O desconforto emocional da manhã, após a conversa com Denise, permanecia, e até agravara-se, pois parte dela desejava acompanhar o marido e assistir à apresentação da filha.

Mas outra parte lhe dizia para não vacilar. Pelo bem do futuro da menina, não podia apoiar aqueles devaneios. Precisava marcar posição e manter-se firme, mesmo que o preço fosse sofrimento. Pensava que era seu dever materno.

Renato era despreocupado por natureza. Para ele, aparentemente não havia nem passado nem futuro, valia apenas o hoje. Após vinte e três anos de casamento, não conseguia saber se ele estava certo ou errado. Mas não abriria mão de insistir com Denise, afinal era dela o dever de conduzir a filha. A adolescência estava sendo um período de dificuldades além do esperado, especialmente esse chegar à idade adulta.

Preparara-se para dar-lhe orientação sexual, apoio afetivo, segurança. Afligira-se com o crescente problema das drogas. Pedira a Deus que ela se envolvesse com jovens de boa índole, tivesse namoros saudáveis e inofensivos, típicos da juventude. Mas jamais pensara que o surgimento de uma "vocação" inesperada seria a sua dor de cabeça.

Renato ignorou o desgosto da esposa. Afinal, sabia o quanto Marlene era dramática e autoritária com as filhas. Via os sinais da mágoa nos olhos dela, mas não adiantava conversar. Ela estava irredutível. Renato decidira não fazer um cavalo de batalha por causa dos sonhos de Denise. Afinal, aos quarenta e cinco anos, ele ainda não sabia claramente que motivos levaram-no a abraçar a mesma carreira do pai, sucedendo-o nos negócios imobiliários. Parecera natural, afinal herdara a imobiliária e trabalhava nela desde jovem. Simplesmente, não pensara. Trabalhar era necessário para ter dinheiro e ponto final. Quando se sentia agastado demais com a rotina, marcava um samba, uma pescaria, e na semana seguinte aguentava tudo de novo.

Não compreendia intelectualmente a posição da filha, mas de alguma maneira a entendera quando, após a primeira grande discussão em família, Denise, com os olhos marejados, mas com a voz firme, declarara:

— Quero fazer algo que me dê prazer. Eu amo cantar, amo arte, adoro estudar isso. É o que farei, com ou sem a aprovação de vocês.

— Não é bem assim, mocinha! — falara Marlene, alterada. — Somos nós que pagamos seus cursos, esqueceu? E eu não gasto dinheiro inutilmente.

Ele calara-se. Denise, furiosa, deixara a sala e, em seguida, ouvira-se a batida forte da porta. Marlene bufara, reclamara, chamara de irresponsáveis os professores que incentivavam Denise, reconhecendo seu talento natural.

Isso acontecera havia três anos. Contemporizara a situação convencendo Denise a cursar jornalismo, prometendo pagar as despesas com o curso de arte. E a menina dera conta de ambos os cursos até o início daquele semestre, e até participara de uma seleção concorrendo a uma bolsa de estudos na França. Infelizmente, estudos da arte.

Renato se esqueceu dos conflitos domésticos ao estacionar próximo à catedral. Havia muita gente elegante conversando em frente à igreja. Para não chamar a atenção, dirigiu-se à porta lateral, posicionando-se em um local de onde tinha boa visibilidade dos músicos. Surpreendeu-se, esperava um coral, mas havia apenas dois clarinetes e o trio de músicos. Conhecia pouco, mas pelas conversas com a filha, sabia que ela faria uma apresentação solo. A igreja estava lotada. "Pobrezinha, deve estar nervosa" pensou, enquanto procurava avistá-la.

Denise sentia-se estranhamente "no seu elemento". Desde que entrara na igreja, parecia-lhe comum cantar com a acústica de um templo, cercada por imagens sacras. Sorria, segura de si, tranquila e confiante, como se fosse veterana, não a sua primeira apresentação diante de um público desconhecido.

O casal de músicos se entreolhava desconfiado. Catarina discutira a decisão de Vanessa de fazer-se substituir por uma novata ainda jovem. Ponderara os riscos e a responsabilidade com o evento e com a sua reputação profissional. Miguel a apoiara incondicionalmente e, como era psicólogo, alertou para possíveis abalos da moça. Por isso, a olhava receoso e, a todo instante, perguntava se ela estava bem.

— Tudo bem, Miguel. Um friozinho na barriga é normal, eu acho — respondia Denise. — Se não se importam, quero me concentrar um pouquinho.

— Claro, eu a chamarei. Fique à vontade.

— Obrigada, Miguel.

Denise afastou-se, fechou os olhos e sentiu a conhecida sensação de segurança, de proteção, que a acompanhava desde menina. Mentalmente, ouviu: "Relaxe e cante, esqueça-se da plateia, eles não vieram aqui para vê-la, coloque seus sentimentos na voz".

Ela adquiriu confiança e serenidade. Pensou: "eu sou capaz", e agradeceu a ajuda. Não sabia de onde ela vinha, nunca se preocupara se era o seu inconsciente, um anjo ou um demônio. Era familiar, lhe fazia bem, isso bastava. Não questionava nem tecia cogitações, aceitava como algo seu e natural. Pouco falava a respeito. Obviamente, os pais sabiam. Mas não se preocupavam com aquilo. Não causava problema.

"Cante, rouxinol. Você nasceu para cantar. Cante para mim" — estimulou a voz, com tom carinhoso.

Um sorriso de encantamento surgiu no rosto de Denise. O brilho inconfundível do prazer iluminou seus olhos.

— Será que ela está rezando, Miguel?

— O local é propício, Catarina — desconversou Miguel, ignorando a preocupação da companheira.

— Eu mato a Vanessa! Estou uma pilha de nervos, meu pescoço dói de tanta tensão. O público ouvirá o estalar dos meus nervos, estão mais tensos que a corda do instrumento.

— Ei, não fique assim! Relaxe. Concentre-se na sua apresentação, está bem?

— Estou tentando, Miguel.

— Fique calma, Catarina. Dará tudo certo.

— Deus te ouça.

Renato voltou-se para Denise e acenou-lhe, chamando-a. Denise levantou-se. Seu tipo mignon não despertava atenção. O cabelo preso em um coque, deixando escapar alguns cachos que emolduravam seu rosto delicado, o vestido de tafetá cinza, a ausência de joias e acessórios, usava apenas brincos de pérola, faziam-na parecer elegante e discreta. Passava despercebida entre os convidados.Andou calmamente até postar-se ao lado do casal de músicos.

Havia burburinho no ambiente. As pessoas conversavam e trocavam cumprimentos, aguardando o início da cerimônia. Acalmaram-se, em um passe de mágica, com a entrada do sacerdote precedido pelos coroinhas.

Miguel olhou de soslaio para Denise e surpreendeu-se com a sua tranquilidade. A assembleia levantou-se e alguns olhavam para a porta. Instantes depois iniciava-se o cortejo com a entrada dos padrinhos.

Denise estendeu a mão a Miguel e deu um passo à frente, ficando ao seu lado. Sorriu e aguardou que ele iniciasse a canção.

Nervoso, entoou as primeiras estrofes de *Vivo per lei*, em italiano. A única música que cantariam em dueto. Executou-a com perfeição técnica, mas estava tenso. Suas mãos suavam. Arrepiou-se da cabeça aos pés quando ouviu a voz de Denise. Não se conteve e a fitou. Ela tinha o olhar brilhante, posto no infinito, cantava com paixão aquela declaração de amor à música com total domínio de si e do que fazia.

Um "ah!" percorreu a igreja e foi sucedido por um silêncio reverente e de deleite. O cortejo dos padrinhos e depois o noivo receberam alguns sorrisos e olhares, mas a maioria das pessoas, discretamente, procurava ver a dona daquela voz.

Renato, sentado ao lado de algumas senhoras, ouviu-as cochichar:

— Que lindo! Quem é a moça?

— Psiu! Escute, que delícia!

Renato estufou o peito, orgulhoso. Desejou cutucar as senhoras e dizer-lhes: "É a minha filha! É Denise." Mas calou-se.

Quando terminaram a canção e os padrinhos estavam posicionados, a senhora voltou a comentar, ignorando o que se passava no altar:

— Tive vontade de aplaudir.

— Por favor! Você está velha para me fazer passar vergonha, Clotilde.

— Tomara que a noiva não demore, quero ouvi-la mais. Margarete lhe disse qual é o repertório?

— Disse, mas esqueci.

Poucos minutos se passaram até o desejo da convidada ser atendido e ela surpreender-se com *Can you feel the love tonight*, de Elton John, na voz de Denise, como tema de entrada das daminhas, e logo a clarinada da rainha Elizabeth soou anunciando a chegada da noiva. Todos se ergueram, já esquecidos da canção, voltando os olhares à porta principal.

Miguel e Catarina relaxaram, despreocupando-se da participação de Denise. Concentraram-se em seu trabalho. Somente ao final da cerimônia ouviram alguns comentários elogiosos à beleza da apresentação musical.

— Que maravilha a voz dessa moça! Chorei ouvindo a Ave-Maria, de Gounod. Afinadíssima! Fiquei arrepiada durante a bênção! Maravilhosa! — derramava-se em elogios a senhora chamada Clotilde.

Ao seu lado, Renato não se conteve e, intrometendo-se na conversa, informou:

— É minha filha. Chama-se Denise.

— Meus parabéns! Ela tem um dom, um talento, realmente.

Conversaram alguns instantes e elas se afastaram, deixando a igreja. Enquanto isso, Miguel, ao violino, executava *A miragem*.

Depois que a igreja ficou vazia, Renato aproximou-se da filha, sorridente, abraçou-a em silêncio e beijou-a com respeito e admiração.

— Foi lindo, filha. Parabéns!

— Obrigada, pai. Eu estava tão nervosa...

— Não parecia — comentou Catarina. — Eu sim, estava uma pilha. Graças a Deus, deu tudo certo!

Denise encarou o casal, estendeu-lhes as mãos e agradeceu:

— Obrigada! Vocês foram ótimos!

— Agora posso dizer: estava morrendo de medo de que você amarelasse, desafinasse ou esquecesse a letra. Enfim, temia um desastre. Você me surpreendeu, é muito madura, falta pouco para ser profissional. Somos nós que devemos agradecer, você nos salvou, depois do que aconteceu com a Vanessa — confessou Catarina, aliviada.

— Pena que ela não pôde assistir — lamentou Miguel. — Mas, menina, você foi melhor que a sua mestra. Parabéns! E quando precisarmos, lembraremos dessa voz encantadora. Fiquei com seu contato.

— Eu adoraria. Pode me chamar — concordou Denise.

Trocaram algumas palavras, desmontaram os pedestais, guardaram os instrumentos e despediram-se satisfeitos.

Capítulo 04

Semanas depois...

Denise estudava sozinha na sala de aula, após o término do último período de história da arte.

— Olá! — saudou Vanessa, sorrindo. — Demorei para encontrá-la. Tem um minuto para conversarmos?

— Oi, claro. Estava apenas lendo. Combinei de encontrar o pessoal do trabalho em grupo mais tarde. Resolvi esperar por aqui.

— Ótimo! Vamos tomar um refrigerante na lanchonete.

— Água com gás, é o máximo que posso — respondeu Denise.

— Dieta? Para quê? Você é magrinha. Eu, sim, preciso perder uns quilinhos de gostosura — brincou Vanessa. — Vamos, quero lhe falar da seleção para a bolsa. Tenho boas notícias.

Denise ergueu-se lépida, fechou o livro, apanhou o restante do material enquanto falava ansiosa:

— Conte-me tudo, pelo amor de Deus! Já sabem quem comporá a banca, quais serão as músicas selecionadas para o exame?

— O exame é rigoroso e avalia o currículo do candidato. Entretanto isso não é problema, pois o seu preenche os requisitos e, além do mais, você tem notas excelentes e uma avaliação altamente positiva dos professores. Mas precisará estudar muito nos próximos dois meses.

— Não brinca! Vai ser assim tão rápido? Ai, meu Deus do céu! Deu um friozinho na barriga. Dois meses...

Vanessa abraçou a jovem afetuosamente e disse:

— E o início das aulas na França será poucos meses depois da seleção para a bolsa. Ou seja, você conclui a graduação e, em seguida, parte para lá. Terá o último semestre lotado de atividades.

Elas conversaram empolgadas a respeito dos preparativos, da intensificação dos ensaios e, de repente, Denise sentiu esvaziar o entusiasmo. Ficou séria, pensativa, visivelmente apreensiva.

— O que foi, Denise?

— Vou suspender o outro curso. É o único jeito de ter tempo para dedicar-me como é preciso para essa seleção.

— O semestre será perdido — constatou Vanessa, recordando os problemas familiares da jovem em razão da sua vocação. — Problemas à vista! Conte comigo. Você sabe que é mais do que uma aluna, é uma amiga querida. Para o que precisar, no que eu puder auxiliá-la, sabe que basta falar comigo.

— Minha mãe vai virar bicho, vai subir as paredes — disse Denise, desanimada.

Vanessa não soube o que dizer. Evitava fazer críticas a Marlene, buscando preservar o relacionamento entre mãe e filha. Intimamente, lamentava a pouca sensibilidade da mãe da jovem em não reconhecer o talento de Denise e, em especial, por ter optado por aquele confronto hostil.

— As pessoas complicam a vida, Denise. Estou falando por experiência própria. Deveria haver disciplinas de formação emocional, de relacionamento humano, e outras afins no currículo das escolas. Acho que seria uma grande contribuição para construirmos uma sociedade mais fraterna, mais saudável e mais feliz. Se as pessoas se conhecessem mais, refletissem mais, questionassem seus valores, desenvolvessem a sensibilidade, viveriam muito melhor e não veríamos infelicidades sem causa real.

— Mas existe uma causa para o problema com a minha mãe. Ela quer que eu seja do jeito que ela deseja, e não como eu sou. Ela não me aceita — retrucou Denise. — No pensamento dela, trabalho é dinheiro. Não se considera o item realização. É supérfluo, entendeu?

Vanessa baixou a cabeça e sacudiu os cubos de gelo no copo de refrigerante.

— Sim, sim. Querida, isso é simples de entender. Talvez esse seja o pensamento majoritário. São poucas as pessoas na nossa sociedade que identificam e procuram no trabalho algo além de dinheiro. Imagino que até buscam o conhecimento, a formação acadêmica, como caminho para o dinheiro e o status, seja para construí-lo, seja para mantê-lo. São peças raras as pessoas que identificam uma vocação ou que procuram simplesmente ampliar o conhecimento por amor ao saber, o que, aliás, pode perfeitamente ser feito por conta própria. Mas quantos autodidatas você conhece?

— Eu? Sei lá, acho que nenhum. Entre os amigos do meu pai que gostam de música, a maioria aprendeu na roda de samba. Um foi ensinando para o outro, mas isso é uma diversão para eles. E, claro, se eu tivesse vocação para uma profissão que fosse socialmente valorizada e me desse possibilidade de bons ganhos futuros, certamente as possibilidades de encrenca com a minha mãe se reduziriam em cinquenta por cento ou mais. Talvez até ela me apoiasse.

— É, talvez. Resta saber se, não tendo vocação para exercer a profissão que sua mãe aprova, no futuro, ela arcaria com a responsabilidade pela sua desilusão, pela tristeza, pelo vazio de significado em uma parte importante do seu dia. Ou se tudo acabaria com a festa de formatura e a satisfação de vê-la empregada. Para ela não sobraria nenhuma responsabilidade por você tornar-se uma profissional daquelas que aspira desesperadamente ver chegar o fim do expediente e o fim de semana, e que nem sempre se sente bem no dia de receber o salário.

Vanessa calou-se. Percebeu que estava fugindo do seu propósito de não criticar. Então, mudou o tom.

— Denise, crescer não é completar a maioridade. Isso você já tem. Crescer é construir a própria individualidade.

É assumir a sua própria vida, arcar com as decisões, pensar e escolher. Sei que você está fazendo isso, não desista. Acredite, dedicar-se à música é dedicar-se a uma ciência e a uma arte. Ela entra no sangue da gente, pensando melhor, nasce conosco, e exige muito, muito mesmo. Você tem uma voz linda, afinada, domina o canto, mas se quer, de verdade, investir na música, tenha em mente que é um compromisso para toda a sua vida, de corpo e alma. Poucas pessoas entendem o esforço que essa arte cobra. As musas são implacáveis e não é fácil viver no reino dos deuses. Uma palavra irá persegui-la como sombra: disciplina. Mas ela nunca pesou a quem venceu, ao contrário, parece que essa palavra se abastece com a paixão que a arte desperta. E a disciplina, querida, não é em nada diferente da de um cientista em busca de uma descoberta. É dominante, é paixão. E é nisso que eu vejo a diferença entre um profissional que trabalha por vocação e outro que atua por dinheiro. O primeiro se inflama, arde, vibra, está inteiro no que faz; o segundo trabalha com parte do cérebro e o bolso.

— Sei, é exatamente assim que me sinto como estudante. Aqui, no mundo da arte e da música, estou inteira, penso, sinto, vivo. No jornalismo, apenas vai o meu intelecto. Sou capaz de aprender. Meu currículo não tem nada de notável, sou uma aluna de regular para baixo. Tenho colegas, não amigos, entre meus companheiros de turma. Cordialidade resume meu relacionamento com os professores. E tortura é estudar por obrigação para as provas e trabalhos — desabafou Denise, tomando mais um gole de água. — E como não sou muito ligada em dinheiro, posição social e blá-blá-blá, é possível que o jornalismo também não encha a minha barriga.

— Não deixe sua vida profissional tornar-se o que é a sua vida acadêmica, Denise.

— Não deixarei, Vanessa. Cantar é uma paixão maior do que eu mesma. Transcende, sabe? Eu sei que se não lutar agora, se não agarrar essa oportunidade fantástica, serei uma criatura frustrada, forte candidata a comprometer meus futuros salários em terapias para suportar a vida. Talvez eu não satisfaça os anseios da minha mãe e talvez ela tenha razão: viverei financeiramente mal como amante da música, mas pelo menos serei pobre e saudável. Realizada por ter feito o que eu queria.

Vanessa sorriu e reafirmou:

— Conte comigo!

— Talvez eu precise me mudar...

— Sua mãe não seria tão louca. Não exagere!

— Estou falando sério, Vanessa.

— Bem, posso dizer que vai ser bom ter companhia em casa. Estou vivendo uma fase difícil, você sabe. Irá me ajudar, mas pena que será por pouco tempo.

Denise riu, mas continuou tensa. Aquele estado emocional somente se resolveria no confronto com a família.

— Você tem certeza de que serei aprovada, Vanessa? Por acaso conhece os outros candidatos? São de vários estados, não é?

— Não, eu não os conheço. É intuição. E a minha é infalível! — Vanessa encarou-a seriamente e declarou: — Eu a vejo cantando na Europa tão claramente quanto a vejo sentada na minha frente. Basta eu fechar os olhos e pensar nessa bolsa. Eu sei que dará certo.

Denise sustentou o olhar da amiga e não pôde deixar de considerar como aquela mulher culta, inteligente, sensível e segura podia ter toda aquela fragilidade emocional no que dizia respeito a Dênis.

— E como está a sua "fase difícil", Vanessa?

— Aos trambolhões.

— Não me diga que ele procurou você depois daquilo tudo!

— Nossa relação é um ioiô, Denise.

A voz de Vanessa denunciava tristeza, insegurança e vergonha.

— Hum, toda a cidade sabe disso, amiga. Mas vocês...

— Não, Denise. Não voltamos, mas ele tem me assediado, insistido. Ele é persuasivo, sedutor e... acho que posso cantar, como se a poesia fosse escrita para mim, a música do Chico Roque e do Carlos Colla.

Denise enrugou a testa, não atinava a qual música dos compositores ela estava se referindo. Mas não gostava do que ouvia. Sua experiência com relacionamentos afetivos era pouca, seus namorados não se fixavam. Mas como eram relacionamentos rápidos, sem tempo de criar raízes, e nunca fora "acometida" (pensava que era um quadro doentio) por uma paixão fulminante, tinha dificuldade em compreender Vanessa.

— Qual delas?

— *Meu vício é você* — respondeu Vanessa. — Lembrou?

Denise coçou a cabeça e recordou os versos: "Meu vício é você/ meu cigarro é você/ Eu te bebo, eu te fumo/ Meu erro maior/ Eu aceito, eu assumo/ Por mais que eu não queira/ Eu só quero você\ (...)".

— Ah, não! Vanessa! Esse cara te explora. Você é boa demais pra ele. Muda a música, por favor. Acho a poesia legal até o ponto em que assume o sentimento de dependência, de reconhecer um vício e comparar com cigarro e bebida. Coisas que parecem inofensivas e que todo mundo aceita, mas elas têm o potencial de matar, causam doenças, liquidam com a vida. Será que não tem um serviço tipo o Alcoólicos Anônimos para você frequentar? — Denise tentou suavizar a reação à declaração da amiga fazendo uma brincadeira. — Vamos cortar alguns versos, Ok? Ou, melhor ainda, que tal pensarmos em outra música e você põe ela para tocar na sua cabeça?

Vanessa sorriu. Aquela brincadeira de colocar a música para tocar na cabeça, de trocar o disco, ela usava em aula. Denise estava lhe dando a própria lição.

— É, você tem razão. Preciso trocar o disco, ou o CD, ou a faixa do MP, em qual número está mesmo? Quatro, cinco?

— O meu ainda é o três — respondeu Denise.

— É difícil, Denise. Mas estou lutando. A psicóloga tem me ajudado. Mas ela acha que estou depressiva demais, estamos analisando a conveniência de procurar um psiquiatra e tomar alguma medicação "emergencial" para ajudar a sair da crise.

— Sei.

Denise ouviu a explicação. Conhecia aquele caminho. Marlene a levara, alguns anos atrás, para tratamento. Fora bom até determinado ponto, mas seus motivos de procurar ajuda eram diferentes dos de Vanessa. "Quem sabe pra ela funcione melhor, seja mais completo, pensou.

— Vanessa, tá na minha hora. Preciso ir. Amiga, muda a faixa. Põe pra tocar aquela música antiguinha do Erasmo Carlos, *Sentado à beira do caminho*, e fica repetindo: "Preciso acabar logo com isso/ preciso lembrar que eu existo/ que eu existo, que eu existo". Tá bom? Promete?

— Boa! Ela combina com meu humor meio deprê, não vai brigar com a minha tristeza, com as minhas mágoas, mas vai botar outra mensagem para rodar na minha cabeça — ponderou Vanessa, considerando seriamente a sugestão.

— A música tem esse poder, você sabe — cobrou Denise, referindo-se às oficinas de musicoterapia que Vanessa promovera como atividade extraclasse no ano anterior.

Vanessa balançou a cabeça e ergueu as duas mãos, sinalizando que se rendia. Sorriu e afirmou:

— Vou sair dessa. Tchau, querida. Bom trabalho!

Denise acenou e afastou-se cantarolando os versos de Erasmo Carlos, assim evitava pensar quais versos e de qual música se adaptavam à sua situação quando anunciasse em casa que trancaria o curso de jornalismo.

Capítulo 05

Denise estava agitada. Inquieta, tamborilava os dedos sobre o livro. Em vão tentava entregar-se à leitura. O exercício exigia concentração e calma, duas coisas, naquele instante, bem difíceis para ela.

A briga com a mãe ainda lhe ocupava a mente. As emoções continuavam em desalinho. Havia ferido e sido ferida. A situação fugira ao controle, e nesses casos diz-se e ouvem-se palavras que machucam, algumas abrem feridas que demoram muito a cicatrizar e demandam longo tratamento.

Nesse estado era impossível ler qualquer texto, menos ainda estudar arte. Como enfronhar-se nas belezas do pensamento renascentista, em toda sua afirmação da beleza da humanidade e em sua filosofia de harmonia da vida? Impossível. Não havia beleza em seus olhos naquele momento. Seu universo interior era o caos, não o cosmos. Era desordem, desarmonia. As batidas de seu coração não seguiam uma melodia serena, eram cheias de altos e baixos, agudos e graves, com notas dissonantes, sem ritmo. Afinal, elas respondiam aos seus pensamentos e sentimentos.

Já passava da meia-noite, a casa mergulhara num silêncio pesado e na penumbra. A tensão estalava no ar como se fosse uma entidade física emitindo faíscas elétricas. Por isso, Denise sobressaltou-se ao ouvir o suave ranger da porta de seu quarto abrindo-se.

Camila esgueirou-se como um fantasma até sua cama, sentou-se na beirada e perguntou baixinho:

— Como você está, mana?

— Chateada, irritada, triste, furiosa, magoada, arrependida de algumas coisas que disse e por não ter dito outras.

— Pensei que vocês duas fossem se agarrar no tapa. Nunca vi a mãe daquele jeito. Parecia possuída. O que você vai fazer?

— Ainda não sei. Não consigo pensar. Estou indignada. Eu não sou mais criança! É a minha vida, ela não tem o direito de se meter tanto assim. Só porque é minha mãe não precisa me respeitar? O que é isso? Não é assim. Mesmo sendo minha mãe ela não tem esse direito. Aliás, nem é direito... respeito é um dever. Mas na cabeça dela só existem números, operações financeiras, movimentos dos mercados e coisas desse tipo. Acho que esqueceu que é gente e, principalmente, que eu sou filha dela e sou gente.

Denise bufava ao desabafar seus sentimentos. Camila a compreendia e apoiava.

— Calma, mana. Ela é geniosa, sempre foi. Mas o pai vai dar um jeito e tudo ficará bem.

— Eu não sei, não tenho essa esperança, Camila. Acho que fomos longe demais e quebramos muitos pratos, entende? Eu não esperava ouvir cobrança de resultado por dinheiro empregado em mim. Senti-me como se fosse um lote de ações da bolsa...

— Em queda — brincou Camila, interrompendo a irmã, tentando fazê-la descontrair e rir da situação.

— É. Sou um investimento de longo prazo que naufragou na reta final. Deus me livre, se um dia tiver filhos, de pensar assim. Fui vacinada! Dose única, válida para toda a vida.

— É o jeito dela, precisa ter paciência. Lembra-se de quando começou o curso de artes?

Denise balançou a cabeça afirmativamente.

— E quando fez habilitação em canto?

Outra vez a jovem confirmou, e Camila concluiu:

— Sempre teve esse fiasco, esse estresse, depois tudo se acalmava. E você conseguiu fazer o curso que queria.

— Sim, pagando o preço de fazer outra faculdade que ela aprova e eu detesto. Ela sempre pensou que a música era um capricho meu. Nunca viu que quero mesmo dedicar a minha vida à arte, não consigo me imaginar fazendo outra coisa. Você entende o que sinto?

— Eu tento — confessou Camila sinceramente. — Eu não sou assim. Acho que não tenho vocação, nem ao menos sei o que quero fazer. Invejo essa paixão nos seus olhos. Não consigo me decidir e, quando me falam em mercado de trabalho, vantagens e desvantagens dessa ou daquela profissão, fico pensando. Você não, parece surda a essa conversa toda. E agora surge essa oportunidade fantástica de ir estudar na França... Parece tão certo, tão fácil! Deve ser mesmo o seu destino, mana.

Denise se comoveu com as palavras da irmã. Largou o livro e abraçou Camila.

— Valeu, maninha! Valeu mesmo! Eu precisava ouvir isso, sabia?

— Olha, não me meti na briga de vocês, mas estou do seu lado. Fiquei chocada com aquela gritaria toda. Não reconheci nem você nem a mãe. Pareciam loucas, berrando uma com a outra. Achei que, se abrisse a boca, a coisa toda ia piorar e fiquei na minha.

Denise suspirou, afastou-se e encarou Camila.

— Tá certo. Isso é entre mim e a mãe. Não precisa aumentar a confusão.

— Pensei que ela fosse expulsar você de casa. Fiquei com medo. Se ela tivesse feito isso, daí sim eu teria me metido. Não teria cabimento.

— É... — e a extensão da decepção de Denise se patenteou nesse monossílabo.

Não tinha como expressar a dor causada pela incompreensão materna. Lembrou-se do instante em que ocorreu o fato mencionado pela irmã. Também tinha esperado a expulsão e sabia que teria saído pela porta sem pensar, e isso aumentaria o abismo entre elas.

— Eu não entendo a mãe, Denise. Não consigo ver problema na sua escolha de vida. Sei lá, se você se envolvesse com tráfico, com prostituição, se fosse viciada ou desmiolada... mas não é nada disso. Aquele temporal todo foi porque quer estudar para concorrer a uma bolsa de estudo. Não faz sentido!

No final do corredor, na suíte do casal, Renato tentava acalmar Marlene e dialogar. Irredutível, ela virou-se dando as costas ao marido, afofou o travesseiro e apagou a luz do abajur.

— Amanhã precisamos trabalhar. É melhor dormir — foi a resposta seca e evasiva de Marlene.

Pensativo, Renato resmungou:

— Não é assim, mulher. Isso está indo longe demais.

Mas ela manteve-se calada, com os olhos firmemente fechados. Não suportava pensar no desatino da filha. Estava magoada e furiosa. Não admitia má-criação da filha. A moça rebelde que a enfrentara na sala de jantar havia poucas horas, com firmeza e determinação, não se parecia com a criança que trouxera ao mundo ou com a menina meiga que crescera à sua volta. Só podia ser a companhia daqueles artistas e professores subversivos! Má companhia. Fora ingênua em preocupar-se com más companhias adolescentes. O problema eram as más companhias adultas. Estava lutando, e lutaria até o fim, pelo melhor para Denise. Assim pensava.

— Marlene, amanhã conversaremos sobre isso. Vou apanhá-la no final do expediente e iremos à praia, vamos sentar num barzinho, relaxar e conversar com tranquilidade a respeito disso.

Renato não fez um convite, a proposta não estava em discussão, ele afirmara e marcara a conversa. Sabia ser firme quando queria, embora seu maior trunfo fosse a capacidade de persuasão, a persistência e a paciência. Às vezes, era, de fato, indiferente ao problema e às emoções envolvidas e aquilo se tornava uma qualidade e fazia dele um hábil negociador.

A razão fria também contribui para a paz, pois não anula a compaixão, mas tira o drama de cena e reduz a intensidade do problema. Em geral a razão simplifica os problemas do coração. E é uma boa aliada.

Renato não era apenas uma "cabeça fresca", era menos emotivo que a mulher, era um pacificador nato.

No dia seguinte, Denise saiu muito cedo de casa. A noite fora insone e ao ver surgir o novo dia correu para a liberdade. Sentira-se presa e oprimida. Não conseguira retornar ao equilíbrio perdido após a discussão com a mãe. Sabia quem precisava encontrar: seu padrinho Joaquim.

Renato surpreendeu-se por encontrar apenas Camila sentada à mesa do café da manhã. Sorriu, passou a mão sobre os cabelos escuros da filha e disse:

— Bom dia, filha. Cadê sua mãe e Denise?

Camila olhou séria para o pai e respondeu:

— Não sei.

— Foi você que fez o café?

— Foi.

— Que beleza!

— Pai, o que vai acontecer?

Renato serviu-se na cafeteira e, com calma, mas sem esconder a preocupação, sentou-se de frente para a filha.

— Não sei, Camila. Espero que tudo fique bem. Mas Denise e sua mãe não estão cooperando muito. Tentei conversar ontem, mas foi impossível. Sua mãe estava alterada demais. E aprenda comigo, filha, nunca tente argumentar com uma pessoa irada. A raiva, por vezes, tira a razão e a gente não pensa. Nos transformamos em um Hulk, uma força imensa, sem controle e burra. Só queremos destruir o que consideramos ameaça. Se eu tivesse tentado conversar com elas ontem, teria apenas colocado mais lenha na fogueira. Você me entende?

Camila ouvia com atenção, fingindo interesse nos cereais com iogurte que comia sem sentir o sabor.

— Entendo. Fiquei com medo da briga delas e me calei, mas enquanto elas discutiam, perdendo o controle e se agredindo, pensei exatamente o que está me dizendo, pai. Eu só teria posto lenha na fogueira e me queimado junto. Acho que não resolveria nada. Mas gostaria de fazer alguma coisa para melhorar esse clima. Não quero nem pensar em como serão os próximos meses. O que vamos fazer? Você acha que a mãe está certa em se meter desse jeito na decisão da Denise?

Renato admirava a inteligência e a sensibilidade da filha mais nova. Era mais difícil conviver com ela do que com Denise. Camila era quieta, reservada, bem mais séria do que a irmã, mas nascera independente. Fora uma menina que crescera sem que eles percebessem, não se lembrava de ele e Marlene terem algum dia dividido preocupações sobre Camila.

— Daremos um jeito, Camila. Sua avó sempre dizia que na Terra tudo passa. Então essa fase também passará.

— É, tudo passa, não tem como dizer o contrário. Mas, como passa? Quais as marcas que ficarão? Vai passar, mas as coisas nunca mais serão iguais, pai. Não tem como voltar e engolir o que se disse ou apagar o que se fez. Conversei com a mana ontem à noite. Ela não vai desistir da música. E, sinceramente, o que há de errado nisso? Vocês adoravam quando ela cantava para as visitas. Desde pequena, viviam exibindo a mana. Nunca perceberam que ela adora arte, que isso é vital para ela e que ela era diferente de uma caixinha de música?

Renato enrugou a testa. Camila falava com calma, sem irritação, e fazia-o pensar e recordar o passado. Ela tinha razão, como pais eles haviam brincado com o talento de Denise. Não fora proposital, nem tinha como, pois nunca haviam pensando naquele talento. Era uma diversão, um encanto, algo que se orgulhavam de mostrar aos outros: como a menininha deles cantava bem, como aprendia rápido e era afinada.

Bebericou o café e encarou Camila. Um meio sorriso ergueu-lhe o canto esquerdo da boca ao reconhecer:

— Deveria agradecer a Deus mais seguidamente: tenho uma filha talentosa e outra muito inteligente e sensata. Por incrível que pareça, você é mais madura que Denise. É possível que se fosse você que desejasse estudar na Europa, não houvesse a metade da confusão que estamos vivendo. E não pense que a amamos menos, não é isso. Mas você sempre foi mais segura e independente. Tanto que acaba de me mostrar um erro sério: nós tratamos Denise como uma caixinha de música, você está certa. Doeu ouvir, mas... eu admito.

Camila ouviu calada, pensativa. Tivera ciúme da irmã, julgara-se preterida, mas quando começaram as brigas constantes, tinha entendido que os pais não eram infalíveis ou santos, eram humanos e erravam. Percebeu o que eles não viram: tinham tratado o talento de Denise como um brinquedo. E agora as desavenças punham a nu o desejo de controlar e dirigir. Não respeitavam a individualidade dela, não respeitavam a arte nem o mundo que não conheciam e sobre o qual tinham preconceitos.

Pensou em dizer ao pai que ainda não sabia muito do seu futuro, mas que tinha certeza de que não era uma caixinha de música. Pensou, mas não falou.

— Denise, desde bem pequena, é frágil. Até a saúde dela é delicada, qualquer coisinha a deixa doente. Você é mais forte em todos os sentidos. E sua mãe se preocupa com as esquisitices da sua irmã. Eu acho bobagem, mas você conhece a sua mãe. Ela tem medo de que Denise vá se deprimir seriamente longe de casa — prosseguiu Renato.

Camila continuou pensativa. As famosas crises da irmã...

— Dizem que os artistas são temperamentais, pai. E vocês não podem mais negar que a mana é uma artista. É o destino dela. E faz muito tempo que ela não tem nenhuma crise. Ela está bem, saudável, e não é mais uma menininha. Pai, a mana é uma mulher adulta. Já tem vinte e dois anos. Se ela não decidir a vida dela agora, quando vai ser? Aos trinta? Aos quarenta? Será que não vai ser tarde demais? E quem disse que com a idade se escolhe melhor? Se ela nunca puder tomar decisões sozinha, se ficarem sempre aflitos com o que poderá acontecer, acho que nem aos cinquenta ela saberá decidir.

— Não é tão simples, filha. Quando você tiver filhos irá nos entender — revidou Renato, percebendo que seria difícil manter a conversa com Camila.

Ela o desarmava, questionava e desestruturava ao mesmo tempo. Deixou-o confuso e o fez recuar ao argumento da autoridade da idade e da experiência.

— Você já foi filho, já teve a idade da Denise e pode nos entender. Nunca desejou algo diferente da vontade do vô e da vó? Pai, o que você disse é um desperdício de vida. Não existe defesa para esse argumento. É um absurdo!

Camila consultou o relógio de pulso. Tomou o suco em um gole, levantou-se e disse:

— Pense, pai. Se tiver algo que eu possa fazer para melhorar o clima aqui em casa, me avise. Vou procurar uma saída também, tá certo?

Renato balançou a cabeça concordando. Ouviu a porta se fechando, seguido do som suave do emissário dos ventos.

"Deus! Quem são minhas filhas?", pensava, ruminando a conversa com Camila. "Desde quando Camila está tão madura? Por que não vi essas transformações?"

No meio da manhã, ouviu o alerta de que tinha uma postagem nova em seu Facebook, mas não tinha tempo para vê-la. Somente após o fim do expediente leu a mensagem de Camila: "Não se pode perder muito de um líquido que cai gota a gota (= a vida)" Sêneca.

— De onde ela tirou isso? — falou consigo mesmo.

Capítulo 06

Passaram-se os dias. Algumas horas correram céleres e outras se arrastaram, pesadas, exaustivas, como caminhar em um pântano. Denise e Marlene pouco conversavam, uma barreira de gelo se estabeleceu entre elas, atrás da qual cada uma guardava no íntimo o fogo da ira e da mágoa.

No entanto, mantinham as aparências em um relacionamento superficial. Marlene suspendera toda ajuda financeira a Denise depois que a matrícula do curso de jornalismo fora trancada. Não fazia uma única pergunta a respeito do projeto da filha de estudar na Europa, ao contrário, exigia colaboração em atividades banais apenas com o intuito de roubar-lhe o tempo de estudo. Picuinhas domésticas, um boicote por ter sua "autoridade" afrontada.

Denise, após a conversa com Joaquim, sentia-se fortalecida. Seu tio riponga, com seu estilo alternativo e sua filosofia muito pessoal de vida, a apoiara. Ouvira-a com atenção. Ele não carregava celular no bolso, com acesso a internet e mil parafernálias eletrônicas. Não era um bip ambulante e nem se parecia com um vagalume, com uma luz piscando em algum bolso. Joaquim sentou-se sobre o tapete de algodão rústico, cruzou as pernas, apoiou o cotovelo no joelho e olhou a sobrinha enquanto a ouvia, em silêncio. Ficou pensativo por longos minutos depois que Denise, cansada, calou-se.

— Tua língua está em chamas, menina — comentou Joaquim, sorrindo candidamente. — Nossa! Você despejou tanta coisa nos meus ouvidos que nem sei o que dizer.

Denise encarou o padrinho desanimada, desiludida com suas palavras.

— Calma, meu bem. Eu preciso pensar. Não posso ouvi-la e me contaminar com seus sentimentos e suas ideias, senão seremos dois ardendo nesse fogo. Não é isso que eu quero, nem você. Tenho certeza de que não veio aqui roubar a minha paz, pelo contrário, necessita compartilhar um bocado dela. Venha cá. Deite-se aqui no tapete e coloque sua cabecinha aqui — e apontou os pés cruzados. Você está cansada, precisa relaxar. Pensaremos melhor se vibrarmos na mesma sintonia. Do contrário, não tenho como lhe dar o que veio procurar comigo.

Denise obedeceu. Amava o padrinho e seu jeito tão diferente do restante da família. Seu pai dizia que o irmão era esquisito, desligado, alienado, por isso pouco conversavam. Mas ela descobrira durante a adolescência que não era essa a melhor definição para a personalidade de Joaquim. Ele era autêntico, pacífico e respeitoso, não impunha a ninguém seu modo de viver: a cabana na praia, a escola de surfe, as reuniões com seus amigos naturalistas, as estantes repletas de livros e CDs, uma namorada, ou melhor, um casamento, mas cada um residindo na própria casa, preferir uma bicicleta a um carro, cabelos na altura dos ombros, embora as entradas na fronte avançassem para a calvície, fazer churrasco assando batatas, cebolas e abóboras em vez de carne.

Enquanto se deitava sobre os pés do padrinho, Denise rememorava num lance o que o distinguia da família. Ah, ele não ia a igrejas, nem a cemitérios, afastava-se de qualquer ambiente que lembrasse culto organizado. Não tinha carteira de trabalho assinada, nem contribuía para a previdência social. Ela se lembrou das muitas reprovações que Marlene fazia ao cunhado.

— Isso. Relaxe. Inspire e expire bem devagar. Esqueça tudo, agora. Concentre-se na sua respiração — orientou Joaquim, enquanto, com os polegares, fazia movimentos circulares, lentos, massageando as têmporas da sobrinha. — Preste atenção. Ouça o mar, o som das gaivotas. Respire profundamente, encha os pulmões várias vezes.

Denise entregou-se aos cuidados do tio e relaxou. Ele sorriu e continuou orientando-a, com voz pausada e serena:

— Muito bom! De novo. Ótimo. Respire bem fundo e segure o ar. Conte até três, devagar, e solte lentamente o ar. Repita algumas vezes.

Sentindo-a calma, Joaquim abandonou a massagem e displicentemente acariciou-lhe os cabelos, fazendo cafuné na nuca.

Ela riu descontraída e espreguiçou-se.

— Coisa boa! — declarou a jovem. — Estou novinha em folha.

— Hum, ótimo. Tenho um suco de maracujá divino, e ainda não comi hoje. Vamos sentar lá fora?

Denise levantou-se tagarelando:

— Eu pego. Estou mesmo com fome. Tem sanduíche?

— Cenoura, beterraba e pepino, com ricota.

— Parece gostoso.

Carregaram o lanche até a varanda. Denise colocou a jarra e o prato de sanduíches sobre uma mesa baixa, na verdade um tronco de árvore que Joaquim esculpira transformando em mesa. Depois, acomodaram-se nas redes.

A casa ficava no alto do morro, cercada de vegetação, com vista para a praia. Àquela hora, apenas alguns alunos aventuravam-se no mar.

— Você está reivindicando a si mesma, Denise, a propriedade do seu ser. Não desista! Vá em frente, viva de acordo com os seus desejos, com a sua vontade, com o que você pensa e acredita. Não há nada errado em ser quem você é, ou como é. Batalhe pelo que quer. A sua mãe ou já fez isso um dia ou não é feliz. É simples assim! Não precisam brigar, devem se respeitar. Sabe, um dia os homens precisaram colocar cercas, muros, divisas e declarar aos outros que aquele pedaço de terra era sua propriedade. Dono era quem estava dentro das divisas. Quem estava fora tinha que respeitar o limite, não podia invadir.

Se invadisse estava feita a guerra. Prosperamos e criamos uma papelada para apresentar aos outros a nossa propriedade e, se você não tem um papel escrito, já não adianta berrar. Mas, se você tiver, pode berrar, gritar e fazer tudo que for preciso para defender o que é seu e evitar o desrespeito, o abuso. O engraçado é que quando se trata do espaço interior, nada disso existe. Só uma coisa funciona: a força da tua vontade. É com ela que você erguerá as divisas. É com ela que conquistará todos os títulos que quiser. É com ela que você terá força de berrar e gritar "Chega! Dane-se! Saia daqui!" para quem não respeitar os seus limites interiores, para quem não respeitar o direito que você tem de ser dona de si mesma.

Denise ouviu atenta a colocação de Joaquim. Ele afastou o olhar e contemplou o mar, mordendo com vontade o sanduíche.

Comeram em silêncio, relaxados. E não voltaram a tocar no assunto. Mais tarde, foram à praia e, ao meio-dia, quando Denise cruzou os portões da faculdade, estava segura e tranquila. Estava em paz consigo mesma, feliz com a decisão de investir sua vida no que a realizava.

Confrontara-se com o fato de que a mãe não era perfeita e que mesmo o dito mais puro amor pode machucar, porque não é tão puro assim. Estava ferida e decepcionada, por um lado, e mais forte e madura, por outro.

Um mês havia transcorrido. Ficava o máximo de tempo na faculdade ou com Vanessa. Era a forma de conseguir concentrar-se. Longe dos olhos, longe do coração. A distância é uma amiga em muitas situações.

A crise aproximara Renato e Camila. Pai e filha descobriram-se. Camila era introvertida, embora não fosse tímida. Talvez reflexiva definisse melhor a conduta da jovem. Fato incomum em sua idade. Tal como o pai, ela tinha pendores à pacificação. Formaram uma frente unida tentando transformar o clima pesado no lar.

Marlene mantinha-se irredutível e, de certa maneira, estendera sua inconformação ao marido e à filha caçula. Culpava-os por apoiarem Denise. Sentindo-se isolada e ciente de que a família enfrentava uma crise, esforçava-se para moderar a agressividade. Adotara uma conduta calada, respostas secas, curtas e grossas.

— Vamos tomar um sorvete, mãe? — convidou Camila em um fim de tarde particularmente quente. — O pai vai demorar, ligou mais cedo dizendo que estava negociando um apartamento muito caro.

— Hum! Boa notícia! Tomara que ele feche o negócio — respondeu Marlene, largando a revista que folheava deitada no sofá da sala de som e vídeo. — Você trouxe sorvete?

— Não, mãe. Pensei em irmos até a sorveteria — respondeu Camila, encostada no batente da porta. — Está tão quente. Acho que será bom sair um pouco. Uma salada de frutas com sorvete, num copo bem grande, e dispenso o jantar.

Marlene pensou. Denise não parava em casa e o marido não tinha hora para voltar.

— Vamos. Também não tenho fome e a sugestão da salada de frutas com sorvete me convenceu.

Apanhou a bolsa e as chaves do carro e acompanhou a filha.

Conversaram amenidades no caminho e enquanto aguardavam que o pedido fosse atendido. Camila observava a mãe, esperando o momento ideal. Ela e o pai haviam amadurecido a ideia, mas planejar fora mais fácil do que executar.

Por fim, cedendo à ansiedade, e assumindo sua característica típica, perguntou sem rodeios:

— Mãe, você está feliz com essa situação que estamos vivendo em casa?

Marlene, distraída, admirava o movimento da calçada. Piscou. Sentiu-se insegura com a pergunta feita à queima-roupa. Camila estava quebrando o código do faz de conta que imperava nos últimos dias. Isso incomodou-a e considerou ignorar a questão.

— Mãe! — insistiu a jovem. — Estou cansando dessa brincadeira. Por que não falam abertamente? Por que não assumem uma posição? Sabia que o tempo da Guerra Fria acabou faz tempo? É, o meu professor de história disse que acabou nos anos oitenta. Saiu de moda, sabe?

Marlene ouviu, sem afastar os olhos da calçada. E, permanecendo nessa posição, respondeu à filha:

— Eu sei, Camila. Mas um dia você aprenderá que engolir sapos é muito difícil, tolerar erros, ainda mais. E, acima de tudo, quando for mãe, você irá entender o dever de lutar pela felicidade da sua filha e o quanto se faz e pensa de bobagem na juventude. É por isso que a "Guerra Fria" volta à moda.

— Mãe, olhe pra mim. Eu acredito que você quer o bem da mana, assim como todos queremos. Mas, me responda, sinceramente, como você sabe que a sua decisão a fará feliz e a dela não?

Marlene sorriu, julgando pueril a argumentação, e retrucou com uma palavra:

— Experiência.

— Sim, experiência. Tudo bem. Mas experiência de quem? A sua, é lógico. Mãe, como foi que você escolheu ser economista e fazer o que faz hoje?

— Eu queria e seu avô me apoiou. Formei-me, conheci seu pai, casamos, tive outros empregos até chegar aonde estou agora. É o caminho normal, Camila. Precisamos trabalhar para viver.

— Não seria viver para trabalhar, mãe? — propôs Camila.

Desconcertada com a clara reprimenda em forma de correção, Marlene deu de ombros e comentou:

— É graças a isso que você e sua irmã frequentaram as melhores escolas, estão vestidas, vivemos numa boa casa. Filha, isso é a vida. Não tenha ilusões fantásticas de que Denise vai se dar bem e manter o padrão de vida a que está acostumada cantando em bares e restaurantes em troca de couvert artístico. Sinceramente, fico deprimida só de pensar em um futuro assim para sua irmã. Não é o sonho de nenhuma mãe. Pode ter certeza disso.

— É essa a questão, mãe. É o seu sonho para a vida dela. E isso precisa mudar. A mana não tem essa preocupação com grana e coisas materiais como você e o pai. Tudo o que me disse se resume em trabalhar para ganhar dinheiro. E dinheiro para quê? Para comprar, para ter... Bom, mãe, se isso a realiza, legal, tudo bem. Mas a mana pensa e sente diferente. Ela não conseguirá trabalhar somente por dinheiro. Se tiver que fazer isso, vai adoecer.

Marlene riu nervosamente. O assunto a incomodava e não queria discutir com a filha, mas Camila insistia e a estava irritando.

— Camila, a necessidade obriga a trabalhar por dinheiro. É fácil você dizer isso agora. Está alimentada, limpa, vestida, tem uma boa vida... Para isso, é preciso dinheiro e é sim por essa razão que se trabalha. Para pagar as contas no fim do mês, a prestação da casa, o cartão de crédito, as mensalidades escolares, o cinema do fim de semana, e até aquele churrasquinho no quintal não acontece sem dinheiro. E quando você for adulta, terá essas coisas para considerar. Então a solução será trabalhar e, de preferência, em algo com um bom retorno financeiro, estável. E para realizar todas essas coisas, filha, é preciso estudar, ter uma boa formação. É o que estou tentando dar a vocês. Denise está disposta a jogar pela janela. Espero que você pense melhor no sacrifício que estamos fazendo por vocês.

— Eu não sei como você pode ter certeza de que a decisão dela não permitirá que ela trabalhe no que gosta e isso lhe dê grana suficiente para viver. Não devia considerar nessa boa vida futura as despesas médicas? Um tratamento psiquiátrico é uma fortuna! Eu li a respeito das doenças causadas pelo vazio profissional e pela insatisfação. Isso não a preocupa?

— Bobagens — retorquiu a mãe.

Marlene menosprezou o argumento da filha, recusando-se a seguir sua linha de raciocínio.

A garçonete interrompeu a conversa, entregando os pedidos e dispondo as taças na mesa.

— Vamos deixar esse assunto de lado, Camila. Não quero ter uma indigestão e muito menos discutir com você em público.

— Não quero discutir nem ser desagradável, mãe. Queria apenas que a gente pudesse pensar, conversar e tentar encontrar uma saída para essa situação pastosa lá em casa. Sei lá, talvez uma reunião familiar para conversarmos como adultos sobre a questão. Só isso.

Marlene apanhou a colher e atacou a salada de frutas, descarregando um pouco da frustração nela. E também era uma forma de não falar.

Camila analisou a mãe. Marlene estava enraivecida, ultrajada, colocava-se na condição de vítima de uma injustiça e não hesitava em cometê-la. "Parece com aquelas rainhas e reis de filmes, bastava não fazer-lhes a vontade e a ira os dominava, puniam e castigavam as pretensas ofensas à sua realeza e autoridade divina", pensou.

Desapontou-se com a mãe, ainda não a tinha enxergado daquela forma. Sentiu-se intimamente mal, e até culpada, pelo teor de seus pensamentos. No entanto, a visão de Marlene emburrada tornava difícil ignorar a ideia e os sentimentos despertados. Ataques de raiva e birra são condutas infantis, adultos devem ser capazes de ter autocontrole e lucidez. A inteligência diz que raiva e birra não resolvem nem o "problema gerador" nem os sentimentos desalinhados. O caminho é em outra direção, é preciso usar a razão e a lógica, pôr freios ao desalinho e conduzir as forças emocionais.

Triste, Camila consumiu a salada de frutas. Sabia que era doce e cítrica, mas não sentiu os sabores. Por fim, Marlene voltou a falar, comentando as roupas de um grupo grunge reunido em um canto da sorveteria. A jovem respondeu com monossílabos, sem prestar a menor atenção.

Em casa, Renato aguardava mulher e filha deitado no sofá da sala de vídeo e som. Cumprimentou-as alegremente e fixou o olhar na filha. Estabeleceram uma comunicação muda, baseada em troca de olhares e leitura das expressões corporais.

— Pai, estou cansada. Vou deitar, tá? Amanhã conversamos. Boa noite — falou Camila, beijando o pai e seguindo para o quarto.

— Ok. Durma bem, minha filha — respondeu Renato, entendendo a falência da estratégia traçada.

Camila também não conseguira demover Marlene da concha fria e dura das ideias em torno das quais se fechara. Renato desanimou, ficou triste e sem nenhuma vontade de ficar ao lado da esposa.

— Estou cansado também. Vou tomar um banho e dormir — comunicou à esposa.

Renato deixou-a na sala, sentada no sofá, com o olhar fixo na televisão, como se estivesse absorvida pelo programa.

E foram longos e arrastados os meses até a publicação dos contemplados com a bolsa de estudos. Denise passou o mínimo de tempo possível em casa. Sofreu o distanciamento antecipado da família, estudou e trabalhou muito. Miguel e Catarina chamaram-na muitas vezes para trabalhar com eles em casamentos, eventos e apresentações. Assim, seus finais de semana e algumas noites foram totalmente ocupados. Enquanto amealhava fundos para a viagem, conquistava desenvoltura e confiança nas apresentações, estudava, divertia-se, fazia o que lhe dava prazer e esquecia o difícil relacionamento com a mãe.

Acompanhada de Vanessa e Miguel, Denise recebeu a notícia da aprovação. Emudeceu com a carta nas mãos, já com as instruções de como proceder na escola francesa. A jovem literalmente desabou na poltrona da sala da professora.

— Você está bem, Denise? Não ficou feliz? Você conseguiu! — falou Vanessa, preocupada com a reação da jovem.

Miguel a olhava. Denise o surpreendia, a seu ver ela tinha uma forma ímpar de expressar os sentimentos. Isso ficava claro na forma como interpretava as músicas. Por isso, aguardou. Ela lhe parecia sufocada por emoções fortes, intensas e contraditórias. Vanessa o encarava aflita. Então, Miguel lembrou-se da primeira vez em que haviam cantado juntos. Tomou a mão de Denise e apertou-a sutilmente, com expressão zombeteira, encarou-a e cantou a estrofe de Verdi de *La donna è mobile*. Depois, abaixou-se e abraçou-a, dizendo:

— Parabéns, amiga! Você mereceu. Foi uma disputa difícil e justa. Vamos comemorar!

Denise irrompeu em lágrimas e risos. Miguel acertara, ela estava sufocando em emoções.

— Agora é hora de comemorar — murmurou ele, abraçando fortemente Denise. — Comemorar muito! É uma chance de ouro. Esqueça o resto, não pertence a este momento. Foi o preço pago, é assunto encerrado. Agora, é curtir, e muito, esta vitória. Vamos!

— É isso mesmo! — apoiou Vanessa. — Vamos juntar a turma e comemorar.

Denise deu um estalado beijo no rosto de Miguel e desvencilhou-se do abraço.

— Obrigada! — disse sorrindo e estendendo as mãos aos amigos. — Por tudo! Eu não teria conseguido sem vocês.

Encarando Miguel, carinhosamente, completou:

— Você tem razão. Vamos comemorar hoje. Vou chamar minha irmã e avisar meu pai. Eles também me ajudaram. Meu pai me ajudou ao modo dele. Não sei se acreditava mesmo em mim. Mas a mana me deu muita força. Quero que ela venha.

Vanessa e Miguel concordaram e empurraram-na para fora da sala. Amigos e funcionários da faculdade aplaudiram quando Vanessa anunciou que Denise conquistara a vaga para estudar na França.

Comemorar o presente. Denise fez do conselho de Miguel um lema e um norte para sua conduta. Descobriu, naquele dia, um acesso a uma fonte interior de força e alegria, e que bastava a si mesma. Dirigir o olhar para valorizar o que se tem e não o que falta trará sempre motivos para comemorar e alegrar-se.

Capítulo 07

Mais céleres correram os meses até a partida de Denise. Como em um sonho, ela viu passar os dias cheios de preparativos e carregados de sentimentos presos na garganta. Alternavam-se como em uma gangorra a alegria e a tristeza, uma fazendo sombra quando a outra aparecia. Foi assim, cansada, exaurida, mas sempre lutando, que Denise acomodou-se na poltrona do avião e afivelou o cinto.

Estava sentada na fileira do meio da aeronave. Não conseguia ver o pai, a irmã, Vanessa e Miguel com os rostos colados na grande parede de vidro com vista para a pista de decolagem. Renato e Camila, abraçados, continham as lágrimas dizendo a si mesmos que a separação era temporária. No entanto, já sentiam o vazio da saudade e o bom e velho egoísmo soprava-lhes ideias de temor quanto ao futuro de Denise. Deixou-os inseguros, fazia-os questionar se, de fato, fora bom tê-la apoiado. Velho terrível! Ele se camufla de mil maneiras, sob mil palavras zelosas, para esconder que não queria sofrer, que era preferível a dor no outro do que em si.

Camila foi a primeira a reagir, policiando o pensamento e impondo-lhe novo rumo. Calou o velho firmando o pensamento no sucesso da irmã. E sorriu.

Renato ainda não decidira se era sonho ou pesadelo a experiência dos últimos meses. Repetia que era inesperado, pois recusara-se a encará-la antes e adaptar-se. Estava orgulhoso e, ao mesmo tempo, sofrido.

Vanessa e Miguel eram pura alegria. Sentiam-se parte da construção da vitória de Denise e comemoravam. Ansiavam pelas notícias do futuro e falavam como se pudessem estar com ela na aventura do aprendizado em que embarcava.

E Denise? Bem, ela apoiou a cabeça no encosto da poltrona do avião e reviu, como se fosse um filme, as principais cenas até aquele minuto.

Conscientizou-se de que era como uma seta lançada ao ar. Tivera afetos apoiando-a, como as mãos do arqueiro manejando a lança; vivera momentos de grande tensão, em especial, com a mãe, e ansiedade para saber se daria conta de tudo...

A equipe de bordo iniciou os procedimentos para decolagem e, mesmo sendo sua primeira viagem intercontinental, ignorou-os, entregue aos próprios pensamentos. O avião começou a correr na pista e logo Denise deixava o solo e subia. A seta arremessada ao ar, sozinha, em busca do desconhecido.

Lágrimas silenciosas rolaram de seus olhos. Em seu estado de espírito, podia-se dizer que o olho direito chorava de tristeza e o esquerdo, de alegria.

No entanto, em meio a essa confusão, percebeu, ou melhor, ouviu em sua mente, permeando o caos, a conhecida voz que a acompanhava:

— Meu rouxinol, estou contigo. Não temas.

Aquilo foi confortador. Secou as lágrimas, e, sobrevoando o Atlântico, adormeceu, apesar das turbinas ruidosas.

Renato e Camila despediram-se de Vanessa e Miguel e saíram abraçados, logo se misturando à multidão que ia e vinha arrastando malas pelos corredores do aeroporto.

Miguel e Vanessa decidiram beber algo em um dos bares do aeroporto, ainda que fosse bem mais caro, e apreciar a vista dos aviões subindo e descendo do céu.

Marlene despedira-se da filha com um abraço e um beijo pela manhã, exatamente igual ao que fazia quando Denise era criança e participava dos passeios organizados pela escola. No entanto, passou o dia nervosa e agitada. E os colegas de trabalho murmuravam entre si:

— É a história da filha. A garota viaja hoje. Coitada!

Apenas Dora, sua chefe direta, observava-a em silêncio. A piedade em seu olhar tinha justificativas diferentes dos demais. Notando o tremor nas mãos de Marlene, pensava:

"Há tempo para tudo nesta vida. Tempo de falar e tempo de calar. De nada adianta destruir se não puder reconstruir, pôr algo no lugar vago com melhores bases. Mas chegará o dia."

Capítulo 08

Uma pequena mesa redonda de madeira, com quatro lugares, enfeitada com um vaso de flores naturais azuis, servia a Denise de bancada. A sala era conjugada a uma cozinha minúscula. O mobiliário era escasso, além de mesa e cadeiras, apenas um sofá de dois lugares, uma poltrona e um armário que a fazia recordar do velho guarda-louça da sala de sua casa, herdado da avó paterna.

Colocara o notebook sobre a mesa e, seguindo as instruções de uma folha atrás da porta de entrada, conectava-se à internet.

A página principal logo surgiu na tela e ela acessou seu e-mail. Denise começou a escrever para sua irmã Camila:

Mana, a viagem foi supercansativa, mas tranquila. Até agora está dando tudo certo. Ainda não completei um dia aqui.

O estúdio em que espero viver durante os próximos anos é bem legal. Fica em um prédio antigo, deve ter uns quatrocentos anos ou mais, e é todinho ocupado por estudantes. O interior é moderno, foi remodelado, é espaçoso e muito bonito. Preserva elementos antigos misturados aos atuais, muito bacana!

É funcional, simples e confortável. Minha colega está viajando, deixou-me um bilhete de boas-vindas. Acho que não teremos problemas uma com a outra. Ela se chama Charlotte, é do sul da França, da Provença, e estuda moda. Tem tudo para dar certo. Disse que foi passar alguns dias com uma tia-avó. Deixou-me um vaso com umas florzinhas azuis, bem delicadinhas. Acho que é lavanda. O perfume é muito parecido. E um pacote de madelaines, uma delícia!

Ainda não saí nem me aventurei, mas estou adorando o que já vi. Tenho vontade de me beliscar para ter certeza de que não estou sonhando.

O fuso horário me deixou meio zonza, estou com sono e não consigo acertar o horário. O rapaz que me buscou no aeroporto disse que eu devia me esforçar para ficar acordada e dormir quando anoitecesse, mas não consegui e agora estou olhando a madrugada e comendo madelaines.

Como estão aí em casa? Vou sentir falta.

Depois escrevo mais, senão vou começar a dizer bobagens e a pensar bobagens. Não é hora. Te cuida, maninha.
Denise

Clicou no enviar e ficou observando o ícone rodar até surgir a mensagem: "enviado com sucesso". Em seguida, afastou o olhar para a janela aberta, contemplando as luzes e ouvindo os sons da noite, o movimento dos carros, distinguindo à distância os ruídos de um bar noturno, o som de vozes... O idioma soava como se tivesse mergulhado em um disco antigo, a sonoridade da língua francesa a encantava.

Havia uma poltrona próxima à janela, e Denise acomodou-se, deliciando-se com a brisa fresca e os sons da cidade. A ansiedade pelo contato com o local, com o povo, com os seus vizinhos e principalmente com o curso lhe aceleravam o pensamento e, com espantosa rapidez, suas ideias vagavam entre uns e outros. Permeava-os a incerteza de como se comunicaria. Tinha um francês rudimentar e não era muito fluente em inglês. Iria se virar. Estava convencida de que não era possível aprender sem errar, então expor-se era fundamental.

Ela sabia que os franceses cultuam o idioma, e isso significava que para ser aceita ela teria que se esforçar. Maurice, o rapaz que a recepcionara, trabalhava na academia de música e aconselhara-a a esforçar-se para se comunicar em francês, confirmando que isso facilitaria sua vida e o aproveitamento no curso. Indicara-lhe um cursinho intensivo de aperfeiçoamento oferecido aos alunos estrangeiros.

Denise esticou-se e apanhou na mesa o panfleto que ele lhe dera. "Quanto mais ocupada melhor", pensou ela. "Comunicação é prioridade agora. É a chave para tudo. Depois de ir conhecer a escola de música, irei me matricular nesse curso. Terceiro passo, daqui um mês ou dois, procurarei trabalho. Tenho um turno livre e não pedirei dinheiro a minha mãe, de jeito nenhum. A bolsa e mais alguma grana terá que ser suficiente".

Sem perceber, Denise adormeceu. Despertou com o toque do celular avisando a hora. Logo ouviu o movimento dos apartamentos vizinhos. Chuveiros, apito de chaleiras, batidas de porta, corre-corre nos corredores e na escada. Espreguiçou-se e sentiu a nuca e o ombro doloridos pela má postura durante o sono.

— Hum... — resmungou.

Mas notando o sol e a atividade frenética na rua, alegrou-se e desejou a si mesma: "Bom dia!" Mas logo corrigiu-se: "*Bonjour*!"

Em minutos, estava pronta e misturava-se aos transeuntes. A escola ficava há poucas quadras do prédio onde morava.

Denise sorriu ao ouvir vários idiomas enquanto caminhava. Recordou um livro que ganhara na infância com histórias do Velho Testamento para crianças e considerou Paris uma Babel moderna e excitante. Tinha milhares de lugares para conhecer!

Extasiada, parou em frente à escola de música. Arquitetura clássica não era sua paixão, preferia construções modernas. Sentia-se mal nos prédios antigos. Mas a suntuosa e elegante fachada da Ópera de Paris, com suas escadarias em mármore, as grades trabalhadas, as estatuetas das musas e os instrumentos deixaram-na muda.

Havia um movimento intenso de pessoas. Antes de subir o primeiro degrau, Denise parou e teve vontade de se beliscar para certificar-se de que não estava sonhando. Seu coração bateu forte e ansiou por estar lá dentro. Decidida, avançou.

Apresentou-se na portaria e pediu informações, localizando-se no prédio.

— *Bonjour!* — disse alguém.

O timbre da voz era vagamente familiar Denise olhou para trás e deparou-se com Maurice.

— *Bonjour!* — respondeu.

— Sei o que está procurando, venha comigo. Levarei você à sala do professor Michel. Venha!

Grata, Denise sorriu e acompanhou Maurice. Enquanto percorriam escadarias e corredores, ela não conseguia conter a surpresa e o encantamento com o local.

— Nossa! Isso aqui é lindo demais! Eu não gosto de coisas antigas, mas...

— Compreendo. O prédio é uma obra de arte. E beleza não tem idade nem época, os ditos padrões é que têm — comentou Maurice e, em seguida, brincou: — Às vezes, penso que nossas roupas destoam completamente daqui. Deveríamos usar as casacas antigas, e as mulheres, aqueles vestidos de quinze quilos.

— Nem pensar! — protestou Denise, pensando no esforço que seria preciso para subir as escadarias.

Mas, ao passar por um dos palcos onde ensaiavam *Aida*, notou que o figurino de época harmonizava-se perfeitamente com o ambiente. E rindo concedeu:

— Nos espetáculos é o bastante. Se ver um ensaio me remete àquela época, imagina a emoção de ver a apresentação oficial.

— Será amanhã à noite. Quer vir?

— Se é um convite, é claro que eu quero!

Maurice riu e balançou a cabeça, fazendo algumas mechas do cabelo cair sobre a testa.

"Charmoso!", avaliou Denise, feliz e relaxada.

— A que horas será o espetáculo?

— Às vinte e uma horas. Chegamos! — anunciou Maurice, parando em frente a um gabinete fechado com altas portas de folhas duplas, em madeira entalhada. — Posso buscá-la amanhã às vinte horas?

— Claro, estarei esperando.

Feliz e cheia de expectativa com a entrevista com o regente, professor Michel, Denise colocou-se na ponta dos pés e estalou um beijo na face de Maurice.

— Obrigada! — disse baixinho.

— *Merde, petit!* — sussurrou o jovem em seu ouvido, enquanto sorria e afagava-lhe o ombro.

Ela riu, pois sabia que a palavra era uma expressão utilizada para desejar sucesso antes das apresentações. O breve encontro deu-lhe confiança e a sensação de poder abrir todas as portas e vencer as dificuldades. Lembrou-se da irmã e das frases que vivia copiando em seus cadernos e postando nas redes sociais. Recordou uma que Camila repetia quando temia algo no futuro próximo ou distante. Quase podia ver a irmã dizendo: "Hoje está tudo bem. Concentre-se nisso".

Segura, bateu na porta e aguardou a permissão de entrar. Surpreendeu-se quando ela foi aberta de supetão. Um homem alto, magro, com cabelos castanhos e alguns fios brancos, rosto fino e olhos claros a fez erguer o rosto para encará-lo. Aparentava estar próximo dos cinquenta anos. Calmo, falando pausadamente, ele indagou:

— Senhorita Denise Pereira?

— Sim, senhor.

— Bom dia, por favor, entre. Nossa conversa será breve.

Denise entrou e parou em frente a uma belíssima mesa de madeira clara, com muitos detalhes esculpidos. Atrás da mesa havia uma confortável cadeira e, na frente, dois pequenos sofás compunham um conjunto acolhedor. De relance, notou várias pinturas expostas nas altas paredes e um tapete oriental que cobria grande extensão do piso.

— Sente-se, por favor.

A conversa foi realmente breve. Denise temia um interrogatório, mas Michel logo a fez sentir-se à vontade e conduziu a entrevista de forma eficiente, agradável e produtiva.

Denise saiu da entrevista com a sugestão dada por Michel de andar pelo prédio livremente e sem pressa para conhecê-lo. E foi o que fez. Passava do meio-dia quando encerrou sua visita.

Entendeu o objetivo da sugestão do professor: agora tinha noção do que esperar e já sabia o que a atraía mais, isso facilitaria o seu aprendizado sobre o prédio: as várias escolas existentes ali e a sua rica história com mais de três séculos. Naquele momento, não havia conhecimento a ser menosprezado.

Caminhando pela calçada, sentia-se excitada demais, ansiosa para armazenar uma infinidade de informações. Andou até chegar a um dos muitos jardins da cidade e, ao ouvir o estômago roncar, reconheceu a fome. Pôs-se a procurar onde comer, o que não era difícil de localizar, mas chamou-lhe a atenção muitas pessoas fazendo a refeição ao ar livre, nos bancos do jardim. Observou o movimento até localizar, ao lado da porta de um restaurante, um balcão onde vendiam baguetes e bebidas. Havia uma pequena fila. "É isso", decidiu Denise, sorridente. Lera sobre esse hábito, mas não o imaginara tão agradável e apreciado.

Comprou seu lanche e acomodou-se no jardim, encantada, observando o movimento, o vaivém de uma multidão permeada pelo voo das pombas sempre à cata de migalhas de pão. Fez várias fotos pensando em enviá-las aos amigos no Brasil.

Capítulo 09

Entre Denise e Charlotte houve amizade à primeira vista. Simpatia instantânea, imediata.

Denise encantou-se com a alegria contagiante da companheira. Não se tratava de euforia, mas de uma personalidade vivaz, cativante. Charlotte possuía aquele brilho no olhar que ilumina todo o ser e isso a fazia sorrir serenamente.

Era uma moça de aparência comum. Nenhum de seus traços se sobressaía ou chamava atenção. Cabelos e olhos castanhos, pele clara, altura mediana, com peso saudável, não usava o manequim das passarelas. No entanto, ela era extremamente atraente e popular. Namorados e amigos tinha em abundância e com facilidade, consequência direta do seu magnetismo pessoal, reflexo de seu modo de ser. Simplesmente atraía, e as pessoas tinham prazer em estar ao seu lado.

— Problemas, dificuldades, empecilhos, achaques, decepções, tristezas, fraquezas? Quem não enfrenta isso? É humano. Quando me provarem que se supera essas coisas ficando encerrada pensando, choramingando ou reclamando a cada instante, bem, então eu mudarei. Por enquanto, acredito que a alegria suaviza todos os pesares e me dá força. Seja o que for, irá passar. E se for uma dor muito forte, essa mesmo que termina ligeiro, nem que seja pela morte — filosofava a jovem, rindo, sempre ocupada com algo, com seus projetos, desenhos etc.— Eu penso melhor em movimento e sem permitir que uma única coisa ocupe a minha vida. Seria muita pobreza! — dizia ela, rindo, justificando uma gama de interesses variados, quase tão variados quanto a faixa etária de seus amigos que, literalmente, ia dos oito aos oitenta anos.

Charlotte simpatizou com a simplicidade de Denise, com sua abertura ao aprendizado, a coragem de aventurar-se na conquista do que desejava longe de casa, fora do seu país. Gostava dessa força interior em franco e visível desenvolvimento. Enxergava nela uma flor se abrindo, e a beleza desse momento a envolveu.

Charlotte estava em Paris havia um ano. Vivera os últimos dez anos em Nancy, na companhia de sua única familiar, a tia Berthe, irmã adotiva de sua avó. Seus pais e seu irmão mais novo haviam morrido em um acidente de carro quando ela tinha treze anos. Um pouco mais de uma década se passara, e tia Berthe fora e era uma presença fundamental em sua vida.

Essa amizade deu a Denise o equilíbrio para enfrentar as barreiras culturais e de comunicação. E ambas divertiam-se com as dificuldades. O companheirismo de Charlotte ajudou Denise a superar os momentos de saudade de casa, da família. Afinal, a amiga francesa era uma exímia sobrevivente dessas dores.

Ao fim do segundo mês vivendo na França, começaram a surgir problemas maiores. A euforia das novidades, do mundo novo a descobrir, da liberdade, não encobria mais o que jazia no fundo do ser de Denise.

Em uma terça-feira, Charlotte encontrou-a no fim da tarde jogada sobre a cama da mesma forma que a deixara ao sair logo após o almoço. Estranhando a inatividade da companheira, aproximou-se do batente da porta e observou Denise, que fitava o teto com o olhar perdido no vazio.

— Olá! — cumprimentou Charlotte.

— Olá — respondeu Denise, apática.

— Cansada?

— Um pouco.

— Não quer caminhar comigo? O entardecer está lindo. É preciso aproveitar, logo chegará o frio. Podemos comer crepes mais tarde.

Denise olhou a amiga. Não estava com nenhuma vontade de sair, sentia as pernas pesadas, estava sem energia, mas Charlotte parecia ignorar seu estado de ânimo.

— Vamos, Denise! — insistiu a francesa. — O ar da rua e o movimento lhe farão bem. Vamos!

Movendo-se com esforço para sair da cama, Denise concordou. Charlotte era sua melhor amiga, sua família na França, acolhera-a e ajudava-a tanto que merecia seu empenho em vencer a melancolia vinda do nada que a abatera naquela tarde. "Fazia tempo que essa uruca não descia", pensou. "Droga!" Achava que tinha se libertado dela, afinal conseguira realizar seu sonho e estava tudo tão bem! Mas...

— Você tem razão, Charlotte. Sei lá o que me deu. Vamos, sim. Quero crepes de champignon e vou tomar vinho.

— É claro, um bom vinho branco, queijo e champignon e você estará revigorada — apoiou Charlotte, rindo. — Vamos pegar o metrô e ir até Notre Dame? Tem um crepe delicioso por lá.

— Metrô? A essa hora é muito agitado. Não podemos ir a algum local mais perto? Crepes de champignon são fáceis de encontrar na rua. Não é melhor ficarmos pelas proximidades? Estou indisposta e, de repente, encarar o metrô...

— Está bem! Mas vamos logo. Aqui dentro, na penumbra e no silêncio, essa indisposição não passará. Eu sei, nem pense em retrucar. Conheço cara de melancolia. Denise, acredite em mim. Cultivar melancolia só piora a situação. É preciso espairecer, evite mergulhar nessa onda. É como se jogar no abismo, e quanto mais tempo ficar jogada na cama, olhando o vazio, menos força terá.

— Falou a voz da sabedoria — escarneceu Denise. — Parece minha mãe. Ela também acha que sabe o que é melhor para mim.

— Não, não mesmo. Eu não digo o que deve fazer da sua vida, estou apenas alertando-a sobre a escolha que está fazendo com seus sentimentos. Entregar-se e não pensar é mais fácil, mas é muito caro pagar por essa atitude. Isso é bem diferente de me meter na sua vida. Mas se quiser ficar jogada na cama e deixar-se afundar numa melancolia sem causa, bem, nada posso fazer. Afogue-se. É isso que quer?

— Desculpe-me, Charlotte. Estou azeda hoje.

Charlotte suspirou e fez um gesto com a mão, querendo dizer “deixa pra lá, não tem importância”.

Denise calçou os sapatos, apanhou uma jaqueta jeans, enrolou um lenço colorido em volta do pescoço, pegou a bolsa e já saía do quarto quando a amiga parou-a, estendendo-lhe um estojo com maquiagem.

— Um pouco de cor, querida. Esses monstrinhos não toleram beleza, cuidado, perfume e alegria. Espante-os!

Denise sorriu. “Talvez essa maluca da Charlotte tenha razão”, considerou. E, lembrando-se dos períodos no passado quando esse sentimento pesado de vazio, solidão, tristeza e da angustiante falta de alguém indefinido a fizera mergulhar em estados mórbidos, comentou com um sorriso forçado:

— É poderoso assim?

Charlotte respondeu com um forte aceno positivo de cabeça, encarou Denise e entregou-lhe o estojo.

Minutos depois saíram e, após longa caminhada, saborearam uma refeição deliciosa, uma pequena garrafa de vinho e jogaram conversa fora em um encontro casual com alguns conhecidos. Depois, retornaram cansadas e leves para o apartamento.

Nos dias seguintes, a rotina restabeleceu-se. O curso de aperfeiçoamento de francês chegava ao fim e isso preenchia um dos requisitos para procurar emprego.

Denise lutava contra a angústia que a rondava, sentia-se como se houvesse dentro de si um buraco negro, semelhante ao descrito pelos astrônomos, engolindo seu mundo íntimo. A realidade exterior e presente estava na beira desse buraco e ela agarrava-se desesperadamente para não submergir nessas emoções densas e sem causa que a assombravam. Com frequência, sozinha, parava em frente ao espelho e monologava, encarando a face da jovem refletida, que, absurdamente, parecia não lhe pertencer. Fitava a si mesma como se fosse uma desconhecida:

— Você é louca, Denise. Convença-se disso e vá se tratar. Como você pode se sentir assim? É um absurdo! Eu nunca ouvi nada parecido. Como é que alguém pode se sentir como se houvesse outra pessoa dentro de si, espreitando a sua vida e brigando com tudo, carregando uma angústia sufocante, uma saudade desesperadora de sei lá o quê ou quem? Só a música nos pacifica. Quando eu canto, quando trabalho música, estou inteira. Acho que ela se cala ou talvez também ame a música. Não sei. Mas é um inferno viver assim, sentir isso é horrível! Não tem lógica! Mas eu não sou doida. Deus, me ajuda! Desde a adolescência que essa maldição me acompanha, fui a dúzias de psiquiatras e psicólogos e não chegaram a nenhuma conclusão. Até remédio me deram, e pra quê? Se para calar esse sentimento eu preciso apagar, isso não é solução. Em alguns momentos, a medicação até me fez bem, e creio que pelo menos me garante o benefício da dúvida de ser ou não ser louca — Denise falava consigo mesma.

Ela riu, relembrando algumas sessões com os vários terapeutas para quem contou seus sentimentos. Em geral, a olhavam com expressão preocupada quando ainda contava que uma voz amiga a acompanhava desde a infância e indagavam:

— Você ouve vozes? Uma voz estranha, de alguém desconhecido, que fala com você. É sempre a mesma voz? O que ela lhe diz? Quando isso acontece? É mais frequente quando está estressada, sob pressão?

Alucinada. Depressiva. Ansiosa. Conteúdos distorcidos da realidade. Tudo parecia apontar para isso, porém, afora esses momentos de crise, Denise era uma jovem com força de vontade, inteligente, aplicada, sensata, e com pensamentos coerentes, calma interior e extraordinário senso crítico para analisar a situação e dizer lucidamente que não encontrava razões para aqueles sentimentos e lutava ferozmente contra eles. Dupla personalidade e outras mil hipóteses foram levantadas e descartadas na sucessão de consultórios percorridos. Por fim, aos dezenove anos, cursando duas faculdades, ela decidiu abandoná-los e agarrar-se à música. Amava a arte, os sons, as composições. Aquele mundo era familiar, seguro, pacífico e prazeroso. Nele estava em paz consigo mesma. As crises haviam cessado, mas agora retornavam, aflorando com intensidade.

A campainha soou e Denise afastou-se do espelho devagar. Até chegar à porta, já haviam apertado três vezes o botão.

— Calma! — pediu Denise, falando em português. — Estou indo.

Espiou pelo olho mágico e reconheceu Maurice no corredor. Destrancou a porta, abrindo-a e saudando o rapaz com um amplo sorriso, escondendo que se esquecera de mais um encontro marcado, relembrado naquele instante.

Ele sorriu, beijou-lhe a face e perguntou:

— Pronta?

— Entre, Maurice. Preciso de alguns segundos, prometo que serei rápida. Mergulhei na leitura e esqueci as horas. São tantos livros para estudar! Desculpe-me.

— Você esqueceu o nosso encontro? — lamuriou Maurice, brincando. — Mas que feio! Ainda bem que estava em casa.

— Não, meu querido, eu não esqueci — mentiu Denise. — Apenas me distraí, é diferente. Não prestei atenção nas horas.

Ele riu, como se lesse a verdade na face da jovem e não se importasse. Com charme, acenou, dando a entender seu pensamento, e sentou-se na poltrona perto da janela.

— Vá, pequena. Eu espero, mas não demore. Ninguém gosta de esperar.

Denise foi para o quarto, trocou a blusa, os sapatos e apanhou um casaquinho que combinava com a saia. Perfumou-se, e ia sair, quando viu o estojo de maquiagem. Lembrou-se de Charlotte e da observação feita nas ruas: cara lavada, nem pensar. Aplicou uma maquiagem básica e rápida e, em menos de dez minutos, retornou à sala.

Maurice estava em silêncio, concentrado. Tinha os cotovelos sobre os joelhos e o rosto apoiado na palma das mãos. Denise surpreendeu-se:

— Maurice, você está bem? Está cansado?

— Oh! Você foi rápida. Que bom! Não, estou bem. Estava apenas meditando um pouquinho.

— Não sabia que praticava meditação. Meu tio também pratica, aliás, ele adora esse movimento da Nova Era, principalmente porque ele já foi hippie...

— Ele é coerente — disse Maurice, empurrando-a suavemente para fora do estúdio.

— Claro que é — protestou Denise, interpretando mal o comentário de Maurice. — Ele é muito bom e humano. No Brasil, eu dizia que ele é gente fina.

Maurice riu com gosto. Adorava conversar com estrangeiros e descobrir hábitos e expressões. Divertia-se e aprendia com os problemas comuns do contato com as diferenças, nunca se estressava com elas.

— Sei o que é. Adorei! É como dizer que alguém é elegante, é chique, pertence a uma classe superior. Mas o sentido é de que é uma pessoa humana com comportamento exemplar.

— É, é por aí, mas é menos formal. Ser gente fina é ser do bem. É ser simples. Ser leal, alegre, amigo, aberto, simpático, não precisa ser perfeito. Aliás, seria difícil ter o tio Joaquim como exemplo.

— Mas ele é gente fina? — indagou Maurice.

— Sim, claro.

— Bem, então não deve mesmo ser fácil copiar-lhe o modelo. Você citou muitas virtudes, pequena. Não são comportamentos sobre os quais se pense. Infelizmente, poucos pensam no que é ser gente fina ou como seria bom para a sociedade cultivar esse modo "gente fina" de ser. Não acha que o mundo se tornaria um local mais prazeroso?

Denise pensou. Imediatamente lhe veio à mente a imagem da mãe e considerou como seria bom se ela adotasse um comportamento semelhante ao do tio. Um sorriso estampou-se em seu rosto ao imaginar Marlene longe de seus trajes formais e insípidos de trabalho, morando em uma praia, vestindo um jeans transformado em short, regatas e chinelos. Seria como ver um extraterrestre. Por um instante, contestou seus próprios pensamentos, alegando que, se a mãe fosse assim, era provável que ela, Denise, não estivesse na França. Depois, lembrou-se de que o primo, Davi, filho de Joaquim, estava na Austrália havia três anos. Balançou a cabeça e, convencida, disse:

— Você tem razão, Maurice. Viveríamos bem mais e melhor, estaríamos todos em boa companhia e talvez os conflitos diminuíssem.

— Sim, é provável. Como disse: seu tio é coerente. O movimento hippie foi uma reação à Guerra Fria e ao pós-guerra. Foi a geração que herdou e conviveu com as feridas da guerra, do preconceito racial, do orgulho, das ditaduras, da violência, aqui na Europa e nos Estados Unidos. Eles disseram "não" a tudo aquilo. Desejavam mudar e fizeram a mudança. "Faça amor, não faça guerra" era o lema desse movimento. Liberdade e igualdade sexual, paz, amor, são temas profundos e com implicações individuais e sociais. Gosto muito desse período, dessa revolução de costumes. Devemos muito aos hippies. Estou falando dos que semearam, cultivaram e propagaram essas mudanças. Não de quem só adotou um estereótipo porque estava na moda. Foram renovadores sociais, revolucionários pacifistas. Criaturas assim são importantes para a evolução da sociedade em qualquer época.

Conversando animadamente sobre movimentos sociais e mudanças de comportamento, Denise e Maurice percorreram automaticamente as estações de metrô e saltaram em Porte de Pantim.

Capítulo 10

Estranhando a fachada, Denise tinha no rosto uma expressão de dúvida. E Maurice riu e apressou-a para entrar no prédio.

— Há 400 anos de história da música ocidental lá dentro. Há muito para ver e aprender — incentivou Maurice.

— Depois desse tempo que estou aqui, não deveria me surpreender com alguns lugares, mas me surpreendo — comentou Denise.

— Você ainda é uma turista, querida. Pensa que todos os museus da cidade estão em prédios clássicos. Esse local é diferente, aliás, não é muito visitado por turistas, o que eu adoro. Há mostras e apresentações de músicos de diversos países e estilos. Vamos!

Já nas primeiras impressões, a impressão de Denise modificou-se. O local era encantador e o seu acervo de instrumentos musicais, fascinante. Maurice era profundo conhecedor da história da música, especialmente da ópera, e isso tornou o passeio ainda melhor.

Caminhavam, paravam, trocavam ideias, ele lhe mostrava instrumentos raros, falava de seus fabricantes e dos detalhes que os tornavam peças de exposição, e algumas pertenciam ao acervo governamental.

Mas foi diante de um cravo antigo que Denise estacou. Repentinamente empalideceu, gotículas de suor frio molharam sua fronte e sentiu leve tremor nos lábios. Teve dificuldade para respirar e sentia como se houvesse sido pregada ao piso.

— Você está bem, Denise?

Ela se abanou apressada. Tentou falar, mas as palavras não saíam.

— Venha comigo. Vamos respirar ar puro — falou Maurice, forçando-a a se mover.

Denise caminhou enrijecida, mas, assim que se afastaram do cravo, recobrou devagar a fluidez dos movimentos e sua respiração normalizou.

Denise piscou, percebeu a saída próxima e protestou:

— Não, Maurice. Eu quero ver o restante.

— Você tem certeza? Parecia feita de cera ainda há pouco.

Denise riu nervosa e passou a mão pela testa.

— Não foi nada. Eu tenho esses chiliques de vez em quando. Não é nada grave. Os médicos nunca acharam nada errado com minha saúde. Não se assuste. Estou bem. Podemos voltar? Adorei esses instrumentos antigos, mas, sei lá, acho que me passaram alguma sensação. Vamos seguir para outra sala.

Maurice olhou-a desconfiado. A crise de Denise fora intensa, embora rápida. Mas não se parecia com uma crise epilética ou de medo, das quais tinha algum conhecimento.

— Tudo bem, mesmo? — insistiu ele, tomando-lhe a mão. — Sua mão ainda está fria e trêmula.

— Sim, eu sei, mas passará logo. Estou bem, de verdade. Não sei explicar o que me acontece, mas confesso que me assusta. E que tal deixar essa conversa para depois, quando estivermos dando uma volta no Parc de la Villette? Aqui eu quero aproveitar o máximo possível.

— Ora, ora, pensamento de turista de novo. Tenha calma. Vamos dar uma olhada geral, depois você estuda, se informa, e voltaremos outras vezes para estudos pontuais. O que acha?

— Acho que você é um amigo formidável! — declarou Denise, agradecida pela generosidade intelectual de Maurice.

Enfiou o braço no dele e retornaram à visita, evitando deliberadamente o cravo antigo.

Discretamente, Maurice analisava o comportamento da acompanhante. A nota de tristeza presente no olhar não o enganava: ela não estava totalmente bem. No entanto, evitou comentários ou indagações.

Mais tarde, quando descansavam sob a sombra das árvores, no parque, Denise falou do episódio no museu.

— Desculpe-me pelo vexame. Eu não sei o que acontece comigo. Eu odeio isso, mas está fora do meu controle.

— Você está se referindo ao que aconteceu em frente ao cravo antigo?

Envergonhada, Denise baixou a cabeça, fitou o gramado e respondeu:

— É. Aquilo acontece de vez em quando comigo.

— Notei que você não estava bem. Parecia estar sob forte emoção, desequilibrada. Isso lhe acontece com frequência?

— Mais ou menos. É inesperado e sem lógica. Você descreveu bem o que acontece, é uma emoção muito forte que vem do nada. Às vezes, eu choro copiosamente, outras, meu coração acelera como se eu estivesse em expectativa, dá uma angústia... Mas o comum é uma... ausência, uma... — e Denise em vão procurou por uma expressão em francês para descrever saudade. — Uma falta de coisas que eu não sei o que são, eu não tenho lembranças, mas eu sinto. É tão difícil de explicar!

— Melancolia? — arriscou Maurice, ouvindo-a pensativo. — Nostalgia? Tristeza?

— É uma mistura disso tudo — admitiu Denise.

— Querida, é normal sentir isso. Afinal, você está muito longe de casa, do seu país. Nosso coração é grande porque cresce com cada pessoa que colocamos nele. Você fez novos amigos, mas ninguém ocupa o espaço de outrem. Você é uma heroína. Adaptou-se tão bem e tão rápido ao nosso país e à nossa cultura. Até parece que tudo por aqui lhe é familiar, como se voltasse depois de algum tempo distante. Obviamente, seu coração fica feliz com isso, mas sente falta do que deixou no Brasil.

— Obrigada, Maurice. É claro que sinto falta e tenho dificuldades, pequenas até, é verdade, mas... não é só isso. Eu converso com a minha irmã e com meu pai quase todos os dias pela internet. Não é como estar lá, mas ajuda muito. E, sinceramente, quando vim para cá, comprei uma briga enorme com a minha mãe, e o clima em casa estava péssimo. Estou superfeliz aqui. Eu amo música. Estou apaixonada pela França, pela escola, enfim... Charlotte é fabulosa! Vivemos muito bem juntas. Você é um encanto comigo desde que cheguei. Nem tenho como agradecer... E talvez por haver muitos estrangeiros, consegui fazer amigos rapidamente. Todos temos essa necessidade e anseio, então ficamos abertos e receptivos, acho que é por aí.

— Bem, se não é essa a causa, então qual é?

— Eu não sei. Comecei a sentir isso entre doze e treze anos de idade. Foi também quando comecei a me interessar pela música e por arte em geral. Como disse, são emoções muito fortes, fortes mesmo, que vêm do nada. Ou pelo menos assim me parece. Não tem lógica. Já fiz terapia, mas pouco ajudou. Um dos terapeutas analisava todos os detalhes de quando ocorriam essas crises. Eu escrevia tudo e, por fim, descobrimos que não havia nenhum padrão, não achamos o "gatilho emocional" de algum trauma de infância ou coisa assim. Então, parei a terapia. Nessa época, eu já tinha dezessete anos e assumi que cantar era o meu paraíso. Não era por aplauso, nem para ser vista, não tenho essa coisa de estrela, o palco é acessório para mim. Era e é porque me dá paz, prazer, é algo que eu amo. E não sou muito apegada, entende?

Maurice a ouvia com atenção, sério. Encarou-a alguns instantes, sorriu e respondeu:

— Hum, entendo. Está anoitecendo, vamos embora?

— Claro! — concordou Denise, apressando-se. — Desculpe-me, por favor, acho que falei demais e chateei você.

— Oh, não. Não diga isso. Sua história é triste, e eu lamento, mas é muito interessante. O ser humano é algo grandioso. Cada um de nós é um universo em si mesmo e isso é incrível. E, tal qual o universo, somos um mistério para nós mesmos. Isso é fantástico! A vida é fantástica!

Denise riu da animação de Maurice. Começaram a andar de volta à estação do metrô e, após uma breve pausa, ela comentou:

— Ainda bem que você vê as coisas desse modo. Não queria chateá-lo.

— Não, de modo algum. Você me deu muito no que pensar, querida. A mente e as emoções me fascinam. Deve ser a minha veia de compositor desabrochando, enfim!

— Quem sabe um dia haverá um cartaz enorme convidando para a estreia da grande ópera *Denise*, de Maurice Chardel. — brincou a jovem, apoiando-se no braço do amigo.

— Não ria. Para mim, tudo é possível. Não reconheço força maior do que a vontade humana.

— Legal! Diz o povo: querer é poder. Nunca pensei seriamente sobre a frase, Maurice, mas acho que você está certo.

— Hum, não é bem isso. O querer é uma força, uma disposição interior. É irracional. Eu preciso ser lúcido para empregá-la e tornar possível tudo o que é logicamente possível. Se não pensar assim, esbarro em querer servir um peru em pires ou colocar Paris em uma das ilhas do Sena. Se empregar minha vontade em coisas desse tipo, o fracasso será meu companheiro. No entanto, compor *Denise* é algo viável para mim.

— Quando recebi a notícia de que a vaga para estudar na escola de música era minha, eu não sabia se ria ou chorava. Fiquei extremamente dividida, feliz e triste ao mesmo tempo. Miguel, um amigo de quem já lhe falei, cantou para mim a estrofe de *La donna è mobile*.

— A natureza feminina é profunda, complexa e misteriosa, por isso inspira tanto as artes. Veja, é assim desde a Antiguidade. Os artistas representaram as musas das artes como mulheres. As grandes obras da pintura, como *La Gioconda*, de Leonardo da Vinci; na música, *Aida*, *La Traviata*; na literatura, é um banho de personalidades femininas. Na escultura, não temos o esplendor de um Davi feminino, mas temos as estátuas da Grécia antiga, como a *Vênus de Milo*, e todo sentimento no rosto da *Pietá* não caberia em feições masculinas. As inexplicáveis emoções de *Denise* poderão abalar muitas sensibilidades. Quem de nós sabe o dia de amanhã? — Maurice brincou e prosseguiu: — Há possibilidade! Descobri uma musa. Agora é preciso fazer desabrochar o talento.

— Boa sorte!

— Nada disso! Eu mereço. Sabia que o talento é obra do trabalho?

— E como explicar os jovens talentos sem tempo para terem trabalhado? — desafiou Denise, sorrindo.

— Os mistérios do tempo e da vida — falou Maurice, rindo. — Mesmo esses talentos natos, creio que em algum momento trabalharam. O conhecimento não é gratuito, não vem do vento, minha amiga. Olhe, é o nosso trem — comentou, apontando o veículo que se aproximava da estação com a indicação do destino deles. — Vamos!

Surpreendentemente, havia poucos passageiros na plataforma e puderam embarcar com calma em um metrô lotado. Denise ainda estranhava o silêncio, as pessoas lendo e o fato de que não se olhavam. Estranhava aquela atitude comedida e distante dos franceses. Aprendera a não olhar diretamente para as pessoas e mudara o toque do celular para não incomodar ninguém. Black Sabbath não tocava mais em seu aparelho. Fenômeno de aculturação, talvez. Mudanças interiores, com certeza.

Começava a entender diferentes formas de expressar respeito pelo outro e pela própria privacidade. Não estava sozinha no mundo nem era o centro dele. O discreto som da campainha do telefone denunciava a mudança de valores em curso. E é interessante que isso se processava inconscientemente. Antes não percebia a razão da conduta inconveniente, agora a modificava e os valores que dirigiam a mudança ainda não estavam à luz da consciência, mas floresciam à sombra de uma cultura estrangeira.

Retomaram a conversa quando desceram do metrô, andando pelas calçadas. Pararam em frente ao prédio onde Denise morava. Apontando para a porta, ela indagou:

— Quer subir e tomar um chá?

— Não, obrigado, Denise. Está tarde.

— Certo! Outro dia, então. E, Maurice, me desculpe pelo que houve no museu.

— Esqueça, pequena! Não foi nada. Nossas dores têm o tamanho que lhes damos. Viver se queixando ou remoendo problemas só os faz aumentar. Até a natureza nos dá tréguas no sofrimento. Não há padecimento ininterrupto, e, se a dor é muito forte, perdemos a consciência. Bênçãos de Deus nem sempre as reconhecemos, não é? Você é valente, e eu gosto disso. Dê força à sua coragem, às suas conquistas, e algum dia, no futuro, se lembrará desses achaques com prazer.

Denise sorriu, ficou na ponta dos pés e deu um beijo estalado na face de Maurice.

— Amigos como você tornam a vida mais fácil. Boa noite!

Ele riu, passou-lhe a mão na cabeça e sussurrou:

— Vá! É tarde. Até amanhã. Durma bem, isso faz bem à voz. É horrível uma voz cavernosa, insone e cansada.

Denise concordou, sorrindo. Subiu os degraus e entrou no prédio.

Maurice, pensativo, seguiu até a sua residência. Havia um mistério, quiçá uma história profunda, latente na personalidade de Denise.

Capítulo 11

Denise mergulhou em uma fase de intensa atividade. Conseguiu trabalho de meio expediente no comércio, envolveu-se com outras pessoas, esqueceu a melancolia e a crise do museu.

Na escola de música, a exigência tornava-se maior a cada dia, obrigando-a a dedicar todas as horas livres a estudos e ensaios. Charlotte, satisfeita com os progressos de Denise, não dera mais importância às súbitas mudanças de humor e atribuiu-as à distância de casa. Algo muito natural e até esperado.

Maurice ainda lembrava do ocorrido no museu e guardava precaução. Percebera o quanto Denise era frágil e, a fim de não estimular dependência ou dar a impressão de um interesse romântico que não tinha, afastou-se e acompanhava discretamente o comportamento dela. Passaram-se os meses e o fim do primeiro semestre na França se aproximava.

Exausta e feliz com as vitórias do dia, Denise jogou-se de costas na cama. Sorria, fitando o teto.

— Boas notícias? — indagou Charlotte, interrompendo o desenho de um vestido. — Vá contando. Adoro boas notícias. São inspiradoras.

— Recebi elogios do maestro e talvez ele me inclua no coro da próxima temporada. Ai, é um sonho! Tenho vontade de me beliscar. Não! Tenho vontade de me morder para ter certeza de que é real.

— Ei, ei, menina! Calma! Você disse talvez — lembrou Charlotte. — Não se morda à toa. Isso dói.

— Quando o maestro diz "talvez", é certo — rebateu Denise. — Ele é temperamental e exigente, mas meus colegas disseram que estou nas apresentações da próxima temporada. Isso é divino!

— Está tão feliz que até parece que será a solista — falou Charlotte, sorrindo. — Parabéns! Acho que sentirei isso quando vir meus vestidos nos desfiles.

— É tão bom! Dá vontade de gritar!

— Exagerada!

Charlotte voltou a desenhar e Denise entregou-se à felicidade. Imaginou-se em cena, cantando. Sonhava acordada, porém o cansaço das atividades e a tensão com os estudos cobraram o preço e ela adormeceu.

Terminado o desenho, Charlotte voltou-se e balançou a cabeça ao deparar-se com a companheira dormindo, vestida e calçada, jogada sobre a cama.

Silenciosamente, levantou-se e, ao sair do quarto, apagou a luz. Foi à cozinha preparar um lanche e depois decidiu relaxar lendo um romance emprestado pela tia. Acomodou-se na poltrona e, deliciada com a obra, não viu o passar das horas.

Surpreendeu-se quando Denise surgiu na sala. Estava estranha. Atravessou a sala, ignorando-a, como se não a enxergasse. Aproximou-se da janela e sentou-se no parapeito, para horror de Charlotte. Uma perna pendia para o lado de fora e a outra balançava ao ritmo de uma música antiga do folclore francês que Denise cantava. Era uma canção popular nas comunidades rurais da Provença, pouco conhecida em Paris.

Intrigada, Charlotte aproximou-se devagar. Observou Denise atentamente.

— Deus! Ela está dormindo... — constatou, falando baixinho. — O que eu faço?

Lembrou-se da recomendação popular de não se acordar um sonâmbulo, mas afligiu-se com a situação. O estúdio ficava no quinto andar e, se ela caísse da janela, os danos poderiam ser grandes e fatais. Resolveu monitorá-la. Se percebesse maior perigo, seguraria a amiga e até gritaria, mas, por enquanto, acompanharia a crise.

Denise terminou a canção e, por alguns segundos, ficou enrolando os cachos dos cabelos com os dedos. Tinha uma expressão sonhadora, romântica, apesar dos olhos fechados. Reclinou-se e, para alívio de Charlotte, recolheu a perna que pendia, dobrando-a sobre o parapeito, e abraçou o joelho.

— Anton! — chamou Denise. — Venha! Estudei todas as partituras para a missa. Quer ouvir?

Charlotte surpreendeu-se. O sotaque tipicamente latino-americano havia desaparecido e ela falava o provençal[2], dialeto da sua região. Não sabia que Denise o conhecia. Aliás, fora da Provença, especialmente da zona rural, esse dialeto atualmente era pouco falado.

— O que é isso? — indagou-se Charlotte, atenta à amiga.

— Anton, Anton, meu amor, venha me ouvir. Qual prefere?

E, como se ouvisse uma resposta, a sonâmbula balançou a cabeça concordando. Pareceu concentrar-se alguns segundos, moveu a cabeça como se buscasse apurar a audição, como se ouvisse a melodia da música.

Charlotte sentiu um arrepio correr por seu corpo e gelou. Os pelos da nuca eriçaram e respirou com esforço quando ouviu Denise interpretando cantos gregorianos. Esqueceu que a amiga corria perigo no parapeito da janela no quinto andar e sentou-se, apavorada. Percebeu por alguns instantes, uma voz masculina. Olhou à volta para certificar-se de que estavam sozinhas. Assustada, virou a cabeça em direção ao quarto e, pela porta aberta, viu o mostrador do relógio digital sobre o criado-mudo. Em grandes números verdes ele informava que faltavam quinze minutos para as três horas. Era madrugada.

Gelada e trêmula, Charlotte testemunhou Denise, adormecida, entretendo-se e cantando com alguém chamado Anton.

---

2 Dialeto antigo falado no sul da França, região da Provença.

Ela cantou outra música e disse mais algumas palavras que Charlotte não conseguiu registrar, pareciam murmúrios apaixonados. Depois, ela moveu-se, saiu da janela e caminhou de volta para o quarto. Deitou-se e, por seus gestos, percebia-se que agia como se ajeitasse uma longa saia.

Charlotte demorou a recuperar-se. Aliviada, acompanhou com o olhar o retorno da sonâmbula ao quarto. Faltava-lhe coragem para erguer-se e observar Denise outra vez.

— O que foi isso? — perguntou para si mesma.

Respirou fundo, o tremor e o frio cederam. Lentamente voltava ao normal. A sala estava silenciosa.

— Preciso de um chá.

Ao abrir o armário, deparou-se com uma garrafa de *cherry* e não titubeou, apanhou um copo e serviu-se.

— Pensando melhor, isso é mais apropriado para superar um evento fantasmagórico. Eu não precisava passar por essa!

Bebendo goles generosos, voltou à poltrona onde antes lia tão prazerosamente. O livro não lhe interessou mais. Estava dividida entre a razão e a emoção. Racionalmente queria ir ao quarto e acordar Denise, perguntar-lhe se lembrava do que acontecera. Mas uma sensação irracional de medo a paralisava e a empurrava para longe daquele episódio e sugeria a ideia de esquecê-lo. Mas como?

Capítulo 12

Denise acordou alguns segundos antes de soar a música do despertador. Espreguiçou-se e se sentiu desconfortável, apertada. Apalpou os braços e sentiu o tecido da camisa, desceu mais e descobriu que estava completamente vestida. Ainda trajava as roupas do dia anterior.

— Mãe do céu! Eu devia estar muito cansada — murmurou sonolenta.

Recordando a agenda cheia do dia, com aulas durante a manhã toda, trabalho à tarde e ensaio à noite, desistiu de questionamentos inúteis. Sentou-se na cama e, surpresa, constatou a ausência de Charlotte.

— Estranho! — falou baixinho e se esforçou para rememorar a noite anterior.

Olhou a mesa de desenho com os esboços dos vestidos e lembrou. O cansaço a vencera.

— Charlotte deve ter saído mais cedo. Também está com mil coisas para fazer.

Levantou-se, despiu-se, colocou o roupão, escolheu o que vestiria e deixou sobre a cama. Um banho morno e perfumado era ótimo para começar o dia.

Pronta, foi até a sala e deparou-se com Charlotte dormindo na poltrona. O copo na mesinha chamou-lhe a atenção. Reconheceu o resto da bebida avermelhada.

"Pobre Charlotte, estava tensa. Mas torta desse jeito vai ficar com muitas dores", pensou e decidiu acordá-la.

Ajoelhou-se ao lado da poltrona e, com delicadeza, chamou:

— Charlotte! Charlotte! Acorde! Já amanheceu.

— Hã?

— Acorda, amiga. É dia! — repetiu Denise, sorrindo.

— Hã? Dia? — abriu os olhos, e a luminosidade que entrava pela janela a fez cobrir o rosto com as mãos.

Piscando, encarou Denise. Imediatamente lembrou-se do episódio de horror da madrugada. Fitou a preocupada colega e indagou:

— Está tudo bem contigo?

— Sim, é claro — respondeu Denise, achando graça da perturbação na face de Charlotte. — Por que não estaria?

— Ontem...?

— Não aconteceu nada de diferente ontem. Foi um dia normal, Charlotte.

— À noite... não se lembra do que aconteceu?

— Ah! Eu apaguei. Estava muito cansada, mais até do que imaginava. Dormi com roupa e tudo. Mas não fui a única. Olhe para você!

Charlotte pôs as mãos na cabeça e a sacudiu com força, depois encarou Denise e perguntou:

— Quase morri de susto ontem. Por que não me disse que era sonâmbula? Fiquei assustada, Denise. Não sabia o que fazer.

Denise empalideceu, abriu os braços e deixou-os cair, revelando impotência.

— Desculpe-me, Charlotte. Há anos isso não acontecia. Pensei que tivesse passado. Espero não ter feito nada constrangedor.

— Você sentou no parapeito da janela e cantou trovas em provençal. Quando esteve na Provença?

— Nunca.

Charlotte piscou e demorou a processar a informação de que a amiga não conhecia a Provença. "Como podia ter cantado músicas folclóricas? E aquela voz masculina?", questionava-se.

Mas, percebendo o aborrecimento nas feições de Denise, desistiu de perguntar.

— Ah! Mas você interpretou muito bem as canções. Parecia uma nativa cantando.

Denise enrugou a testa. Nitidamente duvidava da informação dada pela amiga.

— É verdade! Você cantou com perfeição e sem sotaque músicas antigas. Jurei que as conhecia bem.

— Não, eu não conheço. Aliás, nem me lembro do que acontece enquanto durmo. Sei que sou sonâmbula, pois já acordei fora da cama muitas vezes.

— E não se lembra de nada?

— Não. Camila me contava o que eu fazia. Dizia que conversava comigo e que eu era outra pessoa no sonho. Ela se divertia.

— E o que posso fazer? Como devo agir se isso acontecer outra vez?

— Não há perigo, Charlotte.

— Como não?! Fiquei apavorada com você sentada na janela, com a perna dependurada para fora. Já viu a altura? Se você caísse, se machucaria muito. Posso acordá-la? Como impedir que se coloque em perigo?

— Isso nunca aconteceu — protestou Denise. — Eu caminho, converso, sei que é estranho, mas tem muita gente que passa por isso. É comum! Mas ninguém sabe explicar. Não é uma doença.

— Eu sei. Mas nunca tinha presenciado isso. É muito estranho. Era você e não era ao mesmo tempo. Sinceramente, amiga, foi assustador.

— Você conversou comigo?

— Não. Você chamava por um homem. Eu não soube o que fazer, então fiquei apenas controlando para que não caísse da janela.

Denise recordou que a irmã lhe contara que ela chamava nos sonhos por um homem. “Será que depois desses anos ainda é o mesmo homem?”, pensou.

— Anton? — arriscou Denise.

— É. Quem é?

— Eu não sei. Mas Camila me contou que eu chamava e falava muito nesse tal de Anton. As informações eram desconexas. Criamos várias novelas na nossa imaginação. Bem, se estou perdoada, que tal você se arrumar enquanto preparo o café?

Charlotte olhou o visor do relógio distante e ergueu-se rapidamente. Enquanto se dirigia ao banheiro, respondeu:

— E tem outro jeito? Temos um dia cheio pela frente.

Denise carregou ao longo do dia, no íntimo, a inquietação pelo episódio de sonambulismo. Não era mais uma adolescente curiosa e romântica fantasiando com a irmã a respeito de sonhos.

Era desagradável saber que não tinha o controle de si mesma em determinados momentos da vida. "Viver fatos e não me lembrar deles é desconcertante. E, pelo relato de Charlotte, parece que eu tinha assumido outra personalidade. Por que esse Anton surge em meus sonhos? Nunca conheci ninguém com esse nome. O que é isso? Será que tenho uma personalidade inconsciente e outra consciente? De onde ela vem? Qual é a causa disso tudo? Como pude estar dormindo e, ao mesmo tempo, sentada em uma janela, arriscando-me a um acidente grave, cantando? Será que um espírito se apossa de mim? Já ouvi falar disso. Dizem que pode acontecer, mas será que é verdade? E por que comigo? Por que tenho que passar por isso? Por que não sou uma garota 'normal' como as outras?", questionava-se Denise.

A mente é um domínio imenso e infinito. Fascina e apavora. Podemos fazer muitas coisas, coordenar atividades e recalcar pensamentos recorrentes que ficam rodando como se fossem música ambiente, bem baixinho, mas que causam cansaço e irritação após algum tempo e nem sempre reconhecemos que a causa é esse ruído mental constante. Isso acontecia com Denise. Havia anos carregava inquietações com esses fenômenos estranhos e inexplicáveis, mas não os associava e nem os identificava como causa de seu estado emocional.

Estressava-se como quem tem um jogo de quebra-cabeça faltando peças e não consegue formar a imagem.

Nesses dias, entregava-se com desespero real à música, usando-a para esquecer seus problemas. Convicta de que teria o apoio da "voz", chamava-a em pensamento, implorando ajuda.

Aquele não foi um dia de exceção. Foi a regra. A única diferença era o local onde se desenrolava o drama, prova de que a mudança de endereço, por mais distante que fosse, não resolvia problemas. Eles viviam nela e com ela. Onde quer que fosse, estariam juntos. A construção do paraíso começa na libertação interior e, por isso, quando o conquistamos, podemos estar em meio ao fogo cruzado e estaremos bem, usufruindo o paraíso e entendendo a circunstância ao redor como passageira. Aliás, como tudo o que é material.

Mas com a mente cheia de ruído, rodando sem parar em torno de pensamentos aflitivos e sem resposta, Denise vivia num inferno íntimo, daqueles de fogo brando, que maltrata e nunca mata, mas tortura.

Capítulo 13

Denise e Maurice sentaram-se nas últimas filas. Apesar de ser um desfile de moda, produzido pelos alunos do curso, colegas de Charlotte, o salão estava lotado.

— Nossa! Quanta gente! — comentou Denise. — Não esperava essa produção toda.

Maurice sorriu, divertia-o a ingenuidade da amiga.

— Querida, você está em Paris. O que esperava? Essa cidade tem uma tradição cultural a zelar, e exatamente em moda.

— Sim, mas são estudantes — protestou Denise.

— Diga-me: quem estuda medicina pratica onde?

— Em hospitais — respondeu Denise, rindo.

— E quem estuda música pratica onde?

— Em concertos e apresentações.

— Quem estuda moda...

— Certo, Maurice, quem estuda moda pratica em desfiles chiques. Eu entendi. Mas pensei em um evento estudantil. Foi essa a minha surpresa.

— Ora, eles são estudantes, mas querem ser profissionais, não é? Quanto antes começarem a agir como tal, mais sucesso obterão. Ou você pensa que dentre esse público não há caça-talentos das maiores maisons e da indústria? É claro que sim.

— Você tem razão, ainda não me libertei de uma ideia muito ingênua. Penso em escolas apenas como local de relação entre alunos e professores. Estou errada, pois é preciso ampliar a visão e incluir noções de mercado de trabalho.

Maurice balançou a cabeça concordando. E calaram-se, pois a mudança no som e nas luzes do ambiente anunciava o início do desfile.

Eles pouco prestaram atenção nos modelos. Maurice chamava a atenção de Denise para o papel da música coadjuvando o evento.

— Imagine isso sem esse som maravilhoso? Percebe como a produção musical trabalhou para acertar a trilha sonora com a proposta da coleção, com cada peça apresentada? Como atrai a atenção do público sem que percebam? Isso é incrível! É essa generosidade que a música tem que me apaixona, ela pode ser a prima-dona ou uma coadjuvante e não se ofende. Entende que é necessária e simplesmente serve.

— Penso que todas as formas de arte possuem essa generosidade — contestou Denise. — Elas trabalham juntas sem se importar com a prima-dona da vez. As pessoas deveriam aprender a agir assim.

— Sem dúvida, embora a arte e o artista sejam coisas distintas. A arte não tem ego nem orgulho e vaidade. É a beleza, a busca da perfeição, pura e simples. O desejo de comunicar uma ideia. O artista tem ego, orgulho e vaidade, coisas que, às vezes, perturbam o processo criativo e o relacionamento com os outros. Fique atenta, minha querida. Um dia essa sua voz de anjo poderá levá-la longe e você poderá se perder de si mesma.

— Eu amo a música, Maurice, não a minha voz. Poderei um dia perder a minha voz, não conseguir cantar e, é claro, vou sofrer muito, mas a música continuará em mim, e então acho que farei outras coisas. O que não posso é sair desse mundo.

— Belos sonhos! — murmurou Maurice.

O encerramento do desfile trouxe à passarela uma Charlotte radiante e emocionada.

— Aquela é a sua amiga? — indagou Maurice, referindo-se à jovem que caminhava com a cabeça erguida e com firmeza na passarela.

— Sim — respondeu Denise, aplaudindo-a entusiasticamente. — Ela é muito talentosa e dedicada.

— Eu diria que ela tem vivacidade. A luz nos olhos dela é linda. Está feliz — ele riu baixinho. — Lembra uma criança sapeca que quer correr e saltitar.

— Charlotte trabalhou muito para este desfile — justificou Denise. — E eu ainda a preocupei.

— Por quê?

— Tenho algumas esquisitices, você sabe.

— Crises, como a do museu, você quer dizer.

— É, mas de outro tipo.

— Como assim? — indagou Maurice.

— Sou sonâmbula.

— E daí? Meu avô também era.

— É uma longa história. Depois te conto. Olhe! Charlotte nos viu!

Denise acenou alegremente para a amiga que passava de regresso em frente a eles. Maurice ergueu as mãos e aplaudiu Charlotte. Foi recompensado com um leve menear de cabeça da moça.

— Muito atraente a sua amiga — comentou Maurice, acompanhando a saída de Charlotte com o olhar.

Denise estranhou o comentário, mas nada respondeu. "Ele não descobriu a América", pensou. "Qualquer um vê que Charlotte é atraente."

— Haverá um diferencial entre esse desfile e um profissional: a fila de congratulações e o assédio da imprensa — falou Maurice. — Isso é bom porque significa que poderemos sair para jantar mais cedo. Será que ela vai demorar?

— Nem um pouco. Veja! — respondeu Denise apontando a saída. — Lá está Charlotte. Ela troca de roupa mais rápido que uma modelo.

— Magnífico! Vamos sair daqui, já cansei — falou Maurice, empurrando Denise suavemente entre o público.

Denise abraçou Charlotte, felicitando-a pelo sucesso do desfile e pelo belo resultado do trabalho.

— A coleção é linda! Suas peças são as que mais chamam a atenção, são as mais bonitas. Eu usaria todas.

— Obrigada! É bom ouvir isso, pois trabalhei muito.

— O talento, o trabalho e a disciplina são os ingredientes do sucesso — disse Maurice, estendendo-lhe as mãos. — Parabéns! Você reúne as três qualidades, isso é visível nas peças que assinou.

— Muito gentil. Obrigada!

— Charlotte, este é o meu amigo Maurice, já lhe falei muito dele — apresentou Denise, intervindo na conversa. — Maurice, esta é Charlotte. Você também já me ouviu falar muito a respeito dela.

Os dois trocaram um sorriso educado e Maurice tomou a iniciativa de convidá-la:

— Seu sucesso merece uma comemoração. Proponho um jantar e um bom vinho. O que acham?

Charlotte observou Denise e Maurice e, depois de alguns segundos, respondeu:

— Aceito, mas somente se eu puder convidar um amigo para nos acompanhar.

— Perfeito! — concordou Denise. — Chame-o logo.

Maurice concordou com um aceno de cabeça. Instantes depois, ela voltava de braço dado com um rapaz vestindo jeans e camiseta preta com o nome do Black Sabbath. Chamavam a atenção sua pele clara, a cabeleira louro escuro encaracolada e os olhos verdes brilhantes.

— Denise, Maurice, este é o meu amigo Max, o DJ do desfile.

Trocaram cumprimentos. Max era do tipo expansivo, de fácil entrosamento e muito falante. Um sorriso brincava em seus lábios, intensificando o brilho de seu olhar. Logo decidiram ir ao restaurante que ele sugeriu. Denise se identificou prontamente com aquele modo de ser leve e solto. A camiseta da banda de rock dizia que havia mais afinidade entre eles, e a curiosidade atraiu-a para perto do rapaz. Estimulada pela espontaneidade dele, recobrou a típica informalidade latino-americana e conversaram animadamente sobre a música da banda.

Maurice observava com aprovação a transformação de Denise.

— Parece que fomos excluídos e esquecidos — comentou Charlotte, acompanhando a direção do astuto olhar de Maurice.

— É o que parece. Mas confesso que não tenho como participar da conversa deles: não gosto de rock e muito menos desses *shows* e festivais com multidões.

— Eu até gosto, mas não dessa banda. O movimento heavy metal é demais para mim. Tenho um gosto mais ameno.

— A julgar pelo trabalho apresentado hoje, você tem muito bom gosto. Diria que um clássico moderno, básico e elegante.

— Obrigada! Você gosta de moda, Maurice?

— Gosto. A moda é como a música: todos conhecem, se envolvem, sofrem as influências, mas nem sempre têm consciência disso. Ela permeia e perpassa nossas vidas. Creio que seja necessário estudar tendências, pessoas, épocas e culturas para acompanhar a dinâmica da sociedade.

— É isso que me fascina — declarou Charlotte. — Fico imaginando como irei me sentir quando, daqui a alguns anos, eu andar pelas ruas e encontrar pessoas vestindo o que criei. Acho que vou amar!

— Você pensa em criar moda para o povo? Não está sonhando com revistas internacionais e grandes maisons?

— Não! Não tenho perfil para esse trabalho, nem gosto. Quero desenhar para pessoas comuns, anônimas. Quero pensar em uma mulher que trabalha fora, que tem filhos e que, como tantas vezes já vi, empurra o carrinho pelas calçadas de Paris de salto alto e maquiada, pronta para o trabalho de manhã. Reparou como elas são bonitas? Invejo aquela classe tipicamente parisiense. Definitivamente meus pendores são para a indústria, não para o ateliê.

Maurice sorriu. Caminhavam alguns passos atrás de Denise e Max, conversando e descobrindo que compartilhavam visões semelhantes a respeito da arte e das paixões de cada um.

No restaurante, sentados ao redor de uma mesa circular, a dinâmica modificou-se, embora naturalmente as afinidades atraíssem uns mais que outros e determinassem atenção e interesse.

Envolvidos na agradável comemoração, não percebiam a presença de alguém observando-os, e essa pessoa estava contrariada especialmente com Max.

Capítulo 14

— Denise, você deu o número do meu telefone ao Maurice? — perguntou Charlotte, quando se preparava para dormir, dois dias após o desfile.

Denise largou o caderno de música ao lado da cama e virou-se para encarar a amiga.

— Sim. Fiz mal?

— Não. Imagina. Simpatizei muito com ele. É que eu pensava que vocês estavam namorando, e ele me convidou para jantar na sexta-feira.

— Mesmo?!

— Sim, por que o espanto?

— Bem, é que eu estava achando que o Maurice era gay. Eu o conheço há meses, saímos juntos várias vezes e... não houve nada, nem um beijo. Aceitei que ele queria ser meu amigo e como nunca o vi interessado em outra mulher...

— Você deduziu que ele era gay. São apenas amigos. Bem, não sei como namoram no seu país, mas aqui é diferente, Denise. Se um homem convidá-la para sair, ele vai querer conhecê-la. Se beijá-la e você aceitar, significa que aceita sexo. Se Maurice nunca a tocou, é porque quer ser apenas seu amigo.

— Hum... Estranho! Então passam a noite conversando e se rolar um beijo há interesse de namoro e sexo. No Brasil, beijar é algo tão comum. Se beija qualquer um. Mas, para dizer a verdade, não sou muito boa em matéria de namoro. Meus relacionamentos foram muito rápidos. Acho que não sou uma mulher interessante — lamentou-se Denise. — Não sou atraente. Sou chata e esquisita. Não sei em quê, mas eu decepciono em algum ponto. Meus namoros, quando chegavam a um mês, era muito. Eles desapareciam no vento, sem dar explicação ou, quando eu insistia, davam desculpas esfarrapadas para não me encontrar. E assim terminaram todos os meus namoros. Antes de vir para cá, já tinha desistido de envolvimentos. Só me magoei, então resolvi que a música era o grande amor da minha vida. Foi melhor assim.

Charlotte fitou-a séria e constrangida com a súbita confissão que revelava insegurança e baixa autoestima. Não sabia o que responder, não estava habituada a revelações da vida privada dos outros.

— Você é bonita, talentosa, agradável, tenho certeza de que ainda encontrará um grande amor em forma de gente e não apenas um som — afirmou Charlotte. — O homem certo para você ainda não apareceu. É muito jovem para desistir de amar.

Charlotte sorriu como se lembrasse de algo prazeroso e completou:

— Minha tia Berthe ficaria horrorizada se a ouvisse falar.

Denise fixou o olhar no teto. Havia apenas amizade entre ela e Maurice, não estava apaixonada, mas sentiu uma pontada de tristeza, de ciúme, como se estivesse sendo preterida. Era um sentimento absurdo, ela sabia, mas como mandar no coração? Notou que a alegria de Charlotte se escondera. Ela aprontara-se em silêncio, acomodando-se na cama, virara para a parede como se estivesse muito cansada e fosse adormecer em seguida. Culpou-se por estragar o prazer da amiga. Remoeu sentimentos e lembranças de seus relacionamentos infrutíferos e adolescentes. Demorou a dormir e teve sonhos aflitivos nos quais fugia de antigos namorados para encontrar alguém cujo rosto e nome não conseguia lembrar-se com clareza.

Amanheceu com a cama revirada, a camisola banhada em suor e incrivelmente cansada e sem disposição.

— Meu Deus! A Terceira Guerra Mundial estourou na sua cama esta noite? — questionou Charlotte quando saiu do banho e deparou-se com Denise sentada no leito. — Seu cabelo está um caos.

— Bom dia para você também — respondeu Denise, levemente mal-humorada.

— Sua pele está vermelha — retrucou Charlotte, rindo. — Esfregar o rosto no travesseiro é um novo método de esfoliação?

— Não debocha! Tive uma noite péssima — declarou Denise, caindo de costas na cama. — Nem parece que dormi. Estou exausta. Como pode acontecer isso?

— Pergunte a tia Berthe quando conhecê-la. Ela tem algumas teorias sobre gasto de energia e coisas do gênero. Para ela, dormir é um estado misterioso e complexo.

— Sei. Tão misterioso e complexo que até os loucos dormem.

— Não ironize. Você não conhece. Há sentido nas teorias dela. É realmente um estado misterioso. Sabia que o inventor da máquina de costura encontrou a solução do dilema da laçada da linha em um sonho?

— Não, mas sei da história do anel de benzeno. Meu professor de química do segundo grau contou essa história várias vezes. Ele descobriu o desenho ou a fórmula, não lembro exatamente qual, em um sonho.

— Artistas frequentemente relatam receber inspiração em sonho — comentou Charlotte, enquanto colocava os brincos.

— Se essa foi uma noite premonitória, é melhor eu tentar falar com o secretário de defesa norte-americano e avisá-lo da Terceira Guerra iminente — brincou Denise, sorrindo.

— Oh! É uma boa medida. Mas, antes, penteie bem os cabelos...

— Boa amiga! Meus cabelos são crespos. Sabe o que isso significa?

— Você diz que tem um "pé na África".

— É, mas o que eu queria dizer era: trabalho, muito trabalho. Deixá-los bonitos não é simples, uma escova não resolve.

— Prenda-os, então. Mas dê um jeito. Você não tem o direito de assustar as crianças, por pior que tenha sido a sua noite — lembrou Charlotte. — E a preguiça e o desleixo não deviam ter lugar no mundo.

Denise riu. Aparentemente nada tirava o bom humor de Charlotte. E era inegável que ela tinha vocação para moda, porque gostava de ver as pessoas bonitas.

Saltou da cama e, reunindo a energia restante, tratou de preparar-se para o dia. Quando terminavam a rápida refeição matinal, Denise voltou ao tema que a incomodava.

— Charlotte, sobre ontem à noite, eu queria me desculpar. Confesso que de um jeito muito pobre de espírito senti ciúme e inveja de você. Desculpe as bobagens que falei. Maurice é um encanto, espero que dê tudo certo entre vocês. Na verdade, foi visível a atração entre vocês na noite do desfile. Essa inveja tem a ver com a minha solidão e com o fato de eu não ser muito boa em relacionamentos.

A sinceridade de Denise tocou a amiga, que estendeu a mão sobre a mesa num gesto de aceitação. Ao corresponder, Denise sorriu e baixou o olhar, envergonhada. Sentia-se tola e imatura.

— Entendo. Mais tarde conversaremos, certo? Preciso ir, estou atrasada.

— Ok. Conversaremos depois. Obrigada por me compreender.

— Somos humanas, sabia? Há diferenças, mas temos muitas semelhanças.

Apressada, Charlotte levantou-se, apanhou a bolsa e acenou da porta.

Na sexta-feira à noite, após o encontro com Maurice, Charlotte retornou ao estúdio feliz, encantada com o novo namorado. Recordava as cenas recentes e sorria, enquanto subia as escadas.

Abriu a porta e estranhou encontrar todas as luzes acesas. "Será que Denise esqueceu? Quanto desperdício! Vou lembrá-la da importância de cuidar da energia. O planeta agradece pequenos carinhos", pensou. Entrou em silêncio e apagou a luz da sala.

No quarto, Denise escrevia rapidamente e não deu sinais de haver notado a chegada da amiga. Usava pijama e meias, estava acomodada na pequena bancada, cercada por folhas de papel escritas.

Charlotte recolheu algumas folhas que estavam no chão, evitando pisoteá-las ao entrar no quarto.

— Olá, Denise, ainda está acordada?

Denise não se moveu, nem deu qualquer sinal de ter notado a presença de Charlotte.

Intrigada, a francesa insistiu e cumprimentou a amiga de novo. Indiferente, Denise seguia escrevendo muito rápido.

— Que concentração! — murmurou Charlotte, observando-a.

E então estranhou o movimento quase convulsivo de Denise. Era impossível pensar e escrever naquela velocidade.

— Oh, não! — exclamou, levando a mão ao peito. — Outra crise!

Abatida, mas curiosa, sentou-se na cama, testemunhando o peculiar fenômeno da moça adormecida que escrevia freneticamente. Baixou os olhos para as páginas que segurava e notou que Denise escrevera em francês. Lamentou o desperdício de papel, pois as letras eram graúdas e entre as frases havia grandes espaços. "Realmente, ela não tem consciência ecológica, não faz ideia do valor de uma árvore. Ela só entende de economia para dinheiro, não para preservar a vida", pensou. Porém, assim que leu as primeiras linhas, arrepiou-se e esqueceu as advertências. Recolheu as páginas escritas, ordenou-as e, apesar de assustada, não conseguia parar de lê-las.

— Ai, meu Deus! — sussurrava, de vez em quando, com a voz embargada e os olhos molhados.

As luzes do amanhecer surpreenderam Charlotte envolvida na tarefa de recolher e ler as folhas escritas pela sonâmbula. Entre lágrimas, arrepios e medo, ela não vira o passar das horas.

Denise subitamente parou de escrever. Movia o rosto como alguém que se delicia com suaves carícias. Ela sorria e suas mãos pareciam tocar em alguém, retribuindo os carinhos. Charlotte, apavorada, encolheu-se na cama, abraçando os joelhos e contemplando a cena inusitada com os olhos arregalados.

Como se alguém a colocasse gentilmente na cama, como se faz com uma criança ou um enfermo, Denise deitou-se, ajeitou a cabeça no travesseiro e apagou a luz. Em instantes, ressonava tranquila.

No escuro, na outra cama, Charlotte tremia. A sensação de alguém desconhecido no ambiente era forte. Não se sentia ameaçada. Fora uma testemunha ignorada. Vestida, exausta e pensativa, deitou-se e puxou o cobertor. Não conseguia esquecer o que lera, a história rodava em sua mente com a pergunta: "O que faço? Preciso da tia Berthe...".

Capítulo 15

Charlotte cochilou e despertou assustada com o movimento de Denise no quarto. Mal abriu os olhos e recordou a madrugada. Olhou a mesa e suspirou ao ver as folhas empilhadas, tal qual as deixara.

Denise evitava fazer barulho ao escolher a roupa. Cuidadosa, espiou Charlotte para ver se ainda dormia. Sorriu ao vê-la acordada.

— Bom dia! — saudou-a alegre. — Que noitada, hein?! Não conseguiu sequer tirar as botas. Vamos lá, conte-me tudo, quero detalhes.

Com a cabeça latejando, Charlotte, completamente aparvalhada, encarava Denise.

— O que foi? — perguntou Denise, rindo. — Está de ressaca? Nossa, que festa! Estou surpresa. Vocês, franceses, são tão contidos, tão educados. Agora entendi a história do "sem beijo livre"...

— Não é o que você está pensando — defendeu-se Charlotte, colocando a mão na cabeça. — Que dor! Preciso tomar um comprimido. Você pega um pra mim, por favor? Estão no armário do banheiro.

— Todo mundo guarda comprimidos no armário do banheiro, exceto eu, que tenho sempre uma cartela na bolsa — comentou Denise.

Pegou o medicamento e entregou-o a Charlotte com um copo d'água.

— Vinho ruim não pode ter sido o causador desse mal-estar. Você está péssima, amiga. Parece até que não dormiu.

— É? E você parece ter tido uma noite muito boa! — respondeu Charlotte.

— Dormi como um anjo. Logo que você saiu, deitei. Pretendia ler, mas o sono me venceu. Caí nos braços de Morfeu. Estava precisando de uma noite de sono tranquilo e pesado. Estou ótima!

— Sei... Estou vendo.

— Farei o café bem forte hoje. Você está precisando de cafeína — declarou Denise ao deixar o quarto.

"Ela não se lembra de nada", constatou Charlotte, ainda deitada. "Isso é estranho, muito estranho. Parece que Denise tem vida dupla."

Após um rápido banho e uma sessão de maquiagem, apenas os olhos avermelhados e sem brilho denunciavam a noite maldormida de Charlotte.

— Uau! Admiro você — confessou Denise, notando a boa apresentação da amiga. — Não parece a mesma mulher que vi há pouco.

— Bobagem! Milagres da indústria de cosméticos e um pouco de cuidado ao escolher as roupas. Tudo se disfarça. Mas você realmente acordou muito bem, animada. Que bom!

— E?

— E o quê?

— É namoro ou amizade? — perguntou Denise, rindo, imitando um programa da televisão brasileira, o que deixou Charlotte confusa.

— Para que essa cara? — indagou Charlotte.

— Que cara?

— De boba. A pergunta já é invasiva por si só. Ainda precisa fazer essa cena? — censurou Charlotte.

Denise riu e explicou que se tratava de uma pergunta feita em um programa de auditório, e que, no Brasil, seus colegas na adolescência imitavam, debochando, quando queriam saber a respeito de um namoro novo na turma.

— Hum... programa de auditório... Odeio! — comentou Charlotte. — Mas vou responder: estamos namorando. Adorei sair com Maurice, descobrimos muitas afinidades. Ele é um homem maduro, inteligente, jovial, charmoso e bem bonito. E satisfaça sua curiosidade com essa declaração. Paro aqui. Mudando de assunto, o que você estava lendo ontem?

— Tentei ler ficção científica, mas dormi. Estava muito cansada. Você chegou muito tarde?

— Hã? Não. Perdi o sono, acho que é TPM.

Denise levantou-se, colocou a xícara na pia e disse:

— Estamos atrasadas. Deixe a louça aí, eu lavarei quando voltar do ensaio. Melhoras!

Charlotte concordou com um aceno de cabeça e sorriu em despedida. Ouviu a porta abrir e fechar-se. Estava preocupada. "Ela não se lembra de nada. Deus, como isso é possível? Preciso falar com tia Berthe urgentemente."

Decidida a se atrasar alguns minutos para resolver a questão, Charlotte pegou o telefone e ligou para a tia. A mensagem da secretária eletrônica respondeu a seu chamado, deixando-a frustrada. Decidiu seguir sua rotina, e as atividades do dia fizeram-na esquecer do problema. Tornou a pensar no assunto quando encontrou Maurice esperando-a em frente ao seu local de trabalho.

Sorriu ao vê-lo, e ele lhe estendeu a mão, puxando-a ao seu encontro e beijando-a rapidamente.

— Como foi o seu dia? — perguntou Maurice.

— Bom. E o seu?

— Também correu tudo bem. Há épocas estressantes na escola, quando há estreias e apresentações. Todos ficam com os nervos à flor da pele. Mas nosso atual regente é um homem extremamente calmo e organizado. A música dele transmite harmonia, e penso que ele vive um sistema de retroalimentação: o trabalho o harmoniza e ele harmoniza o trabalho que faz, entendeu? — concluiu Maurice, rindo.

— Acho que sim. A busca da perfeição é uma via perigosa, mas bonita. Alguns encontram esse equilíbrio, outros derrapam nas curvas do perfeccionismo e da insatisfação. Não a buscam como inquietação para fazer melhor ou como estímulo de crescimento. Eles estressam o ambiente com chiliques. Há pessoas assim por toda parte. É maravilhoso quando encontramos pessoas harmônicas.

— Vamos a um café? — convidou Maurice.

— Vamos. Vai ser ótimo relaxar um pouco. Meu dia foi bom, mas a noite, ou melhor, a madrugada foi péssima! — confessou Charlotte.

Enquanto caminhavam até o café, ela contou a Maurice a experiência da noite anterior com Denise e lhe disse que não era a primeira ocorrência. Acomodaram-se em uma mesa na calçada, fizeram os pedidos e retornaram ao assunto.

— Em geral, o sonambulismo não apresenta riscos — ponderou Maurice. — É um fenômeno natural, não li muito a respeito, mas até onde sei não é patológico.

— É, mas sempre ouvi dizer que eram crises rápidas e inofensivas, quer dizer, atitudes triviais: caminhar, falar, ligar um aparelho, procurar objetos... Sei de um senhor que até fazia pão. Ele era padeiro. Levantava à noite e ia para sua padaria trabalhar, voltava para casa e continuava dormindo. Mas não é isso que estou vendo. Denise faz coisas inusitadas, muda completamente de comportamento. E o que mais me apavora é que ela não está sozinha. Não sei o que você pensa, Maurice, mas acredito na existência dos espíritos e nas suas manifestações. Conheço pouco, mas sinto que alguém a acompanha.

— É mesmo? — perguntou Maurice, sorrindo com simpatia. — Gosto muito de estudar sobre o assunto. Frequento palestras e debates promovidos por grupos espíritas. Tem me ajudado muito. Admiro a filosofia deles. Têm outra visão a respeito do sonambulismo. Você acha que é isso o que acontece com Denise?

— Pode ser. Minha tia é espírita, frequenta um grupo em nossa cidade e conhece muito da teoria e da prática. Pretendo conversar com ela. Preciso saber como agir, pois fiquei apavorada. Talvez vá visitá-la no fim de semana.

— Posso ir com você? Tenho bons motivos: não estou a fim de ficar sozinho no final de semana, quero ficar com você e o assunto me interessa. Aceite a minha companhia. Não imagina o bem que me fará — brincou Maurice, fazendo trejeitos de carência afetiva.

Charlotte riu, rendida ao charme masculino, e concordou em leva-lo à casa da tia.

— Eu não sabia de tantos detalhes da personalidade de Denise. Lógico, você convive com ela há meses, compartilham intimidades, e se veem muito mais, por isso tem mais informações. Mas algo nela me intrigava desde o início. Eu gosto dela. É uma garota que tem garra, determinação e um raro talento. No entanto, é exatamente esse raro talento que me intriga. Ela se transforma em um palco, sabia? É impressionante. É uma diva, pronta e acabada. Não lembra em nada a moça frágil e um pouco melancólica que conhecemos. Denise é um instrumento musical, o sonho de qualquer diretor. Ela precisa ser lapidada, ter estrutura para enfrentar o mundo dos espetáculos. É por isso que começará como corista. Mas nossa amiga tem muito talento e sua permanência no coro será curta. É uma solista nata — opinou Maurice.

— Da escola sei apenas o que ela me conta. Conheço pouquíssimo a respeito de música erudita para opinar, mas a voz dela é uma carícia aos ouvidos. Poucas vezes a ouvi cantando, mas gostei. Eleva a alma. Denise nos transporta na onda de emoção que descarrega na voz. Mas se você a ouvisse cantando música folclórica provençal dependurada na janela e, de brinde, ainda ouvisse uma voz masculina acompanhando-a, faria como eu: esqueceria tudo, desejando que ela se calasse e, assim, aquela estranha voz masculina sumisse. Maurice, eu não sei em qual desses episódios apavorei-me mais.

— E o que me diria se eu revelasse que já ouvi isso? E mais: que ouvi essa voz dando instruções precisas a respeito da execução de uma peça?

— Sério?

— Como você, eu também não tinha com quem falar sobre esses fatos e me calei. Mas eu vi e ouvi. Já aconteceu três vezes. A última foi a semana passada. Denise estudava *La Traviata*, e eu estava próximo e percebi essa voz estranha. Não sei quem é, mas garanto que conhece música e orientou-a com perfeição. Depois, houve um episódio inexplicável: a moça que deveria fazer Violetta foi acometida por uma rinite alérgica que a deixou fanhosa e com a garganta irritada. O regente chamou Denise e ela foi simplesmente brilhante. Eu me emocionei ouvindo-a cantar o primeiro ato, falando do anseio por um amor que ela (Violetta) desconhecia. Desculpe-me, acho que me empolguei — disse Maurice.

— Por quê? — indagou Charlotte. — Não sou apaixonada por ópera, mas conheço o mínimo. Sei que *La Traviata* é uma ópera dedicada a uma cortesã. Li que foi inspirada em *A dama das camélias*, de Alexandre Dumas. E Denise chegou eufórica nesse dia, contou-me todos os detalhes e deu-me uma aula gratuita — explicou Charlotte, rindo. — Eu li o romance. Contei a você que tia Berthe é professora de literatura francesa?

Charlotte fez uma pequena pausa, enquanto o garçom servia o prato de queijos e azeitonas e enchia-lhe a taça com vinho. Quando ele concluiu a tarefa, depois de bebericar o vinho, ela encarou Maurice e prosseguiu:

— Aquele dia, eu exercitei a paciência. Denise não parava de falar e cantar. Ainda bem que a voz dela realmente é linda. Mas ela não me falou de nenhuma "voz" orientando-a.

— Mas eu ouvi — insistiu Maurice. — E a cena final com a morte da cortesã após se reconciliar com o amado Alfredo foi tocante. Denise não se limita a cantar e fazer gestos em cena. Ela interpreta, e isso a torna uma cantora lírica completa. E, falando sobre sua tia, acho que vamos nos dar muito bem. O flerte da literatura com a ópera é antigo. Já temos dois temas apaixonantes para conversar: arte e espiritualidade.

— Mais uma razão para informar-me sobre como agir e sobre o que acontece com a nossa amiga. Não devemos desperdiçar talentos. O mundo sem a arte seria árido demais.

Maurice sorriu e, tocando-lhe a mão, acariciou-lhe os dedos com calma:

— Não existe o menor risco de isso acontecer. Um mundo sem arte não é humano. O homem se comunica e usa a arte desde a pré-história. Desenhos rupestres, instrumentos musicais, roupas especiais para dançar foram encontrados pelos arqueólogos e demonstram que o ser humano tem na expressão artística um canal de comunicação e de compreensão com o mundo que o cerca. Particularmente, creio que os homens primitivos imitavam os pássaros cantando antes de aprenderem a falar.

— É possível, embora eu não tenha ouvido falar dessa teoria antes — ponderou Charlotte.

— Mesmo as pessoas consideradas "portadoras de necessidades especiais intelectuais" ou "portadoras de sofrimento psíquico"...

— Quanta correção política! — atalhou Charlotte, ironizando.

— Ah, eu faço o possível. São palavras de domingo — brincou Maurice. — Mas, falando sério, mesmo essas pessoas encontram um canal de expressão na arte e são muito beneficiadas com arteterapia. Eu gostaria de trabalhar arte nesse contexto. É uma experiência que não tenho e imagino que seja muito rica.

— Conheço alguém com quem pode trocar ideias e saber mais a respeito: o Max. Lembra-se dele? O DJ do desfile.

— Claro. Mas ele faz algo nesse sentido? — perguntou Maurice, cujo interesse fazia seus olhos brilharem.

— Sim, trabalha com populações de imigração africana e caribenha residentes nos arredores de Paris. Obviamente, a música é o canal.

— Interessante. Quero conhecer o trabalho dele.

Nesse momento, entrou no recinto um grupo de pessoas debatendo acaloradamente a manchete do jornal que rodava de mão em mão. Chamaram a atenção de Charlotte. Maurice também os observou e, após a passagem deles, comentou:

— Como as pessoas gostam de desperdiçar o tempo com discussões sem cabimento. O que eles ganham opondo-se ao casamento gay?

— Não faço a menor ideia — retrucou Charlotte, com naturalidade. — Não tem cabimento impor regras ao direito de amar. Totalmente sem sentido. Treze países[3] já reconheceram o direito das pessoas de amarem e viverem com quem desejarem. Nós, franceses, que já fizemos história na construção dos direitos, que nos orgulhamos de um lema revolucionário como "igualdade, liberdade e fraternidade", agora temos que conviver com protestos que afrontam esses três princípios. Até parece que a falta de uma lei impede uniões homoafetivas. Pura hipocrisia! — indignou-se Charlotte.

— Eles não entendem isso. São ingênuos o bastante para crerem que os textos legais encerram todas as possibilidades de vida em sociedade. Não compreendem o significado das expressões "injustiça" e "à margem da sociedade". Pela sua indignação, Charlotte, vejo que pensamos de maneira parecida: não adianta ignorar o que é um fato social, é preciso acolhê-lo e integrá-lo. Do contrário, há injustiça e questões postas de lado. Isso sim desorganiza a sociedade.

— Exato. É tão simples: existe, regulamenta. Não acredito em incentivo à homossexualidade. Essa é uma questão mais complexa do que o poder da propaganda. A alçada para tanto é da natureza, não da lei. Ninguém tem o poder de mudar a orientação sexual do outro, e isso não nos torna diferentes. Por que eu, sendo heterossexual, tenho direito a assinar um contrato de casamento que, no final das contas, tem finalidade de garantir direitos patrimoniais, e um homossexual não tem? Ele não é cidadão como eu? Não paga impostos? Não está sujeito

---

3 Na época da narrativa do romance, a sociedade francesa discutia a legalização da união homoafetiva, que viria a ser aprovada pela Assembleia Legislativa em 23 de abril de 2013, tornando a França o décimo quarto país no mundo a regulamentar a questão.

aos mesmos deveres legais? Por que ser excluído de direitos, do reconhecimento legal de um fato?

— É, não há resposta além da questão de Adão e Eva, do "crescei e multiplicai-vos", do casamento para gerar filhos — completou Maurice, que, em seguida, debochou. — Eles deviam pensar em anular o casamento de todos os heterossexuais que não têm filhos. E hoje em dia muitos casais não têm filhos, não só por impedimentos biológicos. Grande parte faz isso conscientemente, por opção.

— E quem tem filhos não poderá se divorciar nessa ordem jurídica e social construída com essa lógica. E mulheres após a menopausa são inúteis como esposas? E os casais que têm filhos e não se casam? Que não vivem sob o mesmo teto? Esses protestos são pura loucura! — arrematou Charlotte.

— Ao fim e ao cabo, como diria meu avô, mais uma vez sou obrigado a reconhecer a sabedoria da filosofia espírita: o amor une e essa é a lei — concluiu Maurice, bebendo um gole de vinho. — Todo resto é invenção humana, que complica em vez de simplificar a vida com conceitos absurdos e irreais. A maioria das pessoas que erguem bandeiras nem sequer sabe das origens do que "supostamente" defende. Esse ranço todo tem pitaco da religião por detrás. Essas pessoas deveriam estudar mais história "sagrada", talvez assim saíssem da Idade Média.

— Talvez eles pensem que a questão crucial seja o sacramento e a cerimônia — argumentou Charlotte. — Não são capazes de notar o desrespeito aos direitos civis e humanos.

— A situação piora com o desconhecimento. Pensam que "sempre foi assim". E sabe-se que não é verdade.

— Eu que o diga! Detesto fazer vestidos de noiva, mas na escola sou obrigada. É ridículo fantasiar uma mulher de princesa[4], isso foi útil lá no início do século XX, quando o povo precisava recuperar um pouco do romantismo depois dos horrores das

---

4 Em 1840, a rainha Vitória escolheu um vestido branco para o seu casamento com o príncipe Albert, em Londres, e isso inspirou as noivas a usarem branco e manterem esse costume até hoje.

guerras. Mas agora?! É ilusão. Para que ter um traje que você não poderá nunca mais usar em qualquer outro local ou situação? Por que manter isso só para as mulheres? O homem se casa e, se precisar ir a uma reunião de trabalho, sai da cerimônia e chega bem-vestido. Se a noiva fizer o mesmo, será considerada doida e alguém chamará uma ambulância para a maluca, e depois ainda poderá fazer uma comédia com base na situação. Jamais ganhei qualquer distinção pelos meus vestidos. Minha proposta é confeccionar uma roupa feminina bonita e que os acessórios façam referência a esse "hábito" cultural. Retirados os acessórios, a roupa sobrevive para ser usada num evento que exija traje de passeio.

— Isso é exagero, Charlotte — advertiu Maurice, rindo. — O que me diz dos vestidos alugados? Não são equiparáveis aos amores que simbolizam? Totalmente descartáveis. Uma fantasia, no sentido literal. Mas gostei da sua proposta de roupa. Me mostre suas criações um dia desses. É uma inovação interessante.

— Realista — reforçou Charlotte. — E, de fato, você tem razão. Os amores são fugazes demais atualmente. Aluga-se tudo, vive-se uma fantasia que depois o cotidiano destrói. Algo de consumo. Muito triste!

— Ah, eis a romântica! — provocou Maurice.

Ele sorria, mas o olhar sobre Charlotte era observador e sério.

— Não. Eu sou realista, por isso creio no amor. É a maior força da natureza, presente em tudo. Mas vivê-lo exige coragem e entrega, é um sentir profundo além da paixão, da atração sexual. E essa é uma fronteira que muitos temem ou até ignoram. Você acredita que outro dia perguntei para a amiga o que ela havia sentido em um encontro do qual ela falava com muita empolgação do companheiro e ela me respondeu que não tinha tido tempo de pensar nisso? Olha que loucura! Não se deu tempo de conhecer o que sentia.

— Navegou nas sensações — resumiu Maurice.

— É. Sem pensar.

Tarde da noite, Charlotte chegou ao estúdio temerosa das condições em que encontraria Denise. Abriu a porta, acendeu a luz. O local estava às escuras e silencioso. Pé ante pé, entrou no quarto. Estava vazio. Sobre a cama um pequeno pedaço de papel tinha um recado rabiscado:

Charlotte, chegarei tarde.
Denise.

— Hum! Melhor que esteja acordada e ocupada do que dormindo e ocupada. Eu entendo com mais facilidade — comentou Charlotte para si mesma.

Os dias passaram céleres e o final de semana chegou prometendo tempo frio, seco e ensolarado, ótimo para uma viagem de carro. Em um impulso, na sexta-feira, Charlotte convidou Denise para acompanhá-los na visita à casa da tia, em Nancy.

— É lindo! Você vai gostar — enfatizou.

Denise, que arrumava nas gavetas as roupas que trouxera da lavanderia, parou a tarefa, encarou a amiga tranquilamente e respondeu:

— Obrigada, Charlotte, mas eu não irei. Aproveite o passeio. Você e Maurice estão muito felizes e terão um excelente fim de semana. Prefiro ficar aqui. Tenho muito o que ler e combinei de acompanhar Max no trabalho que ele faz com as comunidades imigrantes.

— O quê? — indagou Charlotte, sorrindo maliciosa. — E quando foi isso? Por que não me contou que encontrou Max?

— Simplesmente porque esta semana é a primeira vez que eu e você nos encontramos por mais de dez minutos — justificou Denise, declarando, em seguida, com um sorriso maroto: — Por enquanto, eu e Max somos amigos, espero.

— Então se encantou com ele. E quer saber? Você tem bom gosto. Quando irá conhecer a comunidade?

— Amanhã.

— Eu já fui lá e amei. São pessoas simples, calorosas e tão coloridas! Admiro a alegria do povo africano. Eles são guerreiros e fortes, enfrentam tantas adversidades e continuam sorrindo, cantando e dançando. Além disso, trabalham muito. É preciso ver como batalham para sobreviver aqui. Aprendem rápido. Alguns vêm de antigas colônias francesas na África e dominam o idioma, mas Zinédine Zidane foi um só, a maioria encontra trabalho árduo e nenhuma glória na França. Mas estão aí, felizes com o que conseguem — comentou Charlotte, com sincera admiração.

— No Brasil, há uma população de descendência africana muito grande. E recentemente tem havido imigração africana, mas não se compara com o que vejo aqui. Dizem que somos multirraciais, e somos mesmo. Mas já foi para o nosso DNA. É algo como: está no Brasil é brasileiro! Aqui é diferente, tem gente de diversos lugares — indianos, asiáticos, africanos, árabes. São imigrantes e essas culturas não se misturam. Eu ainda estranho quando vejo os muçulmanos orando nas ruas e nos cantos das estações de metrô com seus tapetinhos, quando vejo as mulheres com véus ou quando passa um judeu com solidéu, por exemplo.

— Denise, aqui é assim há centenas de anos. E, embora cada um deles dê a sua contribuição, Paris já existia. Talvez porque seu país seja jovem, o imigrante e o nativo trabalham juntos para construir a nação, e isso faz toda a diferença. Mas tem acontecido muitos problemas com imigrantes e a influência cultural que trazem. Recentemente, houve a polêmica dos símbolos religiosos, exatamente por causa do crescimento do islamismo.

— Eu me lembro disso. Foi notícia mundial. Levantou polêmica.

— E como! Mas necessária As discussões burilam as ideias. Não há progresso sem polêmica neste mundo. A apregoada igualdade precisa ser avaliada e debatida sempre, senão escorregamos em tratar com igualdade somente os que pensam como nós. Particularmente, não acho justo exigir que as alunas muçulmanas deixem de usar o véu e manter os crucifixos nas paredes das escolas e órgãos públicos.

— Charlotte! Eu não esperava isso de você. Aqueles véus são um ultraje às mulheres.

— Não vejo assim. Elas usam porque creem ser um dever religioso. Não é o véu que as faz submissas, é a mentalidade.

O crucifixo também pode ser visto como uma lembrança constante de culpa para os cristãos, nem por isso havia campanha para tirá-los de circulação ou proibir as pessoas de usarem esse símbolo. Onde estava a igualdade? E quer coisa pior para a psicologia humana do que a culpa? E se o estado é laico, por que ostentar símbolos de uma religião? Religião é questão de foro íntimo, cada um com a sua liberdade de crer no que lhe faz bem. Já era tempo de não se misturar mais política e religião. Acho que somente quando conseguirmos essa compreensão veremos na Terra a primazia dos direitos humanos. Enquanto isso, eles precisam de defensores.

— Olhando desse jeito, você tem razão. Religiões separam e fomentam preconceitos. Mas as pessoas misturam tanto...

— Hum, a história é testemunha, embora ela tenha mentido de vez em quando, mas exemplos não faltam de que isso não dá bons resultados. Basta ver o pátio do Louvre onde ocorreu o assassinato dos protestantes na famosa noite de São Bartolomeu. É vazio, frio, tem uma aura negativa até hoje. É ir lá e sentir — reforçou Charlotte. — Bem, fico mais tranquila sabendo que não ficará sozinha todo o fim de semana.

Denise sorriu e voltou à tarefa de arrumar as roupas.

Capítulo 16

— Pronta? — indagou Max, beijando levemente os lábios de Denise ao encontrá-la no sábado, no final da manhã, em frente à loja em que ela trabalhava.

— Claro! Estou muito curiosa — respondeu Denise.

— Curiosidade? Entendo, você é uma estrangeira que veio para a França estudar e procurar qualificar-se num mercado restrito e exigente: música erudita e ópera. Obviamente, a sua realidade e experiência é muito diferente da que irá conhecer.

— Max! Eu não sou insensível — protestou Denise. — Expressei-me mal, talvez curiosidade não seja o termo adequado. Venho de um país com grande porcentagem de população negra e nós somos miscigenados. Olhe o meu cabelo: meu professor de biologia do ensino médio garantia que examinando meus genes, apareceria um ascendente africano. Há uma música antiga que eu cantava muito com os amigos do meu pai e que fala dessa questão do negro.

Enquanto dirigiam-se à estação de metrô mais próxima, Denise cantarolou baixinho, em português, uma antiga marchinha de carnaval:

O teu cabelo não nega, mulata,
Porque és mulata na cor,
Mas como a cor não pega, mulata,
Mulata eu quero o teu amor.

Tens um sabor bem do Brasil,
Tens a alma cor de anil.
Mulata, mulatinha, meu amor,
Fui nomeado teu tenente interventor.

Quem te inventou, meu pancadão,
Teve uma consagração.
A lua te invejando faz careta,
Porque, mulata, tu não és deste planeta.

Quando, meu bem, vieste à Terra,
Portugal declarou guerra.
A concorrência então foi colossal:
Vasco da Gama contra o batalhão naval.

Depois, explicou em francês o enredo da música. Max sorriu, condescendente, e perguntou:

— Você disse que é uma música antiga. Quantos anos ela tem?

— Não tenho certeza, mas a maioria dessas marchinhas de carnaval é das primeiras décadas do século XX.

— Tem mais de um século. Quando foi abolida a escravidão no seu país, Denise?

— Oficialmente, em 1888, mas, como muita coisa na história do Brasil, a realidade parece não ter sido bem assim. E a data foi somente uma questão de reconhecimento.

— Então a música correspondia à nova realidade do homem negro livre — resumiu Max. — Compreende-se que seja preconceituosa e racista. Ele quer amar a mulher negra porque cor não pega. Acho que esse amor é fazer sexo. E depois diz que ela tem a alma cor de anil. Aqui essa realidade é mais dura e pungente. Fomos o primeiro país a libertar os escravos, em 1794, e ainda temos preconceito racial e muitos problemas para integrar a população africana. E não são somente os imigrantes, os "sans papiers"[5], os negros franceses ainda são olhados com essa ideia de "a tua cor não pega".

---

5 Sans papiers: literalmente, sem papéis, sem documentos. Expressão utilizada para referir-se aos imigrantes ilegais.

Desceram os degraus e logo embarcavam no metrô. Minutos depois, surpresa, Denise identificava a estação:

— Montmartre! Eu queria muito vir aqui.

— Ver o Moulin Rouge? — provocou Max, conduzindo-a pelas ruas íngremes de calçadas estreitas.

— Também. É famoso! Não é pecado querer ir lá... ou é? Mas não me atrevi a vir sozinha.

— A má fama do bairro é sua conhecida?

Denise ergueu as mãos à altura da cabeça e declarou:

— Confesso: tudo o que sei li em livros de turismo.

— Ah, é claro. Então, deixe-me apresentá-la ao mais boêmio de todos os bairros parisienses — falou Max, rindo da espontaneidade de Denise.

Max tomou a mão de Denise e pediu:

— Descreva o que vê.

Denise calou-se. Escolhia as palavras com cuidado por causa da suscetibilidade de Max. Não queria feri-lo.

— É diferente do restante que conheço.

— Como? Em quê? — insistiu Max.

— É mais pobre — começou Denise, com cuidado. — É boêmio, já vi casas de prostituição, *sex shops*, bares decadentes. Acho que o termo seria esse: é decadente.

— E sujo. Um gueto seria uma definição aceitável.

— Não sei, estou pisando aqui hoje pela primeira vez. Dei a primeira impressão, mas está muito longe de ser uma favela, um local miserável.

— Esse é o melhor bairro para os negros viverem em Paris — declarou Max. — É onde conseguem trabalho, moradia e acesso a serviços públicos. Há tolerância. Em bairros mais afastados, na periferia da cidade, o preconceito, o racismo e a violência são maiores.

— Olhando as pessoas nas ruas é difícil perceber. Há lojas, salões de beleza, restaurantes especializados em produtos africanos. Acho lindas as roupas coloridas e os penteados das mulheres negras. São coloridos e exuberantes. Tudo isso contrasta com os franceses, que são contidos.

— Sem dúvida! Também admiro essa emoção latente do homem negro, admiro a arte, a música, a religiosidade e a força dos líderes africanos.

— Assisti à cinebiografia de Nelson Mandela. O cara é um exemplo. Especialmente para o meu país, carente de lideranças, de exemplos de força moral e luta pelo progresso social — comentou Denise.

— Chegamos — falou Max, parando em frente a uma pequena padaria. — Resolvi trazê-la para conhecer um dos meus melhores amigos.

Adentraram o pequeno estabelecimento, que combinava com o bairro. O prédio tinha exteriormente uma aparência decadente, porém o interior era simples e limpo, com poucos móveis. Um balcão de madeira separava o local de trabalho, com dois fornos e uma grande mesa com alguns utensílios, da parte de atendimento ao público. Nas paredes, algumas gravuras a nanquim retratavam africanos fazendo pães.

— Que lindas! — exclamou Denise, aproximando-se para observá-las. — Parecem antigas.

— E são.

— Lindas! Muito expressivas. São carregadas de emoção em cada traço.

Max balançou a cabeça, concordando. Como o estabelecimento estava vazio, ele chamou:

— Noru!

Quase imediatamente surgiu um homem jovem, negro, que aparentava não ter quarenta anos, era alto e magro, usava um avental branco e um gorro de lã multicolorido na cabeça. Simpático, abriu um amplo sorriso ao vê-los. Levantou uma parte do tampo do balcão e aproximou-se, estendendo-lhe as mãos calorosamente. Denise sentiu-se, pela primeira vez desde que chegara à França, como se estivesse em seu próprio país. Retribuiu o sorriso e a efusiva saudação.

— Denise, este é meu amigo Noru Obasi. O melhor padeiro de Paris — apresentou Max.

E, voltando-se para Noru, disse:

— Esta é Denise, ela é brasileira e está estudando música e canto. Trouxe-a para conhecer um pouquinho da França negra.

— Claro! Entrem! Max sabe o caminho.

Atravessaram a pequena padaria e, nos fundos, havia um salão maior com alguns bancos de madeira, instrumentos musicais, decoração com arte africana e sacos de farinha empilhados com outros ingredientes de panificação em uma prateleira. Ao lado, uma geladeira comercial antiga. Sem dúvida, o local tinha dupla finalidade. Acomodaram-se nos bancos e Noru apressou-se em buscar uma garrafa térmica com chá e alguns biscoitos.

Conversaram por muito tempo, até serem interrompidos pelos clientes que batiam no balcão chamando Noru.

Eram mais de dezessete horas quando saíram de Montmartre. Àquela hora o bairro começava a movimentar-se, os estabelecimentos abriam as portas, funcionários limpavam as mesas e varriam calçadas e havia um maior número de pessoas circulando.

— Realmente, o bairro vive da boemia. Quando chegamos, havia pouquíssimo movimento. Éramos nós e o vento nas ruas — brincou Denise.

— Sim, aqui se vive à noite. E nem tudo é decadente. Há lugares ótimos. Vou lhe mostrar.

Abraçados, seguiram percorrendo as ruas do bairro e conversando sobre a impressão de Denise a respeito de Noru Obasi e do movimento cultural negro que realizava anonimamente em sua casa, simplesmente assistindo, acolhendo e orientando imigrantes e descendentes africanos.

— A ilegalidade é um peso. É preciso uma política de integração dessas comunidades, mas a tramitação das leis é tão emperrada! Discussões infindáveis que não deveriam ter mais cabimento, mas... — falou Max quando estavam acomodados em um pequeno bistrô — ...assim caminha a humanidade!

— Filme antigo...

— É, mas a ganância, o orgulho, a vaidade e a ignorância permeiam povos e épocas e causam estragos. Ficamos batendo pé, marcando passo, quando já podíamos ter avançado muito mais.

— Adorei os provérbios que Noru falou, são muito simples e verdadeiros. "O mundo não lhe fez promessas." Nem mesmo de evolução social e moral rápida. Já lhe falei do meu tio? Ele vai adorar saber da existência e da história de Noru. Vou contar--lhe mais tarde, quando chegar em casa. Eles se dariam muito bem, caso se conhecessem.

Max sorriu malicioso e, fazendo ares de desolação, perguntou:

— É isso que pretende fazer mais tarde? Que decepção! Não quer deixar para falar com o titio amanhã e ficar comigo? Aproveite, estou aqui e nós já nos conhecemos.

Denise sorriu, deliciada, aproximou-se, aconchegando-se nos braços de Max, e ofereceu-lhe os lábios em resposta.

— Isso é uma promessa? — indagou Max, baixinho, passando, com suavidade, os lábios próximos à orelha de Denise.

Ela riu e balançou a cabeça afirmativamente.

Capítulo 17

A Denise que Charlotte encontrou no retorno de Nancy era uma jovem vibrante, cheia de confiança, alegre e com novos interesses na França. Até sua voz tornara-se ainda mais bela e cativante.

— Ulalá, enfim aterrissou! — exclamou Charlotte, sorrindo após a saída de Denise na segunda-feira. — Que diferença promove o amor na vida de uma criatura! Tomara que aprenda a viver com vontade e cem por cento no presente.

Recordou-se das conversas com a tia. "É preciso enterrar o passado", opinara Berthe após ler as malditas folhas daquela fatídica madrugada insone e preocupante. "Quem sabe Max não seja o coveiro ideal?", indagou-se Charlotte, sorrindo.

Convencida de que a vida tinha muitos caminhos para conduzir tudo ao melhor resultado, seguiu à risca o conselho da tia: "Não se aflija com a vida alheia. Ajude, mas não permita que isso atrapalhe o seu próprio caminho. Você não é Deus e sua vontade morre na força da vontade do real envolvido, então se convença de que você não tem poder algum na vida dos outros. Cuide da sua! É esse o seu primeiro dever espiritual. Lembre-se da espiritualidade das regras de trânsito: mantenha-se à direita e siga em frente, na sua velocidade".

Charlotte apanhou a bolsa e saiu.

Por alguns meses, viveram em total harmonia. A alegria, o amor e o trabalho davam-lhes vigor e saúde. Tudo ia bem. Denise ingressou no coro das apresentações da escola e com isso foi ganhando maior confiança. Apaixonou-se pela rotina dos espetáculos. A correria, o frisson, a expectativa e a explosão de contentamento ao final de cada apresentação enchiam-na de energia.

O relacionamento com Max dava-lhe equilíbrio. Cessaram as crises de sonambulismo, os ataques de ansiedade inexplicáveis e a melancolia. Até mesmo mostrava-se mais tolerante e compreensiva com a mãe, embora o relacionamento se ressentisse da rachadura produzida pelo grito de independência de Denise.

Charlotte, eventualmente, nos contatos com a tia, reportava-lhe o estado da companheira. "Isso é bom. Vamos confiar que crie profundas raízes", estimulava Berthe, e logo mudavam de assunto.

Aquele primeiro ano em Paris chegou ao fim. O saldo era positivo. A vida fluía aparentemente calma. Denise focara em situações reais, concretas e presentes e, com isso, sua mente e seus sentimentos equilibraram-se. Estava esperançosa e cheia de planos para o futuro. A paixão pela música unia Max e Denise, embora os estilos e envolvimentos de cada um fossem absolutamente diferentes. De certa forma, complementavam-se.

Em julho, Denise aproveitou as primeiras férias e a oportunidade de explorar um pouco mais a Europa e o relacionamento com Max. Destino perfeito: festival de verão de Marselha, na Provença. Música, teatro, cinema, amor e a melhor gastronomia do Mediterrâneo.

Perfeito? Se estivessem sozinhos.

Capítulo 18

A ensolarada Marselha encantou Denise. A atmosfera da cidade, um misto de antigo e moderno, aliada à simplicidade acolhedora do povo da Provença estabeleceu um vivo contraste com a vida em Paris. A viagem lhe trouxera surpresas.

Os campos lilases e perfumados das lavandas e alfazemas fizeram os olhos de Denise brilhar e despertaram nela a vontade de correr entre eles e brincar como se fosse criança. Correr livre, confiante e sob o olhar vigilante e amoroso de um cuidador atento. Era como se enxergasse uma menina loura, com longas tranças, pele claríssima e grandes olhos cinzentos, brilhantes, cheios de vida, um vestido simples e um pequeno cesto. Ela cantarolava e ria, muito levada e segura. "Só falta ela", pensou ao dar-se conta de que era um devaneio imaginário.

No trem, ao ver as primeiras plantações, sentiu o coração acelerar e foi tomada por uma emoção profunda e intensa. Aconchegou-se a Max, pedindo um abraço, mas a mente estava distante. Foi quase instintivo, um desejo de ancorar o corpo, de se sentir presa para "não voar naquela emoção".

— Lindo, não é mesmo? — perguntou Max, apertando-lhe suavemente os ombros. — Quer fotografar?

— Não, quero curtir a paisagem. É incrível! Nunca vi nada tão bonito. Esse panorama me emociona.

— Esta região é muito bonita. Você vai gostar da cidade. O clima do Mediterrâneo é mais quente, alegre, há mais sol, isso predispõe as pessoas ao bom humor. Além disso, é uma cidade portuária, tem aquele charme de amores decadentes, de idas e vindas, de boemia. Eu acho Marselha muito romântica. Não é à toa sua tradição na música. E... prepare-se para escalar a cidade.

— É? Muitos morros?

— Morros?! Bem, não vou estragar a surpresa. Você verá. Tem vistas belíssimas! — comentou Max, sorrindo.

Denise sorriu, olhando o namorado, depois apoiou a cabeça no ombro dele e ficou observando a paisagem. Sem perceber que se isolava, entregou-se, como que hipnotizada, à contemplação. A mente vazia, porém tomada por uma emoção indescritível e confusa.

Os dias transcorriam tranquilos, repletos de passeios para conhecer a cidade e os arredores. As praias mediterrâneas causaram espanto em Denise.

— O que aconteceu com a areia? — indagou Denise, ao chegar à praia, depois de uma boa descida, mas sem deixar de fotografar as formações rochosas conhecidas como calanques.

— Bonita, não é? É grossa e dourada, e algumas praias dessa região, em vez de areia, têm pequenas pedras na orla. Poderemos conhecer, se quiser.

— E essas praias ficam muito longe?

— Não.

— Não quero ficar cansada para assistir aos espetáculos. Essa ópera moderna está mexendo com meus nervos. Parece que sou eu que estarei cantando a história das heroínas do Egito atual — comentou Denise.

— Acho maravilhoso você se interessar por ópera pop, isso nos torna ainda mais próximos — confessou Max, abraçando-a pela cintura, enquanto contemplavam o mar quebrando contra os calanques.

— Que coisa linda! — exclamou Denise. — Tão diferente das praias brasileiras! Mas o mar é sempre divino. Amo olhar para ele.

— Ah, não! Mais um concorrente — brincou Max, apertando-a. — Assim não dá! Vamos voltar para Paris.

— Não, não — apressou-se Denise, rindo e voltando-se para abraçá-lo.

Contudo, parou porque teve a nítida sensação de estar sendo puxada para longe de Max. Voltou-se, olhou... e não havia ninguém. Mas persistiu a impressão, e isso quebrou a mágica e a alegre descontração do momento.

— O que foi? — perguntou Max, curioso.

— Não foi nada, ou melhor, foi apenas uma sensação. Algo estranho. Senti alguém me puxando.

Max riu, trazendo-a para junto de si e abraçando.

— Você errou a direção, bobinha — brincou e beijou-a.

Denise riu, retribuiu o beijo, mas logo interrompeu-o, com uma súbita falta de ar e a garganta apertada.

— É o sol — disse ela e afastou-se respirando com um pouco de dificuldade.

Max não deu muita importância ao fato. Tomou-a pela mão e convidou:

— Vamos dar uma caminhada?

— E há algo que se possa fazer aqui sem precisar de uma "pequena caminhada"?

— É claro, sentar em um restaurante e comer.

— Peixe? — indagou Denise, torcendo o nariz.

— Sopas maravilhosas... de frutos do mar — provocou Max.

— Prefiro piqueniques com baguetes.

— Imagina! Isso é um sacrilégio! Em Plante Mars a comida é obra dos deuses.

Reconquistando a descontração, o casal prosseguiu o passeio. No entanto, dia após dia, aqueles pequenos episódios foram se somando e ganhando intensidade. A sensação de *déjà-vu* de Denise diante de alguns lugares era muito forte.

— Por que em igrejas, meu Deus? — indagou ela em uma visita à Catedral de Notre-Dame de la Garde, diante da qual sentiu uma forte vertigem aliada à certeza de que conhecia o local.

— Max, eu posso descrever essa igreja para você — declarou Denise assustada, pálida, em frente ao grande prédio rodeado por uma infinidade de turistas das mais diversas nacionalidades. Os cliques das máquinas fotográficas e as expressões de encantamento com a vista da cidade sequer eram registrados pelos namorados.

— Como ela é? Diga-me. Vamos tirar a limpo essas sensações. Fale — incentivou Max.

Denise, arfante, começou a descrever a basílica com detalhes arquitetônicos, falou das obras de arte sacra e da acústica, e finalizou assim:

— Mas a acústica não é tão perfeita quanto a da Abadia de Thoronet, a melhor da Provença.

— Quando você foi a esse lugar?

— Eu não sei, nem sei onde fica, mas sei que a acústica é perfeita. Não me pergunte mais nada, por favor — pediu Denise.

E, apoiando-se em Max, desabafou:

— Essas coisas fazem eu me sentir mal. Eu não gosto quando acontecem porque não sei o que é, não posso evitar nem sei para que servem. Acho que só servem para me torturar.

— Acalme-se, meu bem. Deve haver uma explicação. Nós viemos aqui para conhecer o lugar. E vamos conferir os dados que você narrou. Veja, eu gravei — e mostrou-lhe o aparelho celular. — Agora, vamos entrar e fotografar ou filmar tudo que for possível. Mais tarde, analisaremos o que falou e o que, de fato, existe lá dentro.

Denise olhou para Max e perguntou:

— Você acha que pode ser imaginação minha? Loucura, talvez?

— Não, não. Calma. Eu acredito em você. Vi como esse fenômeno a incomoda e a deixa mal.

— Eu me sinto perdida no tempo e no espaço. Sei que é a primeira vez que venho aqui. Mas, de alguma maneira, já conheço este lugar. Além disso, tem esses nomes que vêm na minha mente. Nem faço ideia do que seja ou de onde está localizada Thoronet. Se é que existe.

— Existe, Denise. Já participei de uma gravação lá. A acústica é fabulosa, incrível mesmo. Tão perfeita que as vozes precisam se harmonizar completamente. Ela foi construída para o canto. É uma antiga abadia trapista, depois foi cisterciense, mais tarde rolou por várias mãos e hoje é um prédio histórico. É uma das chamadas "três irmãs da Provença". As três abadias pertencentes à ordem cisterciense. Quer ir até lá?

Denise encarou-o com os olhos arregalados:

— Ai, meu Deus! Não! Eu não quero. Não gosto de mexer nessas coisas. Odeio quando isso acontece! Nossas férias estavam tão boas! — lamentou Denise, irritada.

— Tudo bem — contemporizou Max. — Esqueça o convite. Mas vamos entrar na Catedral de Notre-Dame de la Garde. Venha!

E puxou-a pela mão, sem olhar para trás. Denise seguia-o com o rosto crispado, pálida e ansiosa. Muito perto deles, alguém escondia o rosto sob um capuz marrom.

Capítulo 19

A última semana do festival foi uma prova dura para Denise e Max. O encantamento com a cidade e o festival fora eclipsado pelo retorno daqueles episódios estranhos. Lentamente Denise mergulhou na conhecida melancolia, as crises de ansiedade retornaram e ela não suportava mais aquele local.

Max tentara entender, ser paciente, mas perdia terreno para a irritação. Até que, às vésperas do final do festival, tiveram uma briga violenta, com agressões verbais de ambas as partes.

— Eu não aguento mulher neurótica! Histérica! — berrou Max. — Você é insuportável, sabia? Uma chata! Estragou as minhas férias. E quer saber? Não aguento mais. Fique aí com essa cara de doida, perdida no mundo. Vou sair. Preciso de ar puro. Você não se ajuda. Parece que gosta dessa coisa, seja lá o que for.

— Vá, seu grande idiota! — retrucou Denise, irada. — Neurótica e histérica é a sua mãe! Egoísta! Você não sabe nada. Saia e vá aproveitar suas festas de música pop. Eu as odeio! Suma da minha vista!

— Ah, é assim? Então se lembre de que este quarto é meu. Suma você! — revidou Max, que pegou a jaqueta jeans, jogou sobre os ombros e saiu batendo a porta.

Indignada, furiosa e agindo sem pensar, Denise saltou da cama, abriu o armário, pegou a mala, encheu-a, literalmente, com seus pertences e a fechou. Sem dar explicações, abandonou o hostel e foi à estação central de Marselha. Partiu no primeiro trem rumo a Paris.

Durante as três horas de viagem, a adrenalina corria em suas veias e, rememorando a discussão e o sofrimento da última semana, que acabara até com sua libido, ela justificava-se e mentalmente crivava Max com todos os xingamentos de seu repertório.

Furiosa, chegou ao estúdio, em Paris. Charlotte assustou-se ao ouvir o barulho da fechadura e saltou da cama. Era madrugada.

— Por Deus, Denise, você quer me matar do coração?

— Não, quero que Max morra. Ah, se eu pudesse esganá-lo, seria um prazer incrível — resmungou Denise, mal-humorada.

— Hum, entendi. Brigaram. Fique calma, isso vai passar. Brigas acontecem em namoros...

— Acabou! — declarou Denise enfaticamente. — Como pude me enganar tanto com ele! É um estúpido, insensível, sem compreensão. Desgraçado! Ah, eu quero as tripas dele no meu prato!

— Ih! Foi feio. Mas não seria melhor esfriar a cabeça? — aconselhou Charlotte, tentando distraí-la.

Denise pareceu não ouvir, seguiu falando e despejando sua ira em cada palavra.

Charlotte consultou o relógio, eram quase seis da manhã. Reparou na agitação de Denise, na palidez sob o bronzeado, nas mãos crispadas, nos olhos injetados de sangue e nas narinas dilatadas. "Ela precisa se acalmar... e não adiantará eu voltar para a cama", considerou e então propôs:

— Vou fazer um chá e você me conta o que aconteceu. De acordo? Não estou entendendo o que houve. Só entendi que brigaram.

Denise aquiesceu e, minutos depois, enquanto relatava os acontecimentos à amiga, desatou a chorar. Na catarse, ora xingava Max, ora xingava Deus e a vida, amaldiçoando as "esquisitices" que a acompanhavam desde menina. Explodindo num choro angustiado, disse:

— Eu só queria entender o porquê dessas coisas! Que droga! Isso sempre estraga tudo, entende?

Charlotte abraçou-a, penalizada, e, ao fazê-lo, sentiu uma onda gelada envolvê-la. Arrepiou-se, estremeceu e, lembrando-se das conversas com a tia, silenciosamente começou a orar pedindo calma e a presença de bons espíritos em torno da amiga. Previu dias difíceis.

Denise comunicou à irmã o rompimento com Max apenas com uma frase no Facebook: "Demorou mais do que os outros, mas acabou".

Retirou todas as fotos dele do celular, do computador, da memória da máquina fotográfica, colocou tudo em um pendrive e jogou no fundo de uma caixa no armário de roupas.

Os antigos papéis de parede retornaram a suas páginas. Com um clique fora fácil livrar-se das lembranças digitalizadas, porém, com o passar dos dias, a memória humana iniciaria seu conflito.

Charlotte acompanhava o processo, respeitando a imposição de silêncio da amiga. Afinal, cada um tem sua própria maneira de lidar com a dor. Alguns dias depois, em um fim de tarde, encontrou Max, por acaso, em um café onde esperava Maurice.

Ele aproximou-se de Charlotte e sorriu, mas a tristeza era perceptível no olhar opaco e na falta de entusiasmo dele. Após uma conversa cheia de voltas e sem sentido, Charlotte decidiu abordar a questão:

— Você está sentindo falta de Denise.

— Está tão evidente? — indagou Max, fitando o teto para não encarar a amiga.

— Cristalino. Diria que está escrito em letras garrafais.

— Puxa! Pensei que seria mais fácil. Como ela está?

— Estranha. Calada. Mergulhou no mundo da música. Conseguiu um papel. Será Emília, a dama de companhia de Desdêmona, em *Otelo*. Estreia em dois meses. Está ensaiando como louca. A cantora que faria o papel engravidou e sente muitos enjoos. Então resolveram substituí-la. Denise ficou com a vaga. Só fala nisso.

— Bom para ela. Fico feliz — comentou Max, piscando rapidamente para disfarçar a emoção. — Não fala em mim?

— Não. Ela chorou muito quando chegou de Marselha, estava desequilibrada, triste, furiosa e confusa. Depois se fechou num silêncio gelado. Tem tido pesadelos nos últimos dias, chora dormindo, murmura e algumas vezes pronuncia o seu nome. Ela sofre, eu vejo. Acho que Denise também pensou que seria mais fácil esquecer você.

Ele sorriu e encarou Charlotte, em silêncio.

— Olha, estou esperando Maurice. Por que não pede algo e fica conosco?

— Não quero incomodar — falou Max, com pouca vontade de recusar o convite. Ele tinha necessidade de conversar com alguém, e ninguém melhor do que uma amiga de ambos.

— Você é meu amigo — protestou Charlotte. — Não me incomoda. Está resolvido: você fica. O que vai pedir?

Imediatamente chamou o garçom e acresceram o pedido.

— Agora, conte-me o que houve em Marselha — determinou Charlotte.

Era a ordem ideal para Max. Ele estava com todos os fatos e sentimentos presos em si, precisava desabafar. Mas a verdade é que tinha poucos amigos, e nenhum sensível o bastante para entendê-lo.

— Meu pai sempre dizia que há coisas que um homem só pode revelar para uma mulher, por isso muitos procuram mulheres de programa. Eu não gosto de pensar que é preciso pagar alguém para me ouvir. Ainda bem que tenho você, Charlotte.

Ela sorriu com meiguice e comentou:

— Interessante o pensamento do seu pai. Segundo ele, poder-se-ia dizer que a prostituição feminina é uma necessidade da sociedade machista.

— É, acho que agora eu o entendo. Comentei com um amigo sobre o fim do namoro com a Denise e ele me disse: "Não se preocupe, arrume outra". Foi tão frio! Não era o que eu queria ouvir. Aliás, eu não queria ouvir nada, só precisava falar. Parece que ele tinha medo de ouvir, como se fosse sentir o que sinto e isso fosse descabido. Então menosprezou minha necessidade de desabafar. Sabe, me senti fora de moda, foi esquisito.

— Ah, eu sei como é. Infelizmente já encontrei amigas com esse mesmo pensamento. São relações de consumo, sem querer ser chula, mas sendo, são de comer. Triste! Por trás desse comportamento, há um medo de amar, de encontrar o outro, de mostrar-se. São relações sem intimidade, sem cumplicidade. Simplesmente um consome o outro sem compromisso.

— Certa vez, ouvi um professor dizer que o sexo era razão preponderante da cultura e socialização humana — lembrou Max.

Observando a expressão pensativa e, ao mesmo tempo, de espanto da amiga, informou:

— Você sabe que comecei vários cursos e ainda estou tentando concluir um. Foi em uma aula de sociologia. Atualmente, há uma neurose por autossuficiência e o sexo é, por natureza, algo que impulsiona para o outro, para compartilhar, há uma troca. E havia toda a questão das religiões antigas, por incrível que pareça, mais evoluídas do que algumas atuais. E é um impulso à socialização, surgimento das famílias, despertar de amor e por aí vai...

— Vi algumas comédias realmente neuróticas que abordavam essa questão de família, filhos... O tema era a reprodução assistida. Assisti ao filme como se fosse uma crítica social. Mas o problema é que colocava a situação de uma mulher desesperada para ter um filho e recorrendo a clínicas de inseminação. Algo como escolher um bebê em um catálogo de compra. Isso é reflexo. Acho que Eros foi despejado, perdeu o endereço.

— Bem, então ele anda vagando pelo mundo e se hospedou comigo — brincou Max.

— Sério?

— Sério. Descobri um pouco tarde, mas é o que sinto. Me apaixonei de verdade pela Denise — declarou Max, relembrando e relatando os fatos vividos em Marselha.

Maurice chegou no café e notou, pela expressão de Max e Charlotte, que a conversa era necessária. Aproximou-se, beijou a namorada, cumprimentou Max, sentou-se e, em segundos entendeu o que se passava.

— E foi isso, meus amigos. Situações estúpidas que, não sei como, deixei que ganhassem essa proporção. Sabe, sou um cara paciente e gosto mesmo da Denise. Eu sabia das "esquisitices" dela e sempre disse para mim mesmo que aquilo era coisa dela, que não tinha por que influir em nosso relacionamento e, principalmente, confiei que ela superaria aquilo pela nossa felicidade. Puxa! Como me enganei! Bem dizem que o amor nos deixa cegos.

Charlotte e Maurice trocaram um olhar de entendimento, daquele tipo que só duas mentes cúmplices são capazes. Dispensam palavras, dialogam por pensamento. Um olhar basta para saber o que o outro pensa ou deseja.

Maurice balançou a cabeça afirmativamente e, em seguida, meneou-a na direção de Max, como se dissesse à namorada: "Conte a ele".

Capítulo 20

Charlotte não foi uma boa mensageira do Cupido. Suas tentativas de conversar com Denise, sugerindo uma reaproximação com Max, foram barradas. Maurice não teve melhor sorte. Então decidiram calar-se, lamentando a atitude da amiga.

Instado pelos amigos, Max procurou-a para desculpar-se. Ela o tratou friamente, não lhe dispensou mais do que três frases, trocadas nas escadarias em frente à ópera, em meio a centenas de pessoas.

Pensando que ela estava magoada, ele deu-lhe mais um tempo e depois telefonou. Foi atendido pela secretária eletrônica e nenhum de seus recados recebeu resposta.

Após essas tentativas, desistiu de Denise. Mergulhou no trabalho, voltou a encontrar-se com os amigos e evitou qualquer lugar onde pudesse encontrá-la. Continuava amigo de Charlotte e Maurice, pois eles compreenderam que esbarravam em uma vontade superior à deles.

Continuavam a sair juntos e, numa dessas vezes, Max comentou:

— Charlotte, Denise não quer reatar comigo. Eu me apaixonei, ela não. É simples assim. Meus amigos, isso dói, mas não mata, certo? Vou esquecê-la. Melhor! E vou usar essa energia para a minha arte, para ficar famoso. Afinal, esse foi o segredo de muitos conterrâneos famosos, não é?

— Não só a arte francesa vive da dor do amor — lembrou Maurice. — É universal e atemporal.

— É — concordou Charlotte, vacilante e pensativa. — Mesmo nesta época de relacionamentos virtuais, ainda há lugar para uma dor de amor.

— Sua tia explicaria isso maravilhosamente bem, minha querida. Ela diria: "A sociedade evolui, surgem novas tecnologias, mas no fundo reeditamos práticas antigas com novas roupagens. As leis universais estão latentes na consciência humana e nos impulsionam à felicidade. Por isso, não há nada de novo sobre a Terra, se olharmos com atenção" — declamou Maurice, imitando a enfática Berthe.

Max sorriu. Ouvira tanto falar nessa senhora que estava curioso para conhecê-la, quase ansioso.

— Contarei a tia Berthe o que você fez — advertiu Charlotte, rindo.

— Ela vai adorar. Conte! — provocou Maurice, abraçando-a e encostando a cabeça na dela.

— Convencido! — acusou Charlotte. — Você acha que conquistou a família toda, não é? Vá com calma para não cair do cavalo com tia Berthe.

— A família é grande? — indagou Max, feliz pela saudável relação dos amigos.

— Duas mulheres: Charlotte e Berthe — respondeu Maurice.

Max ficou espantado com a resposta. Charlotte era tão expansiva e determinada que o surpreendeu a informação. Sabia que ela era órfã, mas desconhecia a história da tia que a criara. Sempre pensou que ela pertencesse a uma grande família.

— Surpreso?! É porque você não conhece minha tia-sogra. Quando eu a conheci já era tarde. Se meu coração fosse livre, teria me apaixonado por Berthe — declarou Maurice. — E não me olhem assim! Falo sério. Adoro Berthe!

— Ela virá a Paris na semana que vem — informou Charlotte. — Denise enviou-lhe um convite para assistir à apresentação dela. Imagina se ela não viria, sabendo que a direção de arte é do queridinho dela aqui presente.

— Corrija-se, meu amor: eu não sou o queridinho. Sou Maurice, e eu e sua tia somos amigos, apesar de você estar em nossas vidas.

— Você viu, Max? Ele realmente me trocaria por uma mulher com mais de sessenta anos! — protestou Charlotte, brincando.

Entrando no clima de amistosa brincadeira, Max provocou:

— Não seria qualquer mulher... Ele a trocaria pela sua tia. E não se preocupe, Charlotte. Você pode deixá-lo visitar asilos. Não é nenhuma tara incontrolável por velhinhas. Mas cuide-se com dona Berthe. Freud talvez explicasse... quem sabe seja algum complexo edipiano tardio... E, convenhamos, as mulheres mudaram muito. O cinema está cheio de gatas de cinquenta anos. A maturidade fica linda nas mulheres. Talvez, depois dessa experiência com Denise, eu opte por um relacionamento com uma mulher mais experiente. Acho que deve ter menos drama e mais alegria.

— Você entendeu — falou Maurice. — Concordo com tudo o que disse, menos com a ligação entre maturidade emocional e idade. Nem sempre andam juntas. Deveriam, mas idade física e idade emocional são coisas distintas.

— Embora você não aceite muito, eu insisto: Denise não age sozinha. Ela carrega problemas, não sei quais são, mas vêm de outros tempos — disse Charlotte, dirigindo-se a Max.

— Minha amiga, Noru há muito tempo me disse: "Quando não existe inimigo no interior, o inimigo no exterior não pode te machucar".

— Hã? — indagou Charlotte.

— Admito que ela tenha inimigos interiores. Se são neuroses ou espíritos, que diferença faz? Ela escolheu dar-lhes força.

— Sei. Bonito o pensamento do seu amigo, Max — disse Charlotte.

— É um provérbio africano. Noru adora citá-los. Chama de cápsulas de sabedoria. Para ele, filosofia funciona como remédio para a mente e a alma, desde que ingerida e processada, ou seja, acompanhada de um processo de reflexão.

— Já imaginou, Charlotte, como seria legal um encontro entre sua tia e o amigo do Max? Eu adoraria ouvi-los — comentou Maurice. — Seria inspirador.

Charlotte bebericou o vinho e, fitando o namorado e depois o amigo, falou séria:

— Estou ansiosa pela visita de tia Berthe. Vocês não imaginam o que é viver com uma criatura assombrada. Tenho medo todos os dias do que encontrarei quando chegar em casa. Entendam, não tenho medo de espíritos, cresci sabendo que somos espíritos imortais e a morte física equivale à perda de uma das roupagens do espírito quando encarnado...

— Traduza, Charlotte — pediu Max.

— Charlotte é da moda, Max — lembrou Maurice. — O que ela está dizendo é uma comparação. Nós todos, os ditos vivos, temos um corpo material, outro semimaterial e a essência ou espírito, aquilo que realmente somos. Então, o corpo é como se fosse um casaco que você usa no inverno. Quando passa a estação, você se livra dele e segue existindo.

Max ouviu, pensativo, e comentou:

— Sendo assim, eu não sou um corpo, eu tenho um corpo. É essa a relação que vocês fazem?

— Sim, exatamente — respondeu Charlotte.

— Isso tem muitas implicações, desloca o centro da vida. Já pensaram nisso? — questionou Max.

— Lógico — respondeu Maurice. — Essa visão altera o entendimento de tudo, absolutamente tudo, na experiência humana.

— É interessante, mas não nos tira o chão?

— Ao contrário! — falou Charlotte. — O que nos tira o chão é pensar que a vida é apenas a matéria. Sob esse enfoque, você está sujeito ao acaso, à injustiça e ao egoísmo puro e selvagem. Veja à nossa volta: o mundo tem muitos problemas, mas nunca se conheceu o reinado absoluto do egoísmo puro e selvagem. Por quê?

— Boa pergunta! É o oásis moral humano? É ação do instinto de sobrevivência? Afinal, se imperasse o egoísmo selvagem decorrente da visão materialista, não haveria cultura nem sociedade... — questionou-se Max, espetando um pedaço de queijo da tábua de frios sobre a mesa. — Não sei, nunca havia pensado nisso.

— É porque não existe. Simplesmente, por isso. O progresso que testemunhamos na história da humanidade fala da condução da espécie em direção ao bem. As estruturas sociais evoluíram. Note que elas vêm das esferas animais para nos proporcionar bem-estar. Essa busca pelo bem move o homem para o progresso. Instintiva e emocionalmente nós sabemos que somos mais do que um corpo, que a vida é maior do que a aventura de uma existência entre o berço e o túmulo — argumentou Maurice. — O ser humano se rende ao bem e ao amor quando os encontra, não importa em que condições, pois isso é da nossa natureza. Sei que há longas filas nos cinemas para filmes de guerra e violência. Também sei que, se eu for ciumento, aplaudirei Otelo quando matar Desdêmona e jamais acreditarei que ela era inocente e que nunca o traiu. Ainda nos identificamos com o mal. Há uma propensão a usar a energia da ira de forma descontrolada. Aliás, somos emocionais demais e racionais de menos, com mais frequência do que seria desejado. Mas quando alguém enfrenta o mal com o bem, a sociedade rende-lhe um tributo imortal. Pois, nesse caso, há uma conexão com o mais profundo do ser humano, com a nossa consciência. E lá todos nós sabemos o que é o bem e o mal e quais as opções certas. E é essa percepção profunda e inconsciente, na maioria das vezes, que rege nossos destinos e guia-nos ao progresso. O egoísmo puro e selvagem nunca se desenvolveu, assim como nunca se desenvolveu uma sociedade cem por cento materialista. Elas são antinaturais.

— Espera aí, Maurice! As ideias materialistas estão semeadas pela sociedade. As igrejas são excelentes museus de arte sacra e cultura do passado — rebateu Max. — Muita gente já não acredita em suas histórias.

— Eu sei, eu sou um deles, Max. Charlotte também, e provavelmente a maioria das pessoas com as quais lidamos no dia a dia. Mas não estou falando de religião. Estou falando de filosofia. E a filosofia materialista não consegue muitos adeptos. O ser humano não é só matéria. Viver é uma experiência transcendental. Somos espiritualistas, por natureza. As crenças entram em outro capítulo. Muitos se dizem ateus ou agnósticos não por terem profundas convicções e provas a respeito da inexistência de Deus, da alma humana e das questões relativas, mas porque não aceitam o que lhes apresentam as religiões como caminhos de fé. Entra aqui o próprio conceito de fé para ser questionado. Nisso eu concordo com você: já passou o tempo de crer em histórias do poder mágico da madeira do berço de Cristo.

Entretidos, conversaram horas a fio. Surpresos, viram os garçons começarem a arrumar o pequeno salão. Pessoas tinham ido e vindo, e eles não tinham percebido a movimentação no café. Mas, acostumados a uma saudável boemia, pagaram a conta e seguiram a conversa pelas calçadas da cidade.

O resultado do encontro foi que, no dia seguinte, sábado, Max os aguardava em frente ao endereço mencionado na *rue* Saint-Jacques.

Maurice e Charlotte trocaram um sorriso de contentamento ao vê-lo parado na calçada.

— Que bom que veio, Max! — falou Charlotte ao cumprimentá-lo.

— Vamos entrar, está quase no horário — lembrou Maurice, sorrindo ao amigo. — Espero que goste.

— Há mais pessoas interessadas do que eu imaginava. Até vi entrar algumas pessoas que eu não imaginava encontrar em um evento desses. Uma surpresa!

— Por quê? — questionou Charlotte.

— Sei lá, um preconceito bobo.

— Esses temas sempre mobilizaram pessoas inteligentes, Max. Pensadores do passado e do presente se interessam por ele.

Maurice calou-se. Entravam no salão destinado à exposição e debates da tarde e a assistência se colocava educadamente em silêncio.

Capítulo 21

Conforme se aproximava a estreia de *Otelo*, Denise tornava-se mais introspectiva. Após o rompimento com Max, ela fechara-se para tudo e para todos. Comia, dormia e respirava apenas para dedicar-se à música.

— Denise, você precisa se distrair — alertou Charlotte. — Vamos descer, somente eu e você, e procurar um bom crepe de champignon e um vinho. O que acha? Vemos o movimento do fim do dia, conversamos um pouco... Vamos?

— Não estou com fome e ainda não estou bem segura da forma de interpretar alguns versos. Preciso treinar mais. Emília é complexa, ela trai sua senhora por amor ao marido, que é um crápula, e depois se arrepende. Há uma intensidade dramática nela... preciso rever...

— Não precisa, não. Você está enfurnada neste estúdio há semanas! Sabe o que acontecerá? Estresse, querida. E não aceito sua resposta. Vamos! Eu sei que esse papel é importante para você, mas a grande estrela é outra pessoa.

E Charlotte agarrou Denise pelo braço, puxando-a pela porta. Denise riu da insistência da amiga e lembrou:

— Preciso pegar a bolsa... arrumar o cabelo...

— Não precisa nada! Precisa sair daqui, isso sim. Eu pagarei a conta e seu cabelo está bom.

— Isso é um milagre! — brincou Denise, deixando-se puxar pelas escadas. — Você nunca achou o meu cabelo bom.

— Existe um movimento de aceitação da beleza natural de cada pessoa, já ouviu falar? Eu aderi a ele — rebateu Charlotte. — Basta de padrões! Aceite-se como é e trate de ser feliz com o que tem. Muito sábio! Fim das neuroses e futilidades femininas. Amei!

— Você passou por alguma experiência de liberação da criatividade? — perguntou Denise, ao chegarem à calçada, ajeitando o cardigã para proteger-se dos primeiros ares do outono. — Deus do céu, as noites já estão frias! Ainda não terminou o verão... Se há algo do que sinto falta é do calor do Brasil. Acho que não vou me acostumar nunca ao inverno, ao frio. Eu gosto do sol.

— Se está sugerindo que ingeri alguma droga para liberar inibições, esqueça! Não me ofenda! Eu não preciso disso. Essas viagens são muito curtas. É o tempo entre o oi e o tchau. Jamais me envolvi com drogas. Alegria e criatividade falsas não me interessam. Não desejo ser um ícone, quero criar moda para o povo. E o inverno ainda está bem longe. No próximo ano, lembre-se de aproveitar mais o verão. No último mês, você foi da escola para o trabalho e de lá para casa e se encontrou com o sol apenas nas calçadas.

— É verdade! Mas é por uma boa causa. É isso o que vim fazer na França, Charlotte. Será que estarei aqui o ano que vem? Meu período de intercâmbio termina em dezembro.

— Meu Deus, que rápido! Eu não tinha percebido que falta tão pouco!

— Pois é. Você está muito envolvida com o término de seu curso e com Maurice.

— É meu último semestre. Inacreditável! Precisamos comemorar. Vou beber duas garrafas de vinho. Vamos até a Île de Paris? Adoro a Notre-Dame e o Sena nesta época. Lá tem um crepe muito bom. Que tal?

Rendida à empolgação da amiga, Denise concordou. Prazerosamente, entregou-se ao som das ruas parisienses. Gostava de ouvir o burburinho, pois, ao cair da tarde, sempre havia ao fundo o som dos acordeões lembrando às pessoas a melodia inconfundível da música francesa.

— Acho que nunca esquecerei os sons e aromas das ruas de Paris — comentou Denise. — Nem do vento gelado.

Charlotte ignorou o comentário. Tomaram o metrô e pouco depois desciam às margens do Sena, contemplando a graciosa e milenar igreja.

— Essa é a única igreja que gosto de visitar. Ela tem algo de diferente. Acho que é porque celebra a vida — comentou Charlotte quando se aproximavam da praça em frente à igreja.

— Você não vai querer entrar, não é? — indagou Denise.

— Não, hoje não. Eu gosto do lugar, não necessito entrar. Mas sabe que, às vezes, eu venho fazer preces e meditar.

— Só se for de madrugada, porque ela está sempre cheia de turistas. Como consegue ficar em silêncio e meditar com tanta gente? Eu acho impossível.

— Mas não é, Denise. E mesmo cheia de turistas ela me transmite paz. Gosto de ficar no seu interior sombrio. Consigo ignorar completamente o movimento ao redor.

— Você é uma caixinha de surpresa, Charlotte. Eu não a imaginava meditando refugiada em uma igreja. Pensei que não se interessava por religião, quer dizer, nunca a ouvi falar em ir à missa ou cultos, enfim... essas cerimônias.

Compraram a refeição e seguiram até o jardim, nos fundos da igreja. Um local tranquilo, aprazível, de onde podiam observar o movimento, comer e relaxar.

— Realmente, eu não participo de cerimônias e também não gosto. Não sou adepta dessas religiões. Acredito na religiosidade natural do ser humano. Respeito todas as crenças, quem as professa e seus lugares de culto. Meu caso com a Notre-Dame é de amor antigo. Eu amo o prédio, a construção e sinto uma energia boa. Cada pessoa que vem aqui deixa marcas nesse local. Admiram a arte, a história, veneram a vida, seus sentimentos impregnam o local. Como são bons sentimentos, criam uma atmosfera agradável e atraem cada vez mais sentimentos de bem-estar. Já vi alguns turistas chegarem irritados na porta da igreja e depois se tranquilizarem. Nem percebem, mas é o local, as energias daqui que fazem isso. Esse local é depósito de energias de fé e esperança há milênios. O prédio atual foi erguido sobre as ruínas de um antigo templo pagão de adoração à deusa Mãe.

Charlotte fez uma pausa, mordeu seu crepe e depois tomou um longo gole de vinho. Ficou contemplando as gárgulas e suas caretas e sorriu.

Denise acompanhou-lhe o olhar e comentou:

— Demorei para assimilar a existência desses monstrinhos em igrejas. Não me lembro de nenhuma construção assim no Brasil. Acho que não deve ter mesmo, porque isso é tipicamente medieval. Nossas igrejas são do período Barroco. Agora eles me parecem bonitinhos.

— As gárgulas representam os defeitos humanos, o que há de ruim no homem e que deve ficar do lado de fora do templo. Lá dentro só o sagrado é admitido. Naquela época em que matavam em nome de Deus, essa maneira de pensar até se justificava. O homem era um dentro do templo e outro fora. Depois vieram os movimentos do Renascimento, do Iluminismo e essa concepção foi mudando. Em igrejas desse período não se veem gárgulas.

— No meu país as igrejas são dos séculos XVII e XVIII. Corresponde ao período colonial e elas têm apenas uma torre inteira e a outra inacabada. Sabe por quê? Para evitar a cobrança de impostos sobre a construção. O imposto tinha que ser pago quando a construção estivesse concluída, como faltava uma torre...

Charlotte riu e lembrou que, na mesma época, acontecia a Revolução Francesa, que também tinha questões tributárias entre suas causas. Após terminarem a refeição, permaneceram sentadas, conversando e observando o entardecer e a mudança da paisagem com a iluminação elétrica.

— De alguma maneira, as gárgulas ainda sobrevivem. Por isso gosto de olhar para elas.

— Contemplar os defeitos humanos, a dualidade... É interessante! Trabalhando o texto de Shakespeare, não tem como fugir de pensar um pouco nisso — falou Denise. — Amor, ciúme, posse, violência, cuidado, fragilidades, sofrimentos. Em português, dizemos que amor rima com dor. E é fato. Os amores são sempre trágicos.

— Será? Eu estava observando aquele casal na mesa do restaurante do outro lado da rua. Veja! — disse Charlotte.

— Os velhinhos? — perguntou Denise, vendo um casal septuagenário que conversava animadamente. — São turistas entusiasmados com Paris.

— Devem ser mesmo. Máquinas fotográficas penduradas no pescoço não enganam. Mas não é só isso que eu estava observando. Eles têm um brilho na expressão, é alegria. E estão sozinhos, felizes...

— E por que não estariam? Devem ter saúde e dinheiro para viajar — comentou Denise.

— Sim, isso é bom, lógico. Mas não vi diferença entre eles e aquele outro casal mais jovem. Veja!

Discretamente Charlotte apontou o casal, e continuou sua análise:

— Eles estão namorando, curtindo as coisas boas da vida. Devem ter tido seus momentos ruins juntos, mas, se isso aconteceu, é passado. É nesse amor que eu acredito. Já li *Otelo*, já vi filmes baseados na obra, e acho que Shakespeare escreveu essa peça pensando em retratar um relacionamento de paixão com uma pessoa doente, possessiva e ciumenta. Isso é diferente de amor. Amor para mim é o que está escrito no olhar daquele velhinho contemplando a companheira. É doce, é manso, é forte e flexível. Não arde, nem queima, simplesmente brilha. É estar ao lado, é ser com o outro e não subjugar o outro. Amar não é sofrer, ao contrário, é libertação da dor. Relacionamentos que causam sofrimento não têm por base o amor.

Denise ficou calada observando o casal. Charlotte também. E as duas sorriram quando eles saíram do restaurante de mãos dadas e com passos lentos.

— É um andar junto, crescer, aprender... no mesmo ritmo — concluiu Charlotte.

— Será que não estamos romanceando demais, Charlotte? Meus pais têm um casamento sólido, estão juntos há trinta anos ou mais e espero que envelheçam juntos. Mas eu não saberia dizer se eles se amam.

— Você nunca viu eles sorrirem um para o outro por "nada"? Trocarem carícias? Cumplicidade?

— Não sei. Talvez eu tenha sido egoísta e imatura demais para observar isso. Minha preocupação era comigo, e eu os observava a partir das minhas demandas e na solução delas. Engraçado... Nunca pensei nos meus pais como amantes ou na relação deles sem a minha presença ou a da minha irmã. Coisa doida, não é?

— Concordo. Você sabe que a minha família é muito pequena. Somos apenas eu e tia Berthe. Mas me recordo dos meus pais namorando, lembro-me deles rindo um para o outro, brincando... Eles tinham uma relação antes da chegada dos filhos e ela prosseguiu conosco, e creio que depois de nós. Onde estiverem, acredito que se amem. Depois que eles morreram e eu fui viver com tia Berthe, ela sempre fez questão de relembrar isso e a gente se consolava no amor deles. Isso nos dava força para prosseguir na vida.

— Que bonito! Obrigada por compartilhar isso comigo — agradeceu Denise, emocionada. — E a sua tia, nunca se casou?

— Sim. Tia Berthe casou-se, divorciou-se. Casou-se outra vez, ficou viúva...

— Ah, coitada! Mas é uma história comum.

— Não é, não. Tia Berthe é uma criatura única. Ela virá a Paris com o namorado para a estreia da peça.

Denise arregalou os olhos e riu:

— É mesmo? Que legal! Você disse que ela tem mais de sessenta anos, não é?

— Sessenta e três. Ela é minha tia-avó.

— Estou curiosa para conhecê-la.

"E eu ansiosa para que ela a conheça", pensou Charlotte, encarando a amiga em silêncio.

— Tia Berthe é admirável. Eu a amo muito, sou suspeita para falar dela.

— E ela a ajudou bastante, não é?

— Engraçado, ela não permite que ninguém diga isso. Sempre corrige e enfatiza que uma ajudou a outra. Tia Berthe nunca me cobrou nada nem estimulou qualquer sentimento de gratidão. Simplesmente ela me ensinou a amar. Quando as pessoas descobrem que sou órfã, que ocorreu "uma tragédia" na minha infância, às vezes ficam me olhando com ar de piedade como se aquilo ainda fosse presente. Sou eu que tenho que chamar a atenção delas lembrando que aquilo já foi, é passado. Aí me veem como "durona", tecem mil comentários até entenderem que superei mesmo, não tenho mágoa, nem rancor, não tenho revolta com Deus nem com a vida. E sabe por quê? Porque tia Berthe não se limitou a me amar, ensinou-me a amar.

— E ela mesma não encontrou ainda o "grande amor", pelo visto.

— Como o daqueles velhinhos? Acho que sim.

— É? Seria como Vinicius de Moraes descreve: "Mas que seja infinito enquanto dure"?

— Não. Para tia Berthe, amar é o seu modo de viver. Ela não teve um companheiro apenas, mas sei e vi que amou e ama intensamente as pessoas que vivem em torno dela. E são muitas! Ela nunca está sozinha. É algo impressionante.

— Quer dizer, ela nunca está como eu agora: sem namorado?

— Não, ela nunca está sozinha. Vive cercada de pessoas e também de namorados. Mas ela não é o tipo de mulher que não sabe ou não consegue viver sozinha, ao contrário.

— Falta pouco para eu conhecê-la. Não posso voltar ao Brasil sem conhecer uma mulher assim — brincou Denise.

Capítulo 22

O teatro estava lotado. No camarim, Denise ouvia os sons da plateia misturado ao corre-corre e à balbúrdia do elenco. Estava uma pilha de nervos, mais tensa do que as cordas dos violinos da orquestra.

Jeanne, uma colega, observou que ela estava pálida e trêmula.

— Quer um uísque ou um conhaque? — ofereceu-lhe, mostrando o copo.

— Não, obrigada. O álcool faz eu me sentir pior — justificou Denise.

Jeanne deu de ombros e entornou um grande gole. Instantes depois, sorria mais relaxada.

— Pois para mim é imediato. Uma dose generosa é o suficiente. Tem certeza de que não quer, Denise? Vai ajudá-la a acalmar-se.

— Obrigada, Jeanne. Realmente não é bom para mim. Não se preocupe, ficarei bem. Só preciso de alguns instantes de sossego, mais nada.

— Em noite de estreia? Isso é artigo de luxo, querida. Todos estão nervosos.

— É, eu sei. Mas acho que me expressei mal. Quis dizer que só preciso meditar um pouquinho — corrigiu-se Denise.

— Hum! Está bem. Mas, se mudar de ideia, a garrafa está do outro lado — e apontou um lugar no camarim coletivo. — Sei que é superimportante para você hoje. É a primeira vez que cantará sozinha, mas lembre-se: você não é a figura principal. Relaxe!

— Eu sei, você tem razão, Jeanne. Mas, não adianta, no meu coração Emília é mais importante que Desdêmona e o próprio Otelo. Sou eu que lhe darei vida. Não tente entender, sou neurótica. É meu jeito de ser. Acredite, sei que são minutos em que cantarei sozinha contracenando com uma cantora experiente, mas para mim valerão por uma ópera inteira — falou Denise, enquanto ajeitava a roupa da personagem.

Jeanne não argumentou. "Talvez ela esteja certa", pensou, admitindo que estava na escola havia mais tempo e não tinha recebido, ou melhor dizendo, conquistado a mesma oportunidade.

Na plateia, Charlotte e Berthe acomodaram-se nas cadeiras reservadas.

— Esse prédio é lindo! — elogiou Berthe, admirando discretamente a cúpula e depois o palco. — Preciso agradecer a Maurice e a sua amiga por esta oportunidade. Fazia anos que eu não vinha aqui. Ele é uma joia!

— É sim. Eu, particularmente, o considero exagerado, mas era o estilo da época. E você sabe que gosto das linhas modernas.

— Sim, querida, tudo muito simples, muito limpo, muito reto. Eu não entendo como não mora em La Défense.

— Um dia, quem sabe...

— Com Maurice?! Será difícil. Ele ama o clássico e o erudito. Veja onde estamos! — brincou Berthe. — Mas, é óbvio, o clássico sempre faz concessões, aceita estilos novos e dá um jeito de influenciá-los. Então você pode ter alguma esperança.

Charlotte riu e indagou:

— Você está prevendo algo no meu futuro? Teve alguma visão comigo? A troco do que essa conversa sobre eu morar com Maurice?

— Ah, Charlotte, não me decepcione. Por favor! Eu tenho experiência suficiente para reconhecer um casal apaixonado. Não preciso consultar os meus mentores espirituais para isso. Minha querida, alguns caminhos são clássicos, muito clássicos nesta vida. Um deles é o dos apaixonados. Modernizam-se costumes, mas os desejos da alma humana são eternos. Quando se ama, se quer ficar junto, compartilhar. As coisas mais banais ganham um sabor especial, mas incompreensível aos que não fazem parte da relação. É simples, é natural querer morar junto. Querida, essas são as previsões de quem viveu nada mais do que sessenta e três anos sobre a Terra e várias experiências com o amor.

Charlotte riu baixinho e, sem se conter, discretamente colocou a mão sobre o colo da tia, chamando-lhe a atenção. Berthe baixou a cabeça e logo tomou a mão da sobrinha, erguendo-a em frente aos olhos para apreciar a joia que brilhava em seu dedo.

— Que lindo, querida! Parabéns! — e abraçou Charlotte efusivamente. — Vocês serão felizes. É tão fácil prever que um casal que se ama e se conhece será feliz! Eu não disse que Maurice era o estilo clássico? Pretendem se casar logo?

— Bem, ganhei este anel ontem à noite — revelou Charlotte.

— E se está no seu dedo é porque aceitou o compromisso.

— Sim. Planejamos nos casar no final do ano. Até lá, faremos algumas arrumações no apartamento de Maurice e eu vou ajeitando a minha vida também. Preciso concluir o curso de moda, ainda farei um estágio rápido em Milão no próximo mês e tenho que arrumar as coisas que estão lá em casa, em Nancy.

— Conte comigo, querida!

— Sempre, tia. Eu sempre conto com você, ainda não percebeu?

Berthe sorriu e apertou a mão de Charlotte. Ouviram soar a campainha anunciando o início do espetáculo. As luzes diminuíram e imperou o silêncio na plateia. Os acordes da música ecoaram pelo teatro, tomando todos os espaços. O palco foi iluminado e abriram-se as cortinas.

Berthe, de mãos dadas com a sobrinha-neta, concentrou-se no espetáculo e, em especial, no elenco. Com facilidade, identificou Denise.

— É ela — informou Charlotte, sussurrando no ouvido de Berthe quando Denise entrou em cena.

— Eu sei, meu bem.

Ao término do segundo ato, Charlotte confessou:

— Estou impressionada com Denise. Como é segura em cena! Ela tem domínio de palco, não lembra em nada a criatura problemática que mora comigo. Maurice me falava dessa transformação, mas eu não conseguia imaginar.

— É — respondeu Berthe, reticente e pensativa. — Ela é outra, ou melhor, tem outra por dentro. Mas todos nós temos, não é mesmo?

Charlotte concordou e deixou-se envolver pelo clima do espetáculo dramático, que seguia o crescente de toda obra genial. Verdi compôs a ópera sendo extremamente fiel a Shakespeare. O clímax era o final. Ele sabia que o público raramente lembra o início de uma história, mas, se faz sucesso, o fim é sempre lembrado. É o impacto que ele guarda consigo.

Denise interpretando Emília igualou-se à interprete de Desdêmona. A cena das duas arrepiou e arrancou suspiros da plateia. Desdêmona representava a vítima pura e indefesa da maldade humana. É um sonho que vive no imaginário. Emília é bem real. É a vilã boazinha, fingida, a pessoa que esconde a ambição e trai afetos por uma mísera quantidade de moedas. Mas, dividida entre a ambição e a amizade a Desdêmona, o peso da culpa após o assassinato a faz arrepender-se e confessar seu crime, entregando a intriga orquestrada por Iago para tornar-se o capitão da guarda. É uma figura que incomoda, desperta rejeição, piedade e, ao mesmo tempo, forte identificação com o público. Afinal, seu crime era a intriga, a fofoca movida pela ambição.

Desdêmona cantando a Ave-Maria era a representação do anjo em injusto sofrimento. Tocava a sensibilidade da plateia. Essa emoção tornaria mais hediondo o crime de Otelo, as intrigas de Iago e Emília. A manipulação da paixão pela razão fria e calculista. Iago aproveita-se do amor doentio e ciumento de Otelo, da sua insegurança por viver um amor cheio de preconceito — é um mouro casado com uma nobre —, e insufla o ciúme e o leva a assassinar a amada Desdêmona. Com isso, arruína-se. O leão está caído. Emília não esperava o desfecho trágico e arrepende-se. Denise deu-lhe a dramaticidade exata.

O público aplaudiu de pé e pediu o retorno do elenco mais de uma vez.

Maurice exultava com o sucesso. Quando abraçou Denise, exausta e suada, não se conteve:

— Você foi sensacional, garota! Brilhante! Vi nascer uma grande cantora lírica. *Merde*! *Merde*, querida!

Denise estremeceu nos braços do amigo, apertou-se contra seu peito e, inesperadamente, sentiu-se pequena, frágil e sozinha. Aquele futuro descrito por Maurice despertou-lhe medo e dúvida. O que, afinal, queria para o seu futuro? Aplausos, luzes, música... Sim, aquilo a fazia vibrar. Mas... abraçaria sempre os amigos, apenas amigos? Não queria, não devia, mas lembrou-se do sorriso e do calor de Max.

Tudo aquilo não ultrapassou o domínio dos segundos. É incrível como o mundo das emoções e dos pensamentos desafia o tempo. Quantas coisas podem passar no interior de uma pessoa em uma fração de segundo!

Maurice afastou-se, foi abraçar outra pessoa, e Denise sentiu frio, desejou sair correndo dali, ainda com o figurino de Emília. Mas não podia, afinal não era louca, e só os loucos fazem o que bem entendem sem ligar para nada nem ninguém ou, ao menos, assim se pensa. Então permaneceu com o elenco. Abraçou e foi abraçada, sorriu, agradeceu, participou da festa, mas seu coração não vibrava da mesma maneira.

Sentia-se sozinha, profundamente sozinha.

Capítulo 23

Na manhã seguinte, Denise, com os olhos inchados pelo sono pesado, encontrou Charlotte e Berthe no café. Sorriu, e seus olhos se fecharam mais ainda.

— Parece uma japonesa — brincou Berthe, após as saudações matinais. — Muito cansada, querida?

— Mais ou menos. Sinto-me dolorida, pesada, mas feliz. Os últimos dias foram muito estressantes, eu estava tensa demais. Tenho a sensação de ter sido esmagada por um trem. — respondeu Denise, sentando-se com a xícara de café.

— Eu imagino. Deve ser muito desgastante — comentou Berthe, observando a jovem com atenção. — Admiro quem sobe em um palco e encara o público para viver a sua arte. É preciso coragem. O artista é uma criatura estranha: sua arte o satisfaz, mas ao mesmo tempo necessita do olhar, do aplauso do público e até da avaliação da crítica para motivá-lo.

Denise riu, bebeu um gole do café, e respondeu:

— Acho que o aplauso e o reconhecimento do trabalho são viciantes. Mas não penso que seja privilégio dos artistas. No Brasil, temos uma vizinha que adora rosas. Ela cuida das roseiras diariamente e fica estufada, chega a corar de satisfação quando alguém elogia suas rosas. Ela ama as rosas, mas também espera que o seu trabalho seja reconhecido.

— *Touché*! Denise tem razão, tia. Eu mentiria se dissesse que não gosto de ouvir elogios à minhas criações ou que não fico satisfeita com a boa aceitação do meu trabalho.

— Certo, certo, meninas, eu reconheço: falei sem pensar. É lógico e natural que todos nós gostamos de ter nosso trabalho reconhecido. Afinal, a nossa autoestima se constrói também pelo olhar do outro. E um profissional indiferente é um profissional sem amor-próprio, em geral não é bom no que faz. Não tem autoestima e isso se reflete no trabalho. Vou reformular minha fala, certo?

Denise olhou para Charlotte, e uma sorriu para a outra. Denise fora seduzida com facilidade pela simpatia e inteligência de Berthe.

— O artista se expõe ao público mais do que qualquer outro profissional, especialmente quem sobe ao palco. Músicos, cantores, atores de teatro, em geral, são intérpretes de outros artistas, como escritores, compositores e poetas. Eles têm o trabalho avaliado, aprovado ou rejeitado no ato. A interpretação é instantânea. O compositor pode levar horas e dias, sozinho, torturado por sua própria ânsia, compondo uma canção, mas o intérprete, ao vivo, terá alguns minutos para materializá-la diante do público. É essa coragem que eu admiro. Consegui me fazer entender agora?

— Sim — respondeu Denise, pensativa, recordando as conflitantes emoções da noite anterior. — É fugaz, dona Berthe. Muito fugaz. E talvez exista algo que nós, intérpretes, sentimos ou que precisamos sentir e que tem a exata duração do brilho de uma estrela cadente.

— Como estão poéticas! — falou Charlotte, levantando-se.

Ela lavou rapidamente a louça usada e deixou-a no escorredor. Em seguida, disse:

— Vou deixá-las por algumas horinhas, está bem? Vejo-as mais tarde.

Charlotte beijou a tia, acenou para Denise, pegou a bolsa e a pasta com seus desenhos e saiu.

— Foi o que senti ontem — confessou Denise. — Até então minhas experiências eram acadêmicas e amadoras. Totalmente voltadas para satisfazer a minha necessidade de cantar. A música me dá paz e prazer, me faz sentir viva.

— Ela preenche você?

— É, a senhora captou muito bem. É exatamente isso: a música me preenche, me desperta, me ilumina. Eu vivo quando canto. Eu sinto. Interpretar organiza as minhas emoções. É como se fosse um canal por onde elas escoam e me esvaziam, me libertam.

Berthe encarou Denise, ouvindo-a atentamente, avaliando suas palavras e expressões. Conversaram longamente, sem pressa. A manhã morna do início de outono convidava à calma e até à preguiça.

— Minha querida, me desculpe perguntar, mas, por suas palavras, deduzo que você sinta muita angústia, é isso mesmo? Por favor, fique à vontade para me mandar calar a boca. E acredite: minha intenção é apenas compreender o que se passa com você.

Denise fitou a xícara de café, como se pudesse ler a resposta no líquido escuro. Sorriu com tristeza. Essa ambiguidade tão humana, tão típica dos que carregam dores íntimas.

— A senhora é muito observadora.

— É uma característica desenvolvida na vida — esclareceu Berthe, calmamente. — Auxilia-me muito. Devo entender sua colocação como um sim à minha indagação?

— Sim. Às vezes, sinto como se eu tivesse engolido uma panela de pressão e ela estivesse prestes a estourar no meu peito. Aperta-me a garganta, me sufoca, põe meus pensamentos em estado caótico. Ninguém consegue se concentrar sentindo algo assim. É impossível fazer qualquer coisa. Já sentiu algo parecido?

— Claro! É um misto de ansiedade e tristeza, porém tudo muito intenso. É o que se pode chamar de angústia aguda.

— Pois é. A música esvazia-me desse sentimento. E é a única atividade que me dá paz e equilíbrio. Derramo essa emoção toda no canto. A ópera me atrai porque une a música à interpretação teatral. Enquanto vivo um personagem, ele me organiza interiormente — confessou Denise.

Berthe ficou pensativa, séria, então encarou Denise no fundo dos olhos e disse:

— Você não conhece a felicidade nem a dor real.

Denise sorriu e questionou com amargura:

— E alguém conhece a felicidade? O que a senhora chama de dor real? O que sinto é muito real, embora eu não saiba explicar. Com certeza, não é criação da minha imaginação. Não provoco nada, nenhum dos fenômenos que acontecem comigo.

— Nós fomos criados para sermos felizes, portanto, conhecer a felicidade é parte do nosso aprendizado e crescimento. Está ao alcance de todos. É bobagem das pessoas dizerem que este mundo não é para nossa felicidade. Houve uma época em que ser sombrio, triste, depressivo era moda, até mesmo suicidar-se. Eram os chamados românticos, decepcionados com a vida. Melhor seria dizer-se decepcionados com as ilusões do seu modo de pensar a vida. Talvez venha daí que ainda hoje algumas pessoas, pretendendo profundidade intelectual, declaram algumas bobagens como "felicidade não existe" ou que "só existem alguns momentos felizes na vida". Penso que podemos ser felizes, apesar de alguns momentos de dor. Não confundo felicidade com euforia. A euforia é vizinha das lágrimas, minha querida. É comum o eufórico cair em pranto desesperado. A felicidade é vizinha da alegria sadia, pura, que não gargalha, nem galhofa a qualquer hora, mas que dá equilíbrio e bom humor. Eu me considero alegre, pois raramente sou vista desequilibrada, alterada, irritada ou tendo ataques de ira ou de ansiedade, mergulhando em estados depressivos. A vida é bela e rica demais para eu me entregar a essa desvalia. Isso é uma ilusão produzida em grande parte pela preguiça, pela vitimação. Quando falo em preguiça, estou me referindo à preguiça mental. Há quem não gaste um minuto da vida para questionar o que está fazendo aqui ou por que está aqui. Então, não preciso dizer que jamais pensam de onde vieram nem para onde vão.

Simplesmente sabem que nasceram de uma mulher e serão comidos pelas minhocas e vermes. Eis a vida, segundo eles!

Denise examinou a expressão e o olhar de Berthe por longos instantes, até que a sábia senhora sorriu e comentou:

— Você está me olhando como se eu fosse um oásis no deserto.

— É verdade. Não quero me iludir com miragens, dona Berthe. A senhora descreveu o que mais anseio conquistar: equilíbrio emocional. Agarrar-se ao hoje, ao palpável, é uma maneira de lidar com essa angústia existencial.

— Oh, sim. Sem dúvida! Contudo, essa atitude não acaba com a angústia, a menos que você tenha construído internamente um conjunto de valores e crenças que lhe permita lidar com essa realidade presente transitória, impermanente. Do contrário, você será apenas mais uma egoísta na multidão, reclamando que ninguém lhe ama, ninguém lhe faz feliz, ninguém a compreende. É preciso entender que depende de você amar, ser feliz, compreender-se. Isso não é tarefa dos outros, é sua. Felicidade se constrói de dentro para fora, é conquista pessoal, é minha, ninguém me dá, ninguém me tira. Eu sou feliz. Entendeu?

Denise fez um gesto com a cabeça, sugerindo que entendia em parte. E Berthe prosseguiu:

— O presente é o mais importante de todos os tempos. É eterno. O passado é meu patrimônio. O futuro é sempre incerto. Veja: aprender a lidar com a incerteza é fundamental para ter alegria ou equilíbrio interior. Viver é capitalizar incertezas. A todo momento, transformo o futuro incerto em passado, que é meu patrimônio. Isso é um processo eterno, é viver o presente. Ele é difícil, daí tantas fugas de pessoas vivendo de lembranças ou sempre em eterna expectativa, com a mente cheia do que irá fazer. Uns e outros têm as mãos vazias e são solitários, tristes, embora eufóricos. A primeira coisa que aprendi para ser feliz foi não tentar controlar a vida. Fiz isso quando entendi o quanto o futuro é incerto e, portanto, todos os meus planos estão sempre sujeitos a me causarem surpresas. Planejo, tenho sonhos e luto para realizá-los, porém consciente de que as coisas não estão no meu controle. Você não imagina como isso é estimulante. Sinto o dobro da alegria quando elas se realizam e metade da decepção quando não saem como eu tinha planejado. E sabe o que mais admiro nisso tudo? A sabedoria de Deus. Quando algo não segue meus planos e eu me frustro, passado algum tempo, constato que Ele me deu o melhor. A mudança que me impôs contribuiu para a minha felicidade, me fez mais forte, enfim, foi o melhor. Na hora, nem sempre vemos, mas o bom julgador analisa o resultado pelas consequências. A vida sempre nos dá o melhor. As pessoas é que são muito mimadas e infantis, confundindo satisfação de desejos com crescimento e felicidade. Meus próprios desejos muitas vezes são infantis e serão contrariados exatamente para que eu cresça como ser humano. Falo demais, será difícil você julgar se sou uma imagem ou uma miragem — comentou Berthe, descontraindo propositalmente a conversa.

Denise riu e respondeu:

— É uma imagem. Eu convivo com uma de suas obras, Charlotte, que é uma pessoa incrível. Ela adora a senhora.

— Eu e Charlotte nos amamos. É simples assim. Nem eu sou a oitava maravilha do mundo em educação de pessoas, nem Charlotte é um anjo na Terra. Somos pessoas que amamos, só isso. Eis o segredo.

— Parece tão simples, não é? Quem me dera...

— Você também é capaz disso: escolha amar. É uma opção, acredite. O amor é diferente de todos os sentimentos humanos, ele nasce na razão, na consciência, e não nos instintos. Os demais sentimentos você não escolhe experimentar, pode sempre escolher o que fazer com aquilo que sente. O amor não, você opta por ele.

— Como assim?

— Você desenvolve seu potencial de amar. E é simples. Em cada coisa você procura o melhor, aquilo que ela tem de belo, de bom, aquilo que a fará sorrir. Cada uma delas é optar pelo amor. Por exemplo: se alguém a perturba ou incomoda, você pode entrar em uma faixa de irritação ou convidá-la para outra faixa que seja do seu agrado. Você muda o assunto e, se ela não quiser, irá embora. Viu como o amor protege?

— Soa como indiferença e até egoísmo. Algo como "não saio da minha rota".

— É exatamente isso. Mas você não é egoísta ou indiferente simplesmente por saber o que deseja e agir de acordo. Amar exige individualidade. Quem ama se destaca, não faz parte da manada. Costuma até ser incompreendido. Pense: na vida, pessoas destacadas agem com individualidade e movidas por amor. É possível notar que lhes ocorrem sempre bons exemplos. O esquecimento é a consequência da falta de amor, das ações geradas pela ambição, pela vaidade, pelo orgulho. A humanidade esquece seus criminosos. Isso não é divino! Imagina quanta amargura e revolta haveria se ficássemos remoendo a memória dos desatinos de todos os ditadores que já pisaram na Terra?! Mas eles são esquecidos, porque guardamos a lembrança dos que amaram e semearam amor. São eles que nos inspiram.

— Não será por isso que o crime se perpetua?

— Não, de forma alguma. O crime ainda existe porque não evoluímos o suficiente para bani-lo. Quando um maior número de pessoas se convencer e adotar como prática de vida optar pelo amor, o crime desaparecerá por si mesmo. Ele é reflexo do mal que há no ser humano e essa maldade é fruto da ignorância do bem. De mais a mais, nós esquecemos os criminosos, não seus atos. Mesmo quem não viveu os horrores da Segunda Guerra Mundial os conhece e por isso tem o dever de evitar nova ocorrência.

— Interessante seu modo de pensar. Tudo se resume no que carrego comigo e nas escolhas que faço.

— Exatamente. É simples, Denise.

— Isso quer dizer que poderei, se eu quiser, livrar-me dos sentimentos e esquisitices que carrego? Que depende de mim ser tão feliz quanto eu consiga ser?

— Exato. Só depende de você. Eu posso ajudá-la, se quiser. Posso orientá-la, apoiá-la, mas de você dependerá o sucesso e a libertação.

Denise ficou pensativa. A presença de Berthe lhe dava paz. Aquela mulher madura e jovial, vestida com estilo, cabelos primorosamente arrumados, perfumada, a atraía. Confiava nela. Estava adorando a conversa.

— Denise, preciso sair. Vou aproveitar para visitar as lojas, afinal, fim de estação é bom para compras porque há promoções. E ainda quero visitar algumas livrarias. Quer me acompanhar?

— Eu adoraria, mas não veio acompanhada? Charlotte disse...

— Não, querida. Louis precisou ficar em Nancy. Ele até pediu-me para comprar-lhe alguns livros.

— O que ele faz?

— O mesmo que eu: é professor de literatura. Trabalhamos na mesma escola. Vamos?

Capítulo 24

Ir às compras com Berthe foi milagroso para o estado de ânimo de Denise. Divertiu-se, conversaram muito sobre diversos assuntos e as horas voaram. O cansaço da estreia e as emoções conflitantes que drenavam sua energia deram uma belíssima folga.

Estavam em uma das grandes lojas de departamentos de Paris, de preços acessíveis. Berthe escolhia vestidos e camisas para o dia a dia, feliz com as promoções. Denise a acompanhava e admirava as escolhas da companheira, alegres, elegantes, de bom gosto, adequadas a qualquer ambiente urbano.

— Gosto de praticidade — falava Berthe, analisando um vestido trespassado, manga longa. — Com esse modelo posso ir a qualquer lugar, desde um um jantar até festas informais, bastando apenas modificar os acessórios, sapatos e cabelo.

Berthe olhou para Denise e calou-se. A jovem estava pálida, gotas de suor eram perceptíveis em sua fronte e os lábios tremiam levemente. Ela tinha os olhos fixos na escada rolante que descia do terceiro andar, onde ficava a moda masculina. Berthe percorreu com o olhar a escada, várias pessoas desciam, mas seu sexto sentido lhe dizia que a comoção emocional de Denise se devia a um casal. Eles conversavam, entretidos e a moça apoiava-se no braço do acompanhante, um homem jovem e atraente.

— Denise! — chamou Berthe. — Você está se sentindo bem? Parece que viu um fantasma.

Denise reagiu depressa, virou as costas para a escada e balançou a cabeça afirmativamente, enquanto respondia de chofre:

— É o meu ex. Já está com outra.

Berthe ergueu as sobrancelhas e, com discrição, examinou o casal.

— Hum... Belo espécime! Apreciei seu gosto, querida. Temos algo em comum: gostamos de homens bonitos e grandes. Descobri que esse tipo me atraía olhando meus álbuns de fotos. Dei-me conta de que todos os meus namorados foram homens altos, fortes e com boa aparência. Fora isso, eles eram tipos bem diversificados: loiros, morenos, ruivos, teve até um indiano e um latino — comentou Berthe, descontraída. — Você ficou abalada ao vê-lo, Denise. Foi um relacionamento traumático ou ainda tem interesse nele?

Denise disfarçou, fingindo escolher uma roupa na arara, e, com a cabeça baixa, perguntou:

— Eles já saíram?

Berthe olhou o casal e confirmou:

— Sim, desceram.

Denise exalou um longo suspiro e mostrou-lhe as mãos ainda trêmulas.

— Na verdade, não sei o que sinto — confessou, respondendo ao questionamento de Berthe.

— Esse é um problema sério, querida. Vamos pagar essas compras e tomar um café.

— Vamos! Estou precisando... Não imaginei que teria essa reação. Nunca aconteceu antes, quero dizer, nunca fiquei assim por reencontrar um antigo namorado.

Berthe encarou-a de forma compreensiva, balançou a cabeça suavemente, apanhou a sacola com as roupas e dirigiu-se ao caixa.

Acomodadas em um café, Berthe voltou ao assunto.

— Está bem, Denise? Quer falar sobre o que aconteceu?

— Não quero chateá-la...

— Imagina, querida! Fale! Pôr para fora o que a incomoda faz bem. Como não posso soprar os sentimentos, colocá-los em palavras ajuda. Organiza nosso íntimo, conseguimos enxergar com maior clareza alguns fatos e dá um enorme alívio. Notei que você é uma pessoa bastante fechada. Procure abrir-se mais porque isso torna a vida mais fácil. Quando nos abrimos, as trocas fluem e até o aprendizado é facilitado. Somos receptivos.

— Tem razão, Berthe, sou fechada. Esporadicamente falo sobre mim, e acho que faço pequenos comentários. Sou desconfiada.

— Uma lástima. Confiar é tão bom! Eu não vejo por que não confiar nas pessoas. Ah, não me olhe assim. Não cheguei aos sessenta e três anos, com três casamentos, uma longa e satisfatória carreira profissional, muito envolvimento social, sem perder a ingenuidade. É igual à virgindade, não faz falta. Mas entre não ser ingênuo e ser desconfiado há uma enorme diferença. O desconfiado tem um prejulgamento, uma expectativa de que será enganado, está sempre alerta esperando o pior dos outros. E acaba por recebê-lo. Afinal, Jesus já disse: "Pedi e obtereis". Engraçado é que as pessoas não prestam atenção ao que pedem e reclamam do que recebem, e ainda julgam-se injustiçadas. O desconfiado está pedindo a presença de enganadores, é o que lhe é dado. A lei se cumpre. O pensamento, a conduta, os sentimentos, tudo em nós gera atração. Então, se você inverter o pensamento, confiando, terá portas abertas ao bem, ao progresso e à calma. É assim. Não se espante: desconfiar gera ansiedade e confiança gera calma.

Berthe tomou um gole de café, pousou com delicadeza a xícara no pires, fitou Denise e explicou:

— Quando falei em abrir-se, não estava propondo que saísse contando sua vida particular para qualquer um. Falei de uma atitude interior de abertura, de dar e receber, de possibilitar trocas de experiências com os outros. Indivíduos fechados têm dificuldade de aprendizagem, de elaborar o que recebem. Em geral, na hora da avaliação, eles travam, têm um branco, sabotam a si mesmos. Tive muitos alunos com esse perfil: desconfiados e fechados. São condutas complementares, ambas dirigidas pelo medo.

— Você tem ideias estranhas. Minha mãe diria que ansiedade se combate com ansiolítico duas vezes ao dia.

— Ah, sim! Brilhante! — ironizou Berthe. — Medicamentos são necessários, há situações críticas, eu sei. Mas os problemas da alma humana não se resolvem com drogas. É preciso ampliar o pensamento, conhecer-se, entender como funcionamos, o que somos e o que estamos fazendo na Terra. Resumindo, é preciso encontrar sentido para a vida e o viver. Por favor, me informe quando isso estiver à venda nas prateleiras de farmácia, pois, por enquanto, indico as prateleiras de livrarias. Não conheço comprimidos que resolvam os problemas da alma humana, sei dos que têm efeito calmante temporário, mas posso lhe indicar muitos textos filosóficos, metafísicos e espiritualistas que ajudam eficientemente. Pensamentos doentios precisam ser curados com pensamentos sadios. Viu o que fiz há pouco na loja? Renovei meu guarda-roupa. Livros renovam a mente. Sêneca dizia que uma casa sem livros é uma casa sem alma. Isso é lindo, não acha? Pensamento é vida. E a forma como você pensa influencia o seu modo de sentir e agir. E há uma retroalimentação nesse nosso funcionamento interior. Mas basta! Fale-me o que houve entre você e aquele belo espécime masculino. Como ele se chama?

— Max — Denise sorriu.

Berthe conseguia dizer duras verdades com um sorriso no rosto e manter sua ouvinte sentada, atenta e calma. Ela atuava como uma boa magnetizadora: impregnava sua paciente de energias renovadoras, sabia que poderiam trazer-lhe desconforto antes da cura, e que elas demorariam algum tempo até penetrarem as camadas da matéria e chegarem à essência imaterial.

As ideias que lançava atuariam do mesmo modo: rodariam na mente de Denise e, depois de alguns dias, ela pensaria que havia formulado novos propósitos, e talvez creditasse alguma influência à sua conversa. Mas isso pouco lhe importava, desde que o bem fosse feito, não se importava de quem fosse a autoria.

— Max — repetiu Berthe. — Combina com ele. E o que aconteceu? Como se conheceram? Conte-me desde o início. Eu não tenho pressa.

Denise pôs-se a relembrar e contou toda a história. Berthe conhecia alguns fatos por meio de Charlotte. Entretanto, a vida lhe ensinara o valor dos fatos. Eles não significavam nada, importava o sentimento, o pensamento, o propósito com o qual tinham sido produzidos. Aí estava a chave. Muitas pessoas reclamam de fatos, desejam que sejam punidos ou louvados, mas isso não importa. O que realmente importa é conhecer a causa que os produziu e sobre ela atuar, corrigindo ou reforçando seu aspecto construtivo. Por exemplo, um assassinato é uma ação, um fato; sentimentos, crenças e ideias são as origens dessa ação, desse fato. Enquanto não modificarmos a origem, a causa profunda, os fatos e ações continuam se repetindo. Por outro lado, se as ações refletem amor e consciência, nada há a corrigir, apenas a reforçar.

Assim, se alguém mata por ira ou por ciúme, por exemplo, é preciso agir para mudar esse modo de lidar com esses sentimentos e não com o fato ocorrido. Logicamente, havendo ira e ciúme haverá repetição de crimes. Por isso, a justiça divina não pune, mas corrige e educa, apontando o caminho da renovação interior. Reencarnamos infinitas vezes para aprender, para progredir, corrigindo-nos e aperfeiçoando-nos.

Tudo por aqui é escola. Ninguém veio a este mundo a passeio. Todas as posições se constituem em oportunidades de testar nosso espírito. Quando somos dóceis e inteligentes o bastante para desenvolver humildade, entendemos a vida de uma maneira mais profunda e espiritual, e então descobrimos que temos a opção de sofrer ou trabalhar pelo progresso. O bom aprendiz é dócil e trabalha. O revoltado sofre até aprender a mansuetude.

Berthe era uma alma mansa, daquelas que herdarão a Terra. Ouviu com paciência e interesse. Analisando, vislumbrando o quanto a jovem à sua frente sofria. "Ela cozinha, em banho-maria e fogo brando, num inferno íntimo doloroso. Aliás, deveria dizer: cozinham", pensou.

Capítulo 25

Berthe ficou dez dias em Paris. No entanto, após o primeiro dia, não teve outro exclusivamente com Denise e não voltaram a conversar sobre temas mais íntimos. A amizade estabeleceu-se, a rotina dos dias cobrou seu preço e o tempo foi passando.

Após ter visto Max com outra, Denise percebeu uma dor incômoda, um vazio, um anseio. Pensando em português, admitiu que sentia saudade dele, sua companhia lhe fazia falta, uma parte de si estava carente. Quando menos esperava, pegava-se pensando nele, imaginando contar-lhe algo. Reavaliando os fatos à luz da conversa com Berthe, admitiu que tinha problemas e precisava equacioná-los. Não fora justa ao atribuir a responsabilidade pelo fim do relacionamento exclusivamente à insensibilidade de Max. Ela estava exigindo demais: queria que ele tolerasse e mantivesse o comportamento doentio dela, sem tocar em nada. Desejava colocá-lo na mesma prisão ou, ao menos, encerrar-se nela quando quisesse. Reconheceu que, de forma masoquista, sentia-se bem e gostava daquela melancolia de um modo que não sabia explicar. Em uma palavra: cultivava aquele modo de ser.

Ele não era um brinquedo. Sem pensar, ela reproduzia a conduta que os pais haviam tido com ela e seu amor à música no relacionamento com Max: quando lhe aprazia, deliciava-se no amor dele e participava da sua vida.

Berthe lhe mostrara o quanto estava sendo egoísta e mimada. Relembrando tópicos daqueles diálogos, Denise se encolhia ao compreender a extensão do que lhe fora revelado e admirava a tia de Charlotte. "Ela deve ter anestésico na saliva", pensou, e não pôde deixar de sorrir, reconhecendo que não fora ferida, mas ajudada.

— Denise, minha amiga, o seu problema é não refletir — dissera-lhe Berthe. — Você confessou-me que não sabe o que sente por aquele belo homem. Mas, ao vê-lo, experimentou emoções fortes e isso levou-a a pensar, não concorda? Você me perguntou o que pode ter feito em vidas passadas para carregar as dores de agora, e eu respondo: não sei, só você tem essa resposta. Esses fatos estão na sua memória e, se for necessário e permitido pelos espíritos superiores que você os recorde, isso irá acontecer. Eles só trabalham para o nosso bem, mas nem sempre o que pedimos é o melhor. No entanto, nunca duvide do que recebe deles: sempre será o melhor. Posso lhe sugerir que se pergunte o que fez agora e por que fez. Parece-me que você não tem muito claro na sua mente as próprias motivações para agir. Acredito que você é guiada, sabe, como aqueles brinquedos com controle remoto. Não se ofenda, mas algo ou alguém, ou ambas as coisas, comandam a sua vida. Você se recusa a raciocinar, refletir e questionar-se sobre seus atos. Simplesmente age. Pode até parecer determinação e segurança, mas não é. Literalmente, meu bem, parece, mas não é. Apenas age instintivamente, obedece a comandos preestabelecidos na sua personalidade, que podem vir da sua educação ou de outras vidas, manifestando-se como tendências. Você rompeu com esse rapaz e não sabe me dizer o motivo, não sabe por que estava com ele e nem o que sente. Isso é viver sem refletir.

Denise respirou fundo: aquilo era verdade e não tinha percebido. Nunca tinham lhe perguntado por que fazia alguma coisa. Sua grande luta havia sido ir à França com o objetivo de se dedicar à música, e a única pessoa a confrontá-la tinha sido a mãe. Marlene não questionara os seus porquês, tentara impor os dela. E a resposta de Denise sempre fora: “Porque amo a música, amo cantar, quero empenhar minha vida a ela”. Mas por que amava música? Não tinha pensado nisso, apenas sentido. Berthe a fizera refletir sobre o assunto.

Sentia paz, a música a aliviava de uma angústia incômoda e desconhecida. Mas por quê? Fez o que Berthe sugeriu e conversou mais com seus colegas da escola, viu o quanto era fechada e como eram poucos os seus relacionamentos. Estabeleceu muitos contatos durante aqueles meses todos. Mas quem eram seus amigos na escola, com quem compartilhava seu “amor à música”? Descobriu pessoas interessantes e motivações semelhantes entre elas, porém nenhuma relatou que o grande móvel da sua arte era buscar paz para uma angústia desconhecida.

Naqueles dias, algumas vezes encolhia-se, relembrando tópicos, sentia-se pequena, e outras vezes via um mundo vasto e tentador a sua frente: a oportunidade de libertar-se do seu inimigo interior. Uma imagem vinha-lhe à mente: uma porta aberta para um campo verde, ensolarado e convidativo. Viu-se em sonho nesse lugar. Tinha paredes altas, cinzentas, era frio, e uma porta pesada de madeira abria-se para o campo iluminado. Dependia dela atravessar o limiar, o movimento para a liberdade é pessoal ou não carregaria consigo a responsabilidade. Alguns dizem que ela pesa, mas questiono: e a infelicidade do medo, da preguiça e da irreflexão não são maiores? O mérito não pesa. Ele torna o espírito mais forte. É a consequência do exercício da liberdade, assim como os músculos e a força bruta são resultado do exercício físico.

Entre incertezas, Denise decidiu procurar Max. Isso abriu uma reação inesperada e um novo capítulo no entendimento sobre si mesma.

Capítulo 26

Denise subiu as escadas penosamente, estava exausta. A temporada tinha apenas uma semana e ela estava com a língua para fora.

Abriu a porta, sorriu ao ver Berthe e Charlotte tomando chá e conversando. Cumprimentou-as e jogou-se na poltrona, deixando a bolsa no chão ao seu lado.

— Alguém aqui precisa de um chá — comentou Berthe, tocando a cabeça de Denise. — Vou apanhar.

— O aroma está delicioso. É de maçã com canela?

— De maçã com canela é a torta que a tia fez. Hummm... Está divina! — informou Charlotte.

— Quero um pedaço bem grande! Se tiver qualquer cobertura ou acompanhamento com bastante açúcar, eu também quero — falou Denise, olhando para Berthe.

A senhora sorriu e balançou a cabeça, colocando ao lado da torta uma generosa porção de creme de nata. Serviu a xícara, dispôs na bandeja e voltou à sala.

— Pronto! — disse, colocando a bandeja na mesa lateral à poltrona. — Refaça as energias. Teatro cheio de novo? A crítica continua favorável, muitos elogios à estreante.

Denise sorriu, pegou o prato, encantada com a caprichosa apresentação. Quase dois anos na França e ainda se surpreendia com o cuidado com a comida. Aprendeu que os olhos também se satisfaziam à mesa.

— Digna de uma conceituada boulangerie. Berthe, sua torta é divina. Posso comer toda? — elogiou Denise, descontraída.

— Pode — concordou Berthe. — Caminhe bastante depois para a culpa não estragar a sua felicidade.

Denise fez ar de pouco caso, tomou um gole do chá e declarou:

— Preciso urgentemente desse prazer, senão corro o risco de me sentir culpada. Tenho que adoçar a vida.

Charlotte consultou o relógio, fez alguns cálculos mentais e, avaliando as palavras da companheira, deduziu: "Ele não foi. Que pena! Agora reconheço a euforia ou a algazarra que encobre a dor. Essa descontração é uma máscara".

Berthe encarou a jovem com atenção, depois fitou a sobrinha. Encontrou-a pensativa e, apenas observando-a, acompanhou e compartilhou seus pensamentos, tanto que fez um gesto de lástima, e Charlotte balançou a cabeça concordando.

Denise, saboreando a torta, nada percebeu. Berthe e Charlotte silenciaram sobre a óbvia constatação do naufrágio da tentativa de contato com Max.

Alegando cansaço, Denise recolheu-se pouco depois. Não estava disposta a conversar. Havia sido difícil tentar a aproximação e ainda mais difícil receber dele um singelo e formal cartão parabenizando-a pela conquista e agradecendo o convite. Soube que Max assistiu à apresentação e isso deixou claro que não desejava vê-la. Foi ao espetáculo como teria ido a qualquer outro, do contrário teria agradecido pessoalmente. A intenção dela, de reaproximação, fora óbvia.

Berthe e Charlotte ficaram conversando e, bem mais tarde, quando elas arrumavam a improvisada cama de hóspede na sala, Denise surgiu de camisola, abriu a janela, debruçou-se e começou a falar em provençal.

— Oh, não! — gemeu Charlotte, reconhecendo o transe.

Berthe observou Denise à pequena distância. Conhecia aquele fenômeno e as muitas possibilidades que encerrava. Era preciso analisar, afinal, em se tratando de espiritualidade, muita coisa ainda é ciência de observação. Pegou a mão da sobrinha, que estava fria e suada, e sussurrou:

— Calma, querida. Não há nada a temer, afinal de contas somos todos humanos e tudo nesta vida é fenômeno.

— Tia, ela fica horas desse jeito — alertou Charlotte. — Há momentos em que me sinto muito mal perto dela quando está em transe. Minha garganta aperta, sinto arder desde a boca até o estômago, e sinto muito, muito frio. Tem também aquela voz masculina que eu e Maurice já ouvimos. Sem falar do medo de que lhe aconteça algo. Por que ela vai para a janela?

— Vamos observá-la. Tentarei falar com ela e descobrir um pouco mais. Fique tranquila. Confie. O medo não ajuda. Ele é necessário como contrapeso para regular nossas condutas. Mas quando se trata de agir, o medo é um companheiro dispensável. E como disse antes, somos todos humanos. Mesmo o dono dessa voz masculina é um espírito humano desencarnado, porque nós somos espíritos humanos encarnados. É só isso. Fique em prece e confie. Quanto às suas sensações de ardência e frio, é provável que você capte as energias dele e, como você sabe, elas vêm saturadas do que ele sente ou pensa.

— Mas sinto isso em relação a Denise — retrucou Charlotte.

— Vale a mesma explicação, querida. Nós trocamos energia uns com os outros, na verdade com tudo a nossa volta, consciente e inconscientemente. Nossas energias podem ser carregadas, densas, sofríveis ou, ao contrário, benéficas, leves, agradáveis, conforme o teor da nossa vida interior. O que pensamos e o que sentimos é o que dá qualidade às nossas energias. Podem ser da Denise, não há problema. Não são somente os espíritos desencarnados que transferem energia. Lembra-se da nossa vizinha em Nancy? Aquela que bastava olhar para uma flor bonita que ela amanhecia murcha? Isso é conhecido como fenômeno de emissão inconsciente de energia. Era uma ótima pessoa, tão amável! Só desejava o bem e admirava sinceramente as coisas bonitas, mas ao fazer isso lançava sobre as coisas ou pessoas uma dose excessiva da sua energia e as plantas não aguentavam. Mas muitas pessoas adoravam estar com ela, saíam saltitantes. Este é um exemplo, mas existem milhares. É só observar.

Enquanto falava, Berthe não perdia os movimentos da sonâmbula. Charlotte calou-se e, mais calma, procurava se concentrar e orar.

— Muito bom! Mantenha-se assim. Falarei com Denise.

Charlotte pousou os cotovelos sobre o tampo da mesa e a cabeça entre as mãos, entregou-se à meditação e à prece. Berthe mentalmente fez ligeira oração pedindo assistência de sua mentora espiritual e logo notou a presença bondosa e amiga de Aryana ao seu lado.

— Vá! — disse-lhe a mentora.

Enquanto Denise cantarolava baixinho as antigas músicas folclóricas da Provença, Berthe aproximou-se da janela, identificou as canções sem dificuldade e, como dominava o dialeto, falou:

— Você canta muito bem, menina. Como se chama?

Denise calou-se, assustada e curiosa ao mesmo tempo.

— Não tema, sou amiga, sou de paz. Apenas a ouvi cantando e gostei. Conheço essas músicas.

— E quem é você?

— Eu sou Berthe, nasci na Provença. Morei muitos anos lá. E você? Pode me dizer o seu nome?

— Onde você morava?

— Nasci em Aix-de-Provence. Morei lá e em Marselha. E você?

— Eu cresci em Gordes. Conhece?

— Sim, já visitei Gordes. É linda. Comprava mel e ervas medicinais lá.

— Deve comprar os óleos de lavanda. São excelentes. Curam muitas doenças.

— Já ouvi falar. Talvez em outra visita eu compre os óleos. E o seu nome? Pode me dizer qual é? O que fazia em Gordes?

— Meu nome é Georgette. Eu vivia nas proximidades da abadia.

Berthe buscou na memória as lembranças do lugarejo. "Abadia... Abadia... Como era o nome?" Não conseguiu recordar e prosseguiu a conversa sondando a sonâmbula.

— Era camponesa?

— Era órfã, fui educada no convento.

— Ah, você é uma religiosa?

— Não — respondeu irritada.

— Desculpe-me, não quis irritá-la. Georgette, você gosta de cantar na janela. Eu a vi cantar outras vezes.

— É o sinal. Minha voz o chama. Quando canto, ele sabe que o espero.

A voz da sonâmbula revelava uma emoção profunda. Sua expressão era sonhadora, apaixonada. Berthe notava cada detalhe e pelas respostas deduzia que a personalidade com a qual se comunicava era jovem, provavelmente uma adolescente.

— Um namorado? Georgette, você chama um namorado?

Ela sorriu encabulada e não respondeu. Repentinamente mudou a expressão e falou severamente:

— Saia! Não faça perguntas. Vá embora! Ele não a quer comigo. Vá!

Berthe afastou-se, voltou à mesa onde Charlotte orava. Sentou-se e observou a sonâmbula ir para o quarto. Ouviram os sons dela acomodando-se na cama e o clique de apagar a luz do abajur.

— Vamos aproveitar a presença de Aryana e pedir que nos oriente sobre o fenômeno que presenciamos — falou Berthe. — Por favor, Charlotte, traga-me papel e caneta.

A jovem apressou-se em atender a solicitação da tia. Estava acostumada às reuniões mediúnicas em casa, crescera sob as orientações do espírito Aryana e agradecia muito às suas instruções, pois com elas construíra seu equilíbrio e força interiores. A mentora espiritual da tia era uma amiga querida.

Colocou as folhas e a caneta na mesa em frente a Berthe e retornou ao seu lugar, retomando o recolhimento interior e a prece. Abriu os olhos quando ouviu o ruído da escrita. Manteve-se serena, ordenando as páginas ditadas por Aryana. Sentia-se bem, envolvida na vibração do espírito. Ela irradiava serenidade, força, um alegre bem-estar repleto de paz. A companhia dela era revigorante como passear em um bosque na primavera.

Capítulo 27

Como das outras vezes, Denise, na manhã seguinte, não se lembrava de nada que ocorrera quando estava em estado de sonambulismo. Para ela, a noite fora tranquila e estava surpresa por haver adormecido tão rapidamente. Recolhera-se mais por desejar ficar sozinha e pensar na atitude de Max, tentar entender e decidir o que fazer do que por cansaço, até, se preparar para uma noite insone. Eis que adormecera, e felizmente sentia-se fisicamente renovada.

— Bom dia! — saudou Denise ao encontrar as companheiras organizando a refeição matinal.

— Bom dia! Dormiu bem, querida? — indagou Berthe.

— Demais. Acho que sequer me virei na cama. Como diria meu pai, caí na cama e morri — respondeu Denise, bem-disposta. — Até me surpreendi, porque achei que teria dificuldade para dormir.

— A vida é uma eterna surpresa nas grandes e nas pequenas coisas — disse Berthe, em uma resposta propositalmente ambígua que atendia tanto à fala de Denise quanto à preocupação no olhar de Charlotte. — Isso é simplesmente divino! Imaginem que chatice seria se as coisas se comportassem sempre conforme nossos desejos. Seria insuportável. Não consigo imaginar a vida sem desafios.

— Acordou inspirada, Berthe — comentou Denise, sorrindo. — Sua noite deve ter sido ainda melhor que a minha.

— Quem sabe?! Quando dormimos, nossos espíritos ou almas recobram uma liberdade maior na vida espiritual. Enquanto nossos corpos dormem, podemos fazer muitas coisas. Digamos que temos uma vida paralela que se dá na dimensão extrafísica ou espiritual ou na quarta dimensão, chame como quiser. O nome não muda os fatos. Como integro um grupo de trabalho espírita, é natural pensar que durante esse descanso físico o tempo seja aproveitado na outra dimensão em atividades, em aprendizado, no encontro e convivência com os amores de lá. E como estive em boa companhia, retorno carregada de boas vibrações e ideias, pronta para um novo dia — falou Berthe.

Charlotte acompanhava cada gesto e palavra da tia com atenção, queria aprender aquele modo sutil e direto com que ela abordava e encarava as questões. Berthe não deixava para amanhã, nem esperava a "melhor oportunidade". Simplesmente fazia com que acontecesse de modo tão suave e natural que ninguém diria que agia de caso pensado.

Denise ajudou na tarefa, retirando os alimentos da geladeira e dispondo-os na mesa. Tudo simples: queijo, manteiga, geleia e iogurte. Colocou as xícaras, pratos e talheres sobre a mesa. Berthe fazia as torradas e Charlotte servia o café. Sentadas e saboreando a refeição, Denise sentiu-se confiante e até "impulsionada" a comentar e tirar dúvidas com Berthe sobre aqueles assuntos "do além", como Camila chamava.

— E você se lembra do que viveu nessa outra dimensão, Berthe? — perguntou Denise.

— Nem sempre. Essas lembranças, com frequência, misturam-se a imagens do cotidiano ou são representadas por uma espécie de código. Mas se for importante, me lembrarei ao acordar ou no momento em que essa informação for necessária. É uma das explicações das nossas premonições: encontros com nossos mentores, os espíritos superiores que nos ajudam — explicou Berthe, notando que aquela linguagem não era familiar para Denise. — Eles nos preparam para o teste que virá.

Então, pouco antes ou no exato instante dos acontecimentos temos essa sensação de "eu sabia, eu estava prevendo".

— Interessante. Mas não entendi o que seria esse código de que você falou — comentou Denise.

— Esse código é uma imagem que para você corresponde a um significado. É pessoal. É uma linguagem mental, se assim posso chamá-lo.

— No Brasil são comuns revistas e livros com listas de objetos e seus significados nos sonhos. Seria a mesma coisa?

— Não, Denise. É diferente — interveio Charlotte. — O código que tia Berthe fala é pessoal, ou seja, só é válido para você. Por exemplo: você sonhou com uma floresta. Essa simbologia da floresta tem a ver com você, com o que está vivendo ou viverá, com as suas emoções. Somente nesse contexto ela tem significado e você é que precisa se questionar para encontrar a mensagem, o sentido.

— Sei — comentou Denise. — Poderia significar perigo, aventura, beleza, abundância, que são ideias associadas à floresta. Para escolher a opção adequada, seria preciso uma análise da minha vida naquele momento.

— É, digamos que essa seja a ideia essencial — falou Berthe. — Esse tema do sono e dos sonhos é fascinante. Aparentemente experimentamos uma espécie de morte, pois durante o sono nosso corpo é insensível. As percepções e sensibilidades se afastam, assemelhamo-nos a cadáveres. Para onde vão percepção e sensibilidade? Como vão? Nunca se perguntou isso, Denise?

— Berthe, já me perguntei e questionei tantas pessoas sobre coisas que ocorrem enquanto dormimos, mas essas me escaparam, nunca pensei nelas. Aliás, para dizer a verdade, sequer tinha isso claro na consciência. Óbvio que muitas vezes já tomei remédio para dormir a fim de não sentir uma dor, mas não tinha associado a falta de dor à insensibilidade causada pelo sono. Achava que era efeito provocado pelo remédio. Importava não sentir, como isso acontecia...

Berthe tomou um gole de café, segurou a xícara entre as mãos, à altura do nariz, fitou Denise e respondeu:

— Elas pertencem ao ser espiritual que somos, e seguem existindo lucidamente em outra dimensão.

— O quê? — Denise teve dificuldade em esconder a incredulidade e que considerava uma resposta de louco. — Berthe, me desculpe, mas não consigo entender.

Berthe sustentou o olhar de Denise, impassível ante a esperada reação da moça. Com muita calma e propositalmente para despertar questionamento, respondeu:

— É simples: somos seres espirituais e temos um corpo enquanto vivemos na Terra. Quando dormimos, somente cessa a atividade do corpo. Durante esse descanso necessário ao corpo, o espírito prossegue em atividade ou vivendo. Mas o corpo, via de regra, está inativo com as percepções, sensibilidade, sentidos, pensamentos etc.

— Não é bem assim, eu sou sonâmbula: caminho, falo, escrevo, enfim já disseram que fiz coisas que até Deus duvida. Mas estou dormindo e não lembro de nada, nem sinto. O que me diz sobre isso? É o oposto da sua explicação — desafiou Denise.

— Ao contrário, é a confirmação plena do que falei. Eu disse que a inatividade era a regra, o sonambulismo é a exceção que a confirma. É um estado especial, a porta aberta para o estudo da alma humana. Como você mesma disse: está dormindo, não recorda o que fez e age fazendo coisas que "até Deus duvida". Meu bem, Deus não duvida de nada que Ele criou e, acredite, Ele sabe tudo o que nós, suas criaturas, fazemos, quer estejamos dormindo ou acordadas ou, ainda, em sonambulismo. Esse fenômeno é simples e natural, trata-se de um estado de emancipação da alma. Ela distancia-se do corpo, fato oportunizado pelo sono físico, mas continua senhora dele e pode usá-lo e expressar-se através dele. É por isso que um sonâmbulo pode descrever fatos ocorridos a distância, enxergar através de objetos, melhor dizendo, de barreiras materiais. Por exemplo: um sonâmbulo pode enxergar através da madeira, das paredes e mesmo do corpo. Pode enxergar o meu fígado ou o dele próprio.

Tudo isso porque age usando as percepções da alma ou do espírito, então ele vê com os olhos da alma, não do corpo físico, que podem estar fechados.

— Quer dizer que não sou eu, mas a minha alma que faz o que bem quer quando durmo? — indagou Denise, confusa.

— Você é a sua alma. É a alma que tem a capacidade de pensar, de sentir, é a senhora das percepções, da sensibilidade, da memória. O corpo é somente uma espécie de roupa que vestimos para viver na Terra — esclareceu Berthe, enquanto passava manteiga no pão. — Você não é a sua roupa. Você usa e possui roupas, não é assim?

— É — respondeu Denise, pensativa. — Mas o corpo é tão fantástico, fico fascinada quando vejo explicações de anatomia e fisiologia. É tão perfeito! E o que você disse reduz isso a quase nada. Sei lá, soa estranho para mim. Parece que rebaixa e desvaloriza a vida, assemelha-se a um certo desprezo.

Berthe riu, levantou-se e serviu-se da segunda xícara de café.

— De manhã preciso de uma dose grande de cafeína para fazer o meu cérebro funcionar — justificou rindo. — Como há detratores e defensores da cafeína, e o mundo científico ainda não bateu o martelo, sigo em paz tomando o meu café. E sobre o que você disse, Denise, é exatamente o oposto que produz o conhecimento da espiritualidade. Eleva a vida, valoriza-a e desperta respeito e amor a ela.

— Mas você disse que é simplesmente uma roupa. Puxa, minha mãe levou nove meses gerando o meu corpo, depois foram mais vinte anos de crescimento, ele é simplesmente perfeito e fantástico, faz coisas vitais nas quais não penso e ainda é programado para o equilíbrio. Como isso pode ser apenas uma roupa? E a memória, a inteligência, os grandes gênios da humanidade? Tudo isso é só uma roupa?

— Claro que não. São espíritos, seres inteligentes e imortais moldando a matéria para usá-la durante determinado tempo necessário à sua evolução. Diga-me: o que acontece com essas maravilhas todas na morte? O que ocorre com os gênios da humanidade quando morrem? Não precisa me explicar que morreram porque houve falência dos órgãos vitais naturais ou causadas por algum episódio voluntário ou involuntário que gerou a falência, como um infarto fulminante, um suicídio, uma morte violenta num acidente etc. Isso é o óbvio. É a roupa que se rasgou. Mas pelo que me disse, você acredita que essa maravilha que levou tantos anos para ser gerada, e que é você, em segundos acaba e nada mais existe. Você é materialista? É ateia?

— Não! — protestou Denise, veementemente. — Eu creio que exista um Deus.

— Hum, interessante! Você crê que Deus existe. Crê também que Ele criou a vida?

— Sim, Berthe. É claro! Não sou muito ligada em religião, mas não sou ateia nem materialista.

— Mas pensa como tal. Questione-se — sugeriu Berthe. — Pense. Leia. Reflita. Pelo que me disse, deduzo que você olha a vida apenas pelo viés material. Ele é triste e limitado. A vida, sob a ótica espiritual, é muito maior e mais perfeita, rica de oportunidade, abundante, feliz, em uma palavra, é plena. A visão espiritualista da existência humana não nega a matéria ou suas belezas, mas as transcende, incluindo-as. Você compreenderá que este mundo material é um reflexo do mundo espiritual. O mundo espiritual é a matriz geradora. Como seres espirituais, somos cidadãos do universo. Há muitos mundos habitados além do nosso.

— Os espíritos são algum tipo de extraterrestres? — perguntou Denise.

Charlotte não conteve a risada e depois desculpou-se. Então comentou:

— Denise, esse tema é longo, bonito e instigante. Mas esqueça os filmes norte-americanos de invasão à Terra e guerras estelares. Eles são uma projeção dos medos e uma exploração do medo e da violência latentes nas pessoas mais desavisadas. Deus é o Criador, certo? — ante a concordância de Denise, e sob o olhar aprovador de Berthe, prosseguiu:— Pois bem, Ele criou o elemento material e o elemento espiritual. Em tudo que nós enxergamos na Terra, eles vivem unidos. Existe um elemento espiritual e outro material na flor, no animal, nos seres humanos, mas esse elemento espiritual já progrediu e, por isso, dizemos que temos um espírito inteligente.

— Mais ou menos como a teoria da evolução das espécies explica o surgimento do homem? — perguntou Denise.

— Sim, a teoria de Darwin foi lançada dois anos depois da teoria espírita de Allan Kardec, que é de 1857. Gostamos de reeditar a rivalidade entre França e Inglaterra, os fundamentos da teoria de Darwin já tinham sido ensinados pelos espíritos e publicada na França. Na verdade, o gênio inglês leu na natureza uma lei divina, a lei da evolução.

— Vocês estão me deixando zonza — queixou-se Denise. — E tudo isso começou com a história de ir dormir, ser sonâmbula etc.

— Para você ver que a porta que o fenômeno abre dá para o infinito. É uma possibilidade de investigação e conhecimento imensa e fascinante. Eu adoro! — declarou Berthe, terminando a segunda xícara de café. — Mas Charlotte tem razão, é muita pretensão minha querer fazê-la compreender em uma conversa um ponto de vista sobre o fenômeno que ocorre com você, mas repousa sobre bases profundas e cujo conhecimento demanda tempo e interesse. Quando quiser, e se quiser, posso emprestar-lhe alguns livros.

— De que tipo? Eu leio sobre música, fora isso, não sou apaixonada por livros. Me dão sono, eu mal começo a ler e durmo. Vocês mencionaram um nome do qual ouvi falar no Brasil: Kardec. Isso tem a ver com espiritismo, não é? Meu tio me emprestou alguns livros sobre esse assunto. Ele lê de tudo; disse que achava que me fariam bem. Eu tentei, juro que tentei, mas sempre dormia. Camila leu e estava bem interessada. Mas, até quando ela falava, me dava sono. Acreditam que ela me convidou para irmos a um centro espírita e eu dormi assim que o homem começou a falar? Morri de vergonha! Nunca mais voltei.

Berthe ergueu as sobrancelhas e meneou a cabeça pensativa. “Nada de novo sob o sol”, pensou, confirmando a ideia de que a jovem brasileira necessitava de ajuda espiritual. No entanto, Aryana fora enfática na orientação: "Denise precisa ver e compreender por si que necessita de ajuda. Era imprescindível ter consciência da existência de um problema e vê-lo como tal".

— Tia, você acha que *Seráfita* é demais para ela? — indagou Charlotte.

— Não, é uma ótima lembrança. Você gosta de romances, Denise?

— É muito grande?

— Não, pouco mais de uma centena de páginas — esclareceu Berthe.

— É de algum espírito? No Brasil tem muitos.

— Não, querida, é de Balzac.

Denise fez uma expressão de espanto, conhecia o nome do escritor, mas nunca o havia associado a questões de espiritualidade. Aliás, precisava confessar que nunca lera qualquer um dos clássicos da literatura francesa.

— Conheço de nome, não sabia que ele escrevia sobre esse assunto. Sei que ele é tido como um clássico da literatura francesa.

— Sim, ele, Victor Hugo e outros escritores da época clássica da literatura francesa eram espiritualistas. Foi um período de investigação e questionamentos, e era natural que esses pensadores tivessem se interessado pelo espiritismo. Mas, para ser justa, esse tema acaba permeando a obra dos pensadores desde a antiguidade até os tempos contemporâneos. *Seráfita* será uma boa leitura para começar. Você tem o livro aqui, Charlotte?

— Não, mas é fácil conseguir um exemplar — respondeu Charlotte, levantando-se. — Preciso ir. Continuamos a conversa outra hora.

— Também preciso ir — anunciou Denise, aproveitando a oportunidade para fugir da continuidade do assunto. — Vou ler o livro.

Capítulo 28

Enquanto desciam as escadas, Charlotte cuidadosamente indagou:

— Denise, você ficou muito chateada com o que Max fez ontem?

— Decepcionada, frustrada, sim. Depois da apresentação, meu coração batia mais do que um tambor, e a minha expectativa era grande. Eu tinha certeza absoluta de que ele viria. Foi um golpe receber o cartão — confessou Denise. — Mas sobreviverei.

— Também fiquei surpresa. Você sabe que Max é meu amigo e Maurice e eu temos saído com ele. Aliás, ele está frequentando conosco as palestras e debates do círculo espírita que a tia Berthe promove. Por isso, sei que não há envolvimento sério dele com outra mulher. Acredito que Max ainda está apaixonado por você.

Os olhos de Denise brilharam, ela sorriu e disse esperançosa:

— Deus te ouça, amiga. Eu temo ter descoberto tarde o que sinto por ele e o quanto isso é importante. Ontem, quando recebi o cartão, fiquei com raiva, magoada, mas a maluquinha da Jeanne me fez lembrar que eu estava recebendo o que já havia dado. Max devolveu-me a frieza e o distanciamento com que o tratei quando me procurou após o nosso rompimento. Eu o feri, ele me feriu. Talvez em outro encontro as coisas sejam diferentes.

— Há uma lógica perversa e mesquinha no que você falou, mas sei o quanto é humana e comum. Entretanto, Max está acima da média nesse quesito. Ele é muito sensível e inteligente, preocupado com causas sociais, interessa-se verdadeiramente pelas pessoas, é honesto. Não posso crer que seja mesquinho em assuntos afetivos. Parece-me incoerente — argumentou Charlotte. — Se eu encontrá-lo, posso falar a respeito?

— Claro, não fiz segredo.

Denise encarou a rua e notou que as pessoas passavam trajando casacos pesados, botas e mantas. Instintivamente tocou o blazer de lã xadrez, e parecia insuficiente para o clima. Não poderia trocar de roupa porque estava atrasada.

— Brrrrrrr, está gelado. Eu devia ter prestado atenção à informação da meteorologia antes de me vestir — então observou Charlotte, reparando que a amiga vestia um sobretudo de lã preto, boina e cachecol combinando. — Acho que vivo no mundo da lua. Já é inverno.

— Oficialmente, não. Mas desde quando a vida obedece aos desejos humanos?

— Amanhecemos filosóficas demais — disse Denise, avançando para a calçada. — Bem, lá vou eu. Encontramo-nos à noite.

Charlotte aquiesceu e, por alguns instantes, observou Denise afastar-se, recordando os misteriosos fenômenos que a cercavam. Lembrou-se de Shakespeare: "Há muito mais coisa entre o céu e a Terra do que pode supor nossa vã filosofia". Considerou a frase perfeita para ela.

Acordada e consciente, em pleno século XXI, Denise chama por Max e deseja um amor novo. Dormindo, liberta da matéria, ela é Georgette chamando por Anton, um amor do século XIX. Realmente, Aryana era sábia. Se Denise não entendesse o mínimo de espiritualidade e vida espiritual, jamais aceitaria ouvir o que tinham a lhe contar. Pareceria mesmo uma história fantástica e até insana. Mas quando ela entendesse que reencarnamos muitas vezes e temos milhares de experiências arquivadas na memória espiritual e que carregamos conflitos, vícios, virtudes, paixões, de ontem e de hoje, talvez pudessem explicar-lhe e, quem sabe, ela entenderia que precisava de ajuda e se ajudar também.

No final da manhã, Denise estava agradecida ao maestro por haver dispensado o grupo mais cedo. Fora difícil concentrar-se nos exercícios, agira mecanicamente e tropeçara em alguns versos. A arte exige entrega e, naquele momento, ela não estava inteira, e tomava consciência tardiamente de que tinha no peito um coração partido. Desejava mais do que o amor à música para sua vida. Vivo *per lei* é uma música belíssima, mas um amor exclusivo e assim exigente não pode satisfazer a alma. Os anseios da alma por afeto, troca, intimidade, por compartilhar alegrias, por contar com amparo, só podem ser supridas por quem tenha capacidade de amar.

Denise ainda não compreendia que um artista só recebe essa gratificação da sua arte quando se abre para as pessoas, quando esse amor emana em sua obra e alcança o público, daí estabelece um processo de retroalimentação. Mas, ainda assim, não suprirá as suas necessidades de ter amor, seja de amigos, de familiares, de amantes, de um animal de estimação. Ela não tinha nada disso. Isolara-se de tudo e de todos. Era uma solitária na multidão de Paris, como fora uma solitária em sua cidade natal no Brasil.

Não percebera, mas construíra uma fortaleza-prisão interior, instalara-se nela para cantar e agora, no alto da torre, se dava conta de que não lembrava o caminho da saída. Não era Rapunzel. Não poderia jogar as tranças a Max e trazê-lo para junto de si. Ele não queria a prisão, isso ficara claro.

Por que será que o feminino tem sempre essa tendência a isolar-se em suas crenças? Por que, quando se dão conta do vazio e da distância, querem que as salve de si mesmas? Essas são questões para refletir e mudar.

Sentada na escadaria da ópera, cercada de pessoas, Denise tomava consciência da própria solidão. Era uma rapunzel, sem tranças, presa em sua torre. Como sair? Evocava em pensamento sua trajetória: a relação com a mãe continuava fria, no fundo com um gosto de rancor; mantinha contato com Vanessa e Miguel, e reconhecia que só falava de si, não sabia como eles estavam, o que era um absurdo, mas era fato; conversava com Camila e com o pai, e também deu-se conta de que só falava de si mesma. Sabia que a irmã decidira montar o próprio negócio com uma amiga e estava indo bem. Mas, Deus do céu, desde quando saber do trabalho das pessoas é manter um relacionamento afetivo? Pode, sim, haver amizades belas e profundas nascidas em relacionamentos de trabalho, mas isso porque as pessoas abriram-se, alargaram fronteiras, conquistaram a confiança umas das outras para além do compromisso profissional.

"Virei uma chata", constatou Denise, apoiando a cabeça entre as mãos. "Meu mundo resumiu-se à música e é pequeno, quero e preciso de outras experiências. Um mundo pequeno acaba, se implode. Não posso fazer isso comigo. Sei que tenho um potencial maior como pessoa e, até para ser uma boa artista, preciso estar bem como gente. Não quero acabar usando entorpecentes como tantos para acalmar anseios de experiências não vividas ou dores de experiências mal vividas."

— Denise — chamou Maurice, tocando-lhe o ombro. — Você está bem?

Concentrada em seus pensamentos e com a cabeça afundada entre as mãos, ela não vira nem ouvira a aproximação do amigo. Piscou. Deu-lhe um sorriso amarelo, daqueles que não levam brilho ao olhar, e respondeu em tom apático:

— Tudo bem, Maurice. Estava pensando, só isso.

Ele olhou à volta, as escadarias estavam vazias e o segurança postava-se ao lado do portão, junto às grades, com os olhos fixos no relógio. Estava óbvio que era hora de fechar o prédio.

— Quer almoçar comigo? Duas cabeças pensam melhor que uma, sabia?

Denise teve vontade de recusar, de dar uma desculpa, mas reagiu, afinal não era sobre seu isolamento que estivera refletindo? Então, por que e para que recusar o convite de um amigo? Após um instante de guerra mental, entre ficar e ir, ela levantou-se e disse:

— Vamos. Que tal o restaurante indiano de que a Charlotte gosta?

— Boa ideia! — respondeu Maurice. — Comeremos por ela.

— Isso. Afinal, ela está atarefada organizando a viagem para Milão. Como o tempo passa rápido! Logo estaremos velhinhos.

— Exagerada! — ralhou Maurice, brincando. — O bom do tempo é que ele é infinito.

— Mas a nossa vida não — retrucou Denise.

— Creio na vida imortal. Conceitos filosóficos à parte, é quase a mesma coisa — falou Maurice, despreocupado, mas atento ao movimento do trânsito para atravessarem a rua.

— Charlotte falou que vocês têm frequentado palestras espíritas.

— Eu já frequentava, e há anos leio e busco me informar. Esse assunto me atrai, ajudou-me em muitos momentos e ainda ajuda. Sabe, conquistei uma paz interior, uma compreensão diferente das coisas, que ao mesmo tempo conforta e dá enorme alegria de viver. Acho que a palavra correta seria *redimensionar*. Agora minha visão sobre a vida e sobre mim é mais clara, mais lúcida e mais ampla. Consigo lidar bem com a ideia de que muitas coisas estão nas minhas mãos e dependem só da minha vontade para acontecerem, tanto boas como más, porém reconheço que existe uma força maior, que a vida tem leis próprias e, portanto, eu não posso tudo. Digamos que esse estudo me fez compreender o que disse Epicuro em sua famosa prece: ter a sabedoria de reconhecer o que posso e devo mudar e a aceitação daquilo que não tenho condições de mudar. E, mais que a compreensão, aponta-me um caminho para isso: o autoconhecimento e a autoeducação.

— Eu tive uma colega espírita no Brasil, ela dizia coisas parecidas, mas eu pensava que isso era coisa de religião. Não sei se por que ela falava a toda hora em prece, em pedir aos espíritos e coisas assim. Mas vocês falam de outro jeito, parece mais aberto, mais conhecimento do que questão de fé — falou Denise. — Charlotte, Berthe e eu conversamos sobre isso de manhã. Confesso que me deu um nó na cabeça.

Maurice sorriu, tomou-lhe gentilmente o braço, como quem guia uma criança, e declarou:

— Não tenha pressa, tudo vem a seu tempo. Você entenderá, se quiser. Não é um bicho de sete cabeças. Mas não espere promessas mirabolantes de felicidade, fortuna e saúde, sem trabalho. Aliás, prepare-se para trabalhar muito, primeiro por você mesma, depois passamos a entender que precisamos trabalhar pelo bem geral na área em que somos colocados pela vida. Portanto, se você fosse professora, o conhecimento da espiritualidade a faria compreender que, militando na educação, você poderia fazer o melhor e o máximo ao seu alcance pelo crescimento intelectual e moral dos seus alunos; se você fosse médica, trabalharia em prol da valorização da vida e da saúde, do respeito pela criação de Deus etc.; se trabalhasse com a lei, lutaria pela paz e justiça social. Mas nós trabalhamos com arte, nosso rumo é despertar bons sentimentos, enternecer, comunicar o bem, o belo, o sublime. Conduzir conhecimento e cultura envolvidos numa roupagem que fala ao coração. A arte é louvor em forma de trabalho. Mas diga-me: o que foi que conversaram?

Denise relatou-lhe a conversa, ou o que entendeu dela. Ao término da refeição, Maurice incentivou-a:

— Leia *Seráfita*. Se quiser, podemos ir até a Maison de Balzac, uma casa-museu na antiga residência do escritor. Você poderá adquirir o livro e conhecer um lugar legal. Ficará mais admirada do que ficou com o Museu da Música.

— Agora?

— Sim, eu tenho tempo. E você? O maestro dispensou até as 16 horas.

Denise meneou a cabeça afirmativamente e completou:

— Vamos. Estou curiosa com esse livro. Por que esse e não um livro espírita?

— Berthe é professora de literatura, não se esqueça disso. Mas não são somente os livros espíritas que falam de espiritualidade e mesmo de temas debatidos no espiritismo. Por ter relação com muitas áreas do conhecimento, você encontrará muitas obras e autores que defendem, explicam e estudam esses temas sem nenhum vínculo com a filosofia espírita, e o bom é que muitos chegam às mesmas conclusões. *Seráfita* é uma das obras precursoras, foi publicada em 1834, se não me falha a memória. Não sou bom com datas. E fala sobre Deus, reencarnação, é um livro interessantíssimo. Faz pensar. Mas não é o único. Muitos autores europeus daquela época interessavam-se por esses temas: Tolstói, Victor Hugo, Conan Doyle e Alexandre Dumas. Eles se envolviam muito com as pesquisas psíquicas da época, especialmente com sonâmbulos e videntes. A obra deles retrata esse período no qual surgiu o espiritismo e não foi à toa, todo esse trabalho anterior lhe serviu de berço. Mas o tema da vida após a morte, da comunicação dos espíritos, sua influência em nossas vidas já aparecia na obra de Shakespeare. O que é *Macbeth* senão um caso de obsessão, com muitos episódios de mediunidade? *To be or not to be, that`s the question*?[6] É muito famoso e é de mil quinhentos e alguma coisa.

— Como é que eles se envolviam com sonâmbulos? Não entendo e esse assunto me interessa: eu sou sonâmbula e, às vezes, esse fenômeno me incomoda.

— Por quê?

— Porque não tenho controle do que faço, e isso é simplesmente horrível. É como se eu fosse outra pessoa e tivesse outra vida. Será que eu sou duas? Isso é impossível e, como já fui a vários psicólogos e psiquiatras e não fui diagnosticada com dupla personalidade, não sei o que é e isso me aflige. Sinto que me faz mal. Antes eu não pensava assim, mas de uns tempos para cá eu sinto que me faz mal. Eu gostaria de entender.

— No museu tem um pequeno jardim, muito calmo. Esse assunto é vasto, mas dentro dos meus conhecimentos, eu posso lhe explicar. Será melhor falarmos disso lá. Aqui na rua não é

---

6 "Ser ou não ser, eis a questão", *Macbeth*, de Shakespeare.

o lugar mais adequado para conversarmos porque precisamos prestar atenção no trânsito.

Denise encarou-o séria, tomou-lhe o braço e, determinada, caminhou ao seu lado. Seus amigos sabiam coisas que não queriam ou não podiam revelar, percebia isso pelos adiamentos nas respostas, nas conversas sobre o assunto. Mas Maurice prometia explicar sem pedir tanto quanto Berthe. Então, prosseguiram conversando amigavelmente ora falando da ópera, ora dos preparativos de Charlotte para ir a Milão, ora das reformas no apartamento onde os dois pretendiam morar, mas ela continuava pensando no quanto precisava de respostas para a própria vida.

Há poucos passos, um par de olhos azuis irradiava revolta e seguia de perto os passos de Denise.

Capítulo 29

Após a visita ao museu e a aquisição do romance, Denise, com a obra entre as mãos, a olhava com receio. Maurice a analisava. Entendera a ação de Berthe, mesmo sem terem conversado a respeito. Concordavam que Denise tinha faculdades anímicas bem caracterizadas, e que ela precisava conhecê-las, aprender a usá-las, dar-lhes utilidade, só assim controlaria o medo.

No entanto, isso somente seria possível depois que conscientizasse de que sofria também uma ação espiritual. Era imprescindível trazer esse problema à luz, à consciência, para poder resolvê-lo. Processos obsessivos, ações espirituais perniciosas são permitidas como provas, exatamente para desatar nós que possam existir em relações do passado que, em realidade, são do presente, pois varam encarnações. É para solucioná-los que esses conflitos vêm à tona, não para causar sofrimento. A espiritualidade superior não ama o sofrimento, apenas reconhece-lhe a utilidade.

Maurice conhecia teoricamente esse caminho, lera, mas não tinha presenciado o fato. A situação de Denise interessava-o duplamente: era a comprovação de tudo que estudava, e podia e queria ajudá-la por meio dos conhecimentos adquiridos. Obviamente, a presença e a experiência de Berthe eram imprescindíveis. Mas ele podia ajudá-la e isso lhe proporcionava bem-estar, alegria de ser útil, de fazer o bem e pedia-lhe apenas para compartilhar o que conquistara com o prazer da leitura.

— Vamos sentar um pouco — convidou Maurice, apontando para um banco num aprazível recanto no jardim. — Delicio-me só de imaginar que Balzac tenha sentado aqui e criado suas obras.

Denise avaliou o banco de concreto e comentou:

— Não quero ser estraga-prazeres, mas este banco não me parece original da época.

Maurice riu, sentou-se e, não se dando por vencido, falou:

— Mas a árvore é. Veja o caule, é grosso, isso significa que é velha. Deve ter testemunhado as fugas do escritor. Ele vivia fugindo de seus credores.

Denise ouviu calada, seu pensamento estava muito confuso, estava dominada pela ansiedade. Queria ler logo o livro, mas, ao mesmo tempo, tinha vontade de largá-lo, esquecendo-o propositalmente em qualquer canto daquele lugar. "Outra pessoa, um dos admiradores do autor, quem sabe um frequentador das oficinas literárias o aprecie mais do que eu. Será que vale a pena mexer com essas coisas de espírito?", pensava a jovem, crendo-se livre em suas ideias. Porém, bem próximo deles, um vulto masculino, com o rosto oculto em um capuz marrom, acompanhava, incomodado, a conversa dela com Maurice.

Com intimidade de amigo, Maurice tomou o livro das mãos de Denise, virou-o, admirando o trabalho gráfico. Depois abriu-o, folheou algumas páginas, localizou alguns trechos e, apontando-os com o dedo indicador, pediu a Denise:

— Leia, por favor.

Obediente, ela o atendeu. Surpresa, gostou do texto:

— "Nada é estável aqui, ele retomou desdenhosamente. As felicidades passageiras dos amores terrestres são clarões que revelam a certas almas a aurora de felicidades duráveis, da mesma forma que a descoberta de uma lei da natureza faz supor a alguns seres privilegiados o sistema inteiro. Não seria nossa frágil felicidade deste mundo o testemunho de uma outra felicidade completa, assim como a terra, fragmento do mundo, atesta o mundo? Não podemos medir a órbita imensa do pensamento divino da qual somos uma parcela tão pequena quanto Deus é grande, mas podemos pressentir a extensão, ajoelhar-nos, adorar, esperar. Os homens sempre se enganam nas suas ciências, não vendo, no globo, que tudo é relativo e coordena-se a uma revolução geral, a uma produção constante que necessariamente traz um progresso e um fim. O homem não é uma criação acabada; senão Deus não existiria."[7]

Denise concluiu o parágrafo e ficou pensativa. A leitura tem o dom de organizar o pensamento e acalmar as emoções. É uma atividade terapêutica, aliviando o estresse ao fazer o pensamento viajar para longe do que o consome e trazendo novas ideias capazes de gerar atitudes. Escolher boas leituras é uma prova de amor a si próprio.

Havia naquelas linhas coisas sobre as quais ela não gastara um segundo de sua existência para refletir, mas, dispostas daquela forma, a desafiavam a pensar. Pela beleza, seduziam. Pela inteligência, exigiam parar e refletir.

— Que bonito! — exclamou pensativa, baixinho. — Entendo perfeitamente o que seja: "Nada é estável aqui". Tem uma maneira de falar de amor bem diferente. Em um parágrafo ele falou muitas coisas sobre as quais conversamos, em casa, de manhã. Eu, Charlotte e Berthe, e até nós dois ainda há pouco.

— É, esse romance é parte do que o autor denominou "Estudos Filosóficos" em sua obra. Pensar faz um bem enorme à vida da gente.

— Você ficou de me explicar o que tudo isso tinha a ver com sonâmbulos, lembra? Estou esperando e as horas estão passando, daqui a pouco teremos que voltar à ópera.

— Ah, é claro! — falou Maurice, levando a mão à cabeça, como se houvesse esquecido a promessa.

Então explicou:

---

7 Honoré de Balzac, *Seráfita*. A tradução do trecho apresentado é de Carmen Lúcia C. L. Gerlach e Juliane Bürger, publicada pela Editora da UFSC, em 2006.

— Sonambulismo é uma faculdade da alma, Denise. Para entender, você precisa ter uma visão a respeito da alma ou do espírito, que, *grosso modo*, são sinônimos.

— Sei. Então foi por isso que Berthe falou a esse respeito pela manhã — concluiu Denise, interessada. — Você disse uma faculdade, isso seria uma espécie de dom ou de sentido?

— Uma capacidade, eu diria. Creio que lhe dá uma ideia inicial mais adequada.

— Capacidade de quê exatamente?

— Os sonâmbulos recobram as percepções da alma. Trocando em miúdos, quer dizer: visão e audição ampliadas, acesso a memórias e conhecimentos de outras vidas, possibilidade de ver através dos corpos, visão a distância. É um estado de semilibertação da matéria, o espírito goza de liberdade e recobra suas percepções e capacidades usuais.

— Devo concluir que acordada minha alma sofre limitações, certo?

Maurice balançou a cabeça concordando, esperando a continuidade das conclusões e perguntas da amiga.

— Isso seria por causa do corpo?

— Sim, Denise. Ligados ao corpo sofremos os limites impostos pela matéria, nossas percepções restringem-se a faixas abaixo ou acima das quais nada percebemos. Em espírito, também temos limites, mas nos são dados pelo nosso nível evolutivo. Quanto mais evoluído o espírito, maior sua liberdade, maior seu poder.

— Não entendi muito bem, mas deixe assim. Já compreendi que esse assunto é extenso e tenho muito a me informar, nem digo aprender... Então, como sonâmbula, eu posso ter as capacidades que você falou.

— Teoricamente, pode. Precisaríamos testar suas faculdades para responder-lhe com segurança.

— Testar?

— É, testar. Os autores de que lhe falei não consultavam sonâmbulos naturais como é o seu caso. Eles consultavam sonâmbulos magnéticos, ou seja, sujeitos colocados nesse estado por outra pessoa por meio de passes, técnicas de transmissão de energia, que produzem esse sono lúcido. Então os interrogavam e consultavam. É uma história muito interessante. Eles atuavam também de forma terapêutica, funcionavam como aparelhos de ultrassom ou ressonância magnética. Eles enxergavam os órgãos das pessoas e relatavam aos médicos magnetizadores. Eles também sofreram muito, serviam como cobaias para estudarem esse estado.

— Minha experiência com passes é das festas de Iemanjá nas praias, e das poucas vezes que fui levada a um centro espírita. Mas não aconteceu nada disso.

Maurice a olhava e percebia-se que ele não compreendera exatamente do que ela falava, então Denise explicou-lhe o pouco que sabia a respeito. Sem outra opção, o jovem amigo contentou-se e tornou a falar:

— Mas não é qualquer pessoa que acessa esse estado, e é preciso que o magnetizador ou, como você chamou, o passista saiba as formas de produzir esse transe na pessoa. Berthe sabe fazer isso. No círculo espírita a que ela pertence, eles usam essa terapêutica. Leia o livro. Pense a respeito — sugeriu Maurice. — E se quiser saber mais ou até tentar uma experiência prática, podemos falar com Berthe e ir a Nancy.

Os olhos de Denise brilharam, mas foi uma luz fugaz como uma estrela cadente. Logo foi nublada pelo medo e pela dúvida. Um pensamento chegou-lhe rápido à mente, cortando toda conversa com Maurice: "Isso é perigoso. Não se envolva, não mexa com essa coisa de espíritos, deixe os mortos".

— Não sei, Maurice. Não gosto de lidar com mortos, com morte, esse assunto me angustia — falou Denise, dando voz aos pensamentos.

— Mas quem falou em morte e em mortos, Denise? Estamos falando de pessoas iguais a mim e a você, aliás, mais iguais a você. Eu não sou sonâmbulo. E falamos em vida, sempre em vida, querida. O objetivo do espiritismo é estudar a vida: na matéria e fora dela, neste mundo ou em outros, mas sempre a vida. A morte é estudada apenas como fenômeno biológico, emocional e social. Não é uma preocupação. É um fato, uma lei natural: todo organismo material vivo nasce, cresce e morre. O espírito é um ser imortal, por isso a vida e o bem viver são objeto de estudo e reflexão. É essa a nossa procura. Você recebeu uma overdose de informações por hoje. Luz demais ofusca, som muito alto ensurdece, ideias novas também precisam ser dosadas com parcimônia. E acho que a sua dose já passou do limite — brincou Maurice, pondo-se de pé.

Denise balançou a cabeça, assentindo que realmente precisava pensar com calma. Sentia medo, mas também sentia que podia ser aquele o caminho para encontrar as respostas para seus conflitos. Inconscientemente, abraçou o livro, agarrando-se a ele, como um náufrago se agarraria a uma tábua de salvação, e levantou-se, acompanhando Maurice, em silêncio, à saída da Maison de Balzac.

Capítulo 30

Dias depois, Denise estava deitada na cama e concluía a leitura de *Seráfita,* quando Charlotte chegou. Ouviu o barulho de sacolas e lembrou que a amiga dissera que passaria no mercado. Logo Charlotte apareceu na porta do quarto e saudou-a:

— Olá, como foi seu dia? Terminou cedo hoje.

— Terminou, sim. Ando muito cansada, sem energia nos últimos dias. Precisava descansar, desculpe não ter ido ajudá-la nas compras.

— Tudo bem, era pouca coisa. Trouxe frutas e mais algumas coisinhas.

Charlotte observou que faltavam poucas páginas para o fim do livro que Denise tinha em mãos e comentou:

— Você leu rápido. Como disse que não gostava do gênero, achei que demoraria para lê-lo.

— Nem percebi o gênero — respondeu Denise. — Na verdade, não dou muita atenção nem ao enredo, embora me fascine pensar nesse lado místico e até fantástico da história. O cara tinha uma imaginação poderosa! O que me prende mesmo são as ideias que ele planta no texto, alguns discursos me fizeram pensar muito e li mais de uma vez. Às vezes, dá sono. Então eu paro, dou uma cochilada e volto a ler. Sabe o que é interessante? O livro despertou a minha curiosidade sobre as ideias do autor.

Charlotte sorriu. "Tia Berthe é mesmo sagaz", pensou, lembrando que quem sugerira o livro fora sua tia. Elas haviam conversado após a manifestação de Aryana, e a tia falara do livro e do quanto seria bom se Denise o lesse, exatamente para despertar a curiosidade que a levaria a buscar conhecimento. A consciência da necessidade de trabalhar as próprias faculdades e reconhecer influências seria consequência natural. Além disso, era imprescindível a participação de Denise, e já estava na hora de ela ser protagonista da própria vida e não assistir de camarote o tempo passar.

— O fantástico é uma metáfora, um recurso ficcional sob o qual esconde e, ao mesmo tempo, revela seu pensamento profundo influenciado por pensadores espiritualistas e experiências, digamos, transcendentais, na época. Balzac era muito influenciado pelo pensamento de Emanuel Swedenborg. Já ouviu falar?

Denise respondeu balançando a cabeça de um lado para o outro, e Charlotte comentou rapidamente, enquanto colocava o casaco no armário:

— Era um vidente sueco. Escreveu dezenas de livros falando sobre cidades espirituais, vida depois da morte e temas desse tipo. Li *Seráfita* há muito tempo, quando fui morar com tia Berthe. Era um momento difícil e precisava de um livro-terapia. Eu era adolescente, precisei de ajuda para compreendê-lo. Sorte a minha ter uma tia professora de literatura. Nesse livro, Balzac fala bastante de Swedenborg.

— Ele era mais um esquisito — disse Denise, sorrindo.

Charlotte meneou a cabeça afirmativamente, sorrindo, e confirmou:

— Muito. Nunca esqueci a história de que perguntou as horas, abençoou todos, agradeceu a Deus e declarou que sua vida tinha enfim terminado, suspirou e morreu. Imagina! Tinha 87 anos, não é? Idade muito avançada para a época. Era um matusalém. Ele foi mais um sensitivo, entre muitos que viveram e vivem em todos os tempos e locais. É apenas uma questão de se parar, pensar e ver. Nada demais, ou de novo, apenas fatos nos quais não prestamos atenção ou, quando prestamos não refletimos sobre o que significam. Limitamo-nos a crer que é com os outros e que eles são criaturas tão fantásticas quanto a andrógina e misteriosa Seráfita. Mas não é assim, são faculdades que todos nós temos em diferentes graus e são naturais. Eles não são favorecidos nem são seres fantásticos, apenas são pessoas comuns, como você e tia Berthe.

Falou de costas para Denise, mexendo e acomodando as roupas no armário. Não viu o espanto no olhar da companheira. Saiu do quarto em direção ao banheiro, falando despreocupada:

— Preciso de um banho quente, meus dedos dos pés estão gelados.

Denise ficou matutando: estaria ali, no estudo de si mesma, no conhecimento de uma realidade além da matéria, a chave para sair daquele inferno em que vivia?

Reabriu o livro e continuou a leitura até o final. Então deixou-o sobre o peito e adormeceu. Ao seu lado, o espírito da avó paterna, Amélia, aguardava para encontrá-la.

Charlotte retornou usando um pijama surrado e grossas meias de algodão. Sentou-se na cama, tirou da gaveta do criado-mudo vários potes de cremes e algodão e pôs-se a tratar da pele: limpeza, hidratação etc.

De repente, Denise sentou-se na cama, e Charlotte, assustada, deixou cair um pote e deu um pequeno grito.

— Calma. Fique calma — pediu Denise. — Preciso dar-lhe um recado.

Charlotte, com metade do rosto branco do creme, largou o que fazia e aproximou-se de Denise. Constatou que se tratava de outra crise sonambúlica. Suspirou e fez uma prece rápida pedindo ajuda, mas logo notou que não tinha as mesmas sensações das outras vezes. Não estava arrepiada nem apreensiva. Apenas se assustara. Então, respirou fundo, sentou-se na lateral da cama e, lembrando-se das ações da tia, perguntou:

— Com quem estou falando?

— Conheceram-me por Amélia Goulart Pereira, fui avó de Denise. Parti do mundo material quando ela tinha pouco mais de um ano de idade, portanto ela não se lembra de mim. Mas, antes de ser avó dela, eu já a conhecia. Muito antes de Denise nascer, conheci Georgette. E é em nome dessa antiga amizade que estou aqui. Estamos trabalhando pelo bem dela e de Anton. Georgette sempre foi muito meiga, embora temperamental e apaixonada. Deixava-se levar por suas paixões, mas é tempo de libertar-se, desenvolvendo a inteligência e dominando esses impulsos. É tempo de ser senhora de si. Por isso, viemos ajudar você e sua tia.

— Viemos? Há mais alguém?

— Sim. Os mentores de Georgette e de Anton trabalham ativamente no resgate deles.

— Resgate? Não compreendo. Resgatá-los de quê?

— Do passado, da paixão, do extravio no tempo e no progresso. Tenha calma, você entenderá. Vocês estão no caminho certo. Prossigam dessa maneira. Nós as amparamos e inspiramos, com seus amigos espirituais e benfeitores. Minha visita é breve. Por favor, preciso de papel e caneta. É necessário deixar uma prova da minha visita.

Charlotte apressou-se em providenciar o material e entregou-o à sonâmbula. Viu-a escrever rapidamente em português e não entendeu o conteúdo. Terminada a carta, entregou-a a Charlotte e despediu-se. Denise deitou-se. Segundos depois, virou-se de lado e ressonava tranquila, enquanto Charlotte, com a carta nas mãos e o rosto "pintado" de creme, fervia de curiosidade.

Precisava falar com alguém, então limpou o rosto com um chumaço de algodão e foi à sala. Apanhou o telefone celular e ligou para a tia.

Capítulo 31

Na manhã seguinte, Charlotte fazia a refeição quando Denise entrou apressada na sala, falando e carregando a bolsa a tiracolo.

— Bom dia! Dormi demais. Hoje preciso chegar mais cedo, tomarei só um copo de leite.

— Denise, preciso conversar com você. Ontem houve outra crise de sonambulismo...

— Ah, não! — esbravejou Denise, sentando-se. — Qual foi a bobagem que fiz dessa vez?

— Salvo sentar-se na janela e cantar antigas canções em provençal, eu nunca a vi fazer bobagem nessas crises — declarou Charlotte. — Você conversou com tia Berthe, disse ser outra pessoa e falou algumas coisas incompreensíveis, só isso. Mas ontem foi diferente.

— Diferente, como?

Charlotte retirou de sob o prato uma folha de papel dobrada e estendeu-a para Denise.

— Você falou comigo dizendo ser alguém chamada Amélia Goulart Pereira. Você conhece?

Denise empalideceu, levou a mão ao pescoço como se estivesse com dificuldade de respirar, depois deixou-a descer lentamente até o peito.

— Sim, conheço. É o nome da minha avó, mãe do meu pai, Charlotte.

— Exatamente, foi o que ela me disse. Falou que você não se lembraria dela, pois tinha partido desta vida quando você era um bebê.

Denise balançou a cabeça concordando e a francesa prosseguiu:

— Então, pediu-me papel e caneta, escreveu esta carta em português. Eu não compreendo, sei poucas palavras. Mas disse que fez isso para deixar-lhe uma prova material.

Com gestos lentos, Denise desdobrou a folha e correu os olhos. Reconheceu a própria letra, não havia dúvida de que fora ela quem escrevera. Tratava-se de uma carta dirigida a seus pais, na qual a avó, falecida, comentava fatos passados e a encerrava dizendo estar bem na outra vida, que sempre que tinha permissão ia visitá-los e falava também do desejo dela de ver a harmonia restabelecida nas relações do pequeno grupo familiar. Havia um *P.S.* após a assinatura, perfeitamente legível, dirigido a seu padrinho, incentivando-o a prosseguir com seu modo de vida autêntico, a ser feliz e crescer. Chamava-o por um apelido que Denise tinha a impressão de ter ouvido uma única vez, pois ele não gostava de ser chamado daquele jeito. Estranhou o fato. Aliás, para ela, o conjunto dos fatos era estranho demais.

— Isso nunca tinha acontecido. Obrigada, Charlotte.

Denise levantou-se, colocou a carta na bolsa e, pensativa, despediu-se com um aceno e saiu.

Mil pensamentos rodavam em sua mente. Os pensamentos lidos em *Seráfita* permeavam-se às conversas com os amigos. E a síntese era que estava cheia de dúvidas e sua vontade dividida: uma parte sua dizia para prosseguir e ir até o fim; outra, mandava parar com tudo imediatamente e afastar-se daquelas pessoas. Mas não havia como, ficaria para sempre a incerteza, a curiosidade. Agora ela tinha uma prova em sua bolsa de que havia algo além e que se misturava em sua vida.

"Deus do céu! Ajuda-me! Por favor, me ajuda! Dá-me força e ilumina o caminho que devo seguir", clamou Denise, em pensamento, caminhando pelas ruas de Paris, alheia à beleza da cidade. Aquele pensamento dirigido a Deus brotou-lhe do fundo da alma, era a expressão de seu desespero interior ante aquela luta que tinha por ringue a sua mente, e a luta travada era dela com ela mesma. Enganava-se.

Denise inconscientemente orava, aliás, fazemos isso bem mais do que supomos. A prece sincera e espontânea atrai os bons espíritos. No caso, ela abriu-se e chamou seu protetor espiritual, vulgarmente conhecido como anjo da guarda.

Espírito amigo e sábio, em nível de evolução bem superior ao do protegido, ele executa um trabalho anônimo e incansável acompanhando-nos, às vezes, através de encarnações. E poucos se lembram de endereçar-lhe uma prece de gratidão. Vige a lei de lembrar-se de Santa Bárbara quando troveja.

Tomados pelo desespero, oramos inconscientemente quando nossas necessidades e dores gritam, falam aos sentidos, tocam nossos interesses pessoais. Então pedimos, imploramos ajuda. A gratidão reconhece a paz e o bem recebido de outrem, é, por natureza, uma ação que exige consciência para ser realizada. A gratidão demonstra elevação de espírito e humildade. Pode ser silenciosa, mas não inconsciente. Sabemos o que, por quem e por que sentimos.

Conforme Denise mergulhava naquela linha de pensamentos, sem notar, sua lucidez ia gradativamente aumentando.

Uma após outra, lhe ocorreram ideias positivas, ou melhor, propositivas a respeito das suas aflições, levando-a a questionar-se qual seria o prejuízo em permitir-se investigar a fundo as sugestões de seus amigos. No máximo, poderia constatar que eram inverídicas. Qual seria o problema? Nenhum. Pior seria ficar com a dúvida, pois poderiam ser verdadeiras e ser a explicação que buscava havia anos. Qual o mal em tentar? Por que desistir? Que motivo tinha para afastar-se de Berthe, Charlotte e Maurice? Eram pessoas boas, só queriam o seu bem, eram seus amigos, ajudaram-na muito quando chegou à França. Não tinha motivos para afastar-se deles. Nem ao menos a estavam forçando a aceitar seu modo de ver os fenômenos que a acompanhavam. Ao contrário, apenas convidaram-na, sugeriram livros e até recusaram-se a falar demais, a insistir em discussões. Enfim, deixaram-na livre para pensar e decidir sozinha.

A um passo das escadarias da ópera, ela decretou mentalmente a si mesma:

"Chega! Estou fazendo tempestade em copo d'água. A coisa não é tão complicada. Eu irei a Nancy. Farei o tratamento ou sei lá como Berthe chama o que faz. Prefiro a certeza de ter tentado. Se não der certo, paciência. Tantos já não funcionaram, e não morri por isso. Não pensarei mais, está decidido".

Os amigos espirituais que a cercavam sorriram. Amélia uniu as mãos e elevou-as, fitando o céu, num gesto típico de prece de agradecimento. Alberto, protetor espiritual de Denise, tocou o ombro de Amélia e comentou:

— Estamos no caminho, seu trabalho deu bons frutos. Foi uma excelente ideia a sua.

Feliz, ela apoiou-se delicadamente nele e murmurou:

— Eu a conheço, há força moral nela. É tempo desse passado deixar de ser presente.

— Concordo, amiga — respondeu Alberto. — Mas era preciso que ela amadurecesse. Por certo, a maçã sofre com a ação do frio para tornar-se doce. A lei universal é uma só, tanto para o físico quanto para o espiritual. O sofrimento tem a finalidade de fazer amadurecer. Aprendida a lição, ele desaparece. É prova respondida, entregue à avaliação. Vamos providenciar para que esses pensamentos se fortaleçam.

Amélia tinha uma expressão travessa e sorriu ao sugerir:

— Pequenos acasos? Tropeçar nos assuntos que chamam à espiritualidade?

— Exatamente. Coisas simples do dia a dia conduzindo a pensar, refletir, envolver-se com ideias sadias — concordou o protetor espiritual de Denise.

— Pode deixar comigo — declarou Amélia.

— Ótimo, está em boas mãos. Assim neutralizaremos a ação de Anton, dificultando o acesso à mente de Denise — disse Alberto.

— Sim, o povo não sabe a verdade que diz quando fala que mente desocupada é oficina do diabo.

— É mesmo. O diabo não existe, mas infelizmente existem espíritos ignorantes do bem, extraviados da luz, rebeldes. Sem falar da nossa própria imperfeição. Anton sofre e não percebe que está nas mãos dele fazer cessar esses tormentos. Oremos por ele. Nosso amigo Artur, por certo, nos ajudará. Ele também anseia que essa história torne-se o que é: passado.

À distância, irritado e solitário, Anton observava Denise cercada por uma energia azulada, que funcionava como uma barreira, impedindo-lhe a aproximação.

— Ela não aguentará. Georgette chamará por mim. Ela me ama e é minha — sentenciou Anton.

Capítulo 32

No trem com destino a Nancy, Denise pensava que aproveitara pouco daqueles quase dois anos na Europa. Muitos colegas estrangeiros como ela viajaram mais. No entanto, ela não se arrependia, afinal estava analisando uma possibilidade de permanecer na ópera e seus colegas levavam na bagagem cidades visitadas. Ela poderia visitá-las depois, não tinha pressa.

Era difícil estabelecer-se na sua arte e, fora da Europa, sua melhor opção seria os Estados Unidos. No Brasil, as possibilidades eram muito pequenas. Então, retornar, talvez, somente em férias.

As paisagens encantadoras passavam na velocidade do TGV. O trem avançava em direção à região de Lorena, próximo à fronteira com a Alemanha. Era possível notar algumas influências alemãs naquela região francesa. Lembrou-se das tortas de maçã e do creme de nata feitos por Berthe, delícias mais germânicas do que francesas.

O trem chegou à estação central e Denise desceu. Levava apenas uma mochila, pois retornaria no domingo à tarde. Lembrando que Berthe devia estar ocupada com suas aulas particulares, decidiu caminhar. Vira fotos maravilhosas da Praça Stanislas e do conjunto de palácios ao redor, era perto de onde estava. Contente com o dia frio e ensolarado, entregou-se ao prazer de conhecer a cidade. Passear livre, encher os olhos e a mente com a beleza do art nouveau, traço marcante da cidade.

Perambulou pelas ruas por mais de duas horas e não viu o tempo passar. Percebeu o movimento e os aromas nos restaurantes e cafés, então consultou o relógio e viu que passara da uma da tarde. Berthe a esperava. Havia agendado atendimento no círculo espírita às quatro horas da tarde. Precisava apressar-se.

A casa de Berthe ficava na cidade nova, não muito distante. Para evitar atraso, parou um táxi, embarcou e informou o endereço de seu destino.

Após a refeição leve, Berthe preparou chá e ofereceu biscoitos doces para Denise. Conversaram trivialidades, falaram de Charlotte e dos preparativos para o casamento.

— Você está mais alegre — comentou Berthe.

— Sinto-me bem, muito bem mesmo. As leituras que você indicou fizeram-me bem. Foi um pouco difícil no início, porque não estou habituada a essas indagações transcendentais, mas depois foi como se tirassem teias de aranha que me envolviam, véus diante dos meus olhos. Fizeram-me pensar e entender que talvez o que acontece comigo seja mais comum do que penso e, principalmente, natural. Então decidi vir e falar com você, informar-me e iniciar logo esse tratamento. Não sei se é assim que você chama, mas, sei lá, por falta de outra palavra e por ter tentado tantos tratamentos...

Berthe sorriu, depositou a xícara sobre a mesa e encarou a jovem.

— Chame como quiser, querida. Eu chamo de atendimento magnético-espiritual. Não deixa de ser um tratamento, mas no seu caso, especificamente, será bem mais. Vamos testar uma faculdade anímica e, se o resultado for positivo, isso também terá uma conotação de autodescobrimento, de estudo de si mesma. — esclareceu Berthe.

— Você está se referindo às crises de sonambulismo?

— Sim, na verdade, creio que essas faculdades estejam latentes em você, literalmente à flor da pele, por isso todos os "estranhos fenômenos e esquisitices" que a acompanham, até mesmo o sonambulismo, que é uma das principais manifestações delas. Quando a alma se mostra, essa faculdade é uma porta aberta para estudarmos o ser espiritual. E essas manifestações são absolutamente naturais, afinal somos espíritos em um corpo material.

— Tive várias crises nas últimas semanas. E fiquei curiosa, porque elas são muito diferentes entre si. Eu até vejo um padrão, digamos, quando é a tal Georgette que fala, mas o que dizer da carta assinada pela minha avó? E as bobagens que fiz, coisas sem sentido, banais, como arrumar roupas e armários? Ou estudar os livretos da ópera?

— Qual o problema? O fenômeno é sempre o mesmo, ocorre da mesma forma, aciona os mesmos mecanismos, a diferença é o interesse que o faz acontecer. Podem ser lembranças de outras vidas, um fenômeno mediúnico no episódio da comunicação da sua avó, ou são ligados aos seus interesses presentes, daí misturar-se circunstâncias do cotidiano. Esses fenômenos são psicológicos e acontecem por uma necessidade do presente. Aliás, seja por que motivo for, todos acontecem por haver uma necessidade.

— Quer dizer que não vamos mexer com os espíritos mais tarde, na reunião com o seu grupo, Berthe?

— Não, Denise. Ou melhor, acho que não. Trabalharemos com você, com a sua essência espiritual. Mas não vou enganá-la, poderá haver manifestações de outros espíritos. Isso não sou eu quem decide, são os nossos mentores. Ocorrerá o que for permitido por eles e que seja benéfico, útil, necessário e possível no momento. Você está com medo?

— Medo? — perguntou Denise. — Não, acho que não. Ansiosa, sim. Curiosa também, mas, acima de tudo, quero melhorar, ser feliz, e para isso compreendi que preciso entender esses fenômenos e trabalhá-los.

— A ansiedade é prima-irmã do medo — falou Berthe, levantando-se, recolhendo as xícaras e guardando no armário o vidro de biscoitos.

Dirigindo-se a Denise, continuou:

— Controle sua ansiedade. Mantenha vivo em sua mente o desejo de melhorar. Ele será sua fonte de força para enfrentar as adversidades da vida.

— Entendi essa ideia no romance. Depois das visões do "paraíso" ou da morada dos anjos, eles retornaram à Terra e mudaram sua forma de ver a vida.

— Exatamente. Compreender o progresso nos torna fortes, e desejar o progresso nos faz ativos. A esfera do querer é limitada, e sem ação real as coisas não acontecem. Elas precisam andar juntas. Entender o progresso reduz o sofrimento, que passa a ser visto e vivido como o que realmente é: necessidade da alma. Somos criaturas preguiçosas, acomodadas, não precisaríamos sofrer, bastaria usar a nossa inteligência, pensar, trabalhar pelo conhecimento, ampliar nossa consciência da vida e evoluiríamos. Mas ainda não conseguimos. Geramos mil fontes de sofrimentos por não pensar, por não nos conhecer. Já viu a quantidade de criaturas que cometem verdadeiras aberrações movidas ora por paixão, ora por instinto, ainda nos dias atuais? E o pensar, e a reflexão? Consideram bobagem. E assim nunca conseguem força para vencer essa natureza primitiva. É preciso usar a massa cinzenta, sabe? É para isso que Deus colocou-a em nossos crânios, para pensar — falou Berthe, em um tom complacente e de sutil advertência.

— Creio que vou demorar até ter essa visão.

— Eu não sei, Denise. Não me surpreenderia se isso fosse muito rápido. As experiências com o mundo espiritual são transformadoras, intensas. É uma das maiores oportunidades de crescimento ao alcance de qualquer um.

— É? — duvidou Denise, pensativa. — Mas dá um friozinho na barriga. Para ser honesta, Berthe, dá um friozão. Estou com medo, sim. Muito medo! Estendeu a mão para Berthe, pedindo ajuda: — Você me ajuda?

Berthe olhou a mão estendida e encarou a jovem. O medo estava ali, um grande monstro velho, pálido e pesado, fragilizando sua hospedeira. Uma cena sentimental, lágrimas e palavras comoventes seriam suficientes para alimentar esse monstro. Então Berthe cruzou os braços e respondeu séria:

— Vença-o. Domine-o. Cresça. Eu me disponho a orientá-la, mas não vou segurar a sua mão. Você não precisa de bengala e não quero dependente. Nós somos seres individuais, temos todo o necessário para viver sobre as próprias pernas. Se você beber da minha força, não descobrirá a sua. A cada dificuldade do caminho, correrá à minha procura. Chegará um dia em que estarei exausta, cheia de você até as orelhas, porque ninguém aguenta ser sugado, sem saber o que lhe tomam. Dependentes simplesmente tomam a vida do outro. E quando chegar o dia em que eu não mais quiser lhe dar a mão e deixar-me sugar, você continuará sendo a mesma criança dominada pelo medo. Ele, o medo, terá comido a sua vida e, por tabela, a minha. Você não cresceu, porque se acomodou à dependência e não desenvolveu suas forças. O medo paralisa e a preguiça entretém a estagnação. E o tempo escoará pelos dedos e ficaremos as duas de mãos vazias. Então, Denise, vamos deixar claro desde já: eu a oriento, você estuda e trabalha pelo seu progresso. A luta é sua, encare-a. Não me estenda a mão, trabalhe por si mesma em vez de mendigar as forças alheias. A espiritualidade não é piegas, querida.

Denise arregalou os olhos, chocada. Recolheu a mão e seu rosto mudava de cor ora empalidecia, ora ficava rubro, de vergonha e raiva, denunciando as emoções e os pensamentos contraditórios, Berthe consultou o relógio, ainda tinham alguns minutos. Em seguida, esclareceu:

— Denise, espero que você compreenda que seria uma imensa falta de caridade minha se eu cedesse a seus desejos. Sei que várias pessoas fazem isso. Sabe por quê? Porque ter dependentes lisonjeia a vaidade delas. Já passei dessa idade, sou realista. Sei que não faria bem nem para você nem para mim se cedesse ao seu medo. Está quase no nosso horário. Pode usar o lavabo, ali perto da sala de jantar, para fazer sua higiene. Vou terminar de me arrumar e volto logo.

— Ah, está na hora? Como passou rápido! — falou Denise, tentando se recuperar do choque com a reação de Berthe.

Admitiu que ela tinha razão, dizer que estava com medo a havia ajudado a pensar. Sabia que o inimigo, o problema, não era externo. Não era o grupo que ainda nem conhecia, nem Berthe, era o medo e morava em seu íntimo.

Enquanto fazia a higiene oral, olhou-se no espelho redondo. Lembrou de alguns ditados africanos ensinados pelo amigo de Max: "Quando não existe inimigo no interior, o inimigo exterior não pode te machucar", "Bondade é nos dentes, caridade é nas mãos". E, por último: "Lágrimas são mais bem enxugadas com nossas próprias mãos".

"Acho que tudo isso é parecido com o que Berthe me disse. Doeu ouvir, mas ela tem razão. Preciso me conhecer, descobrir minha força interior e viver com ela. Assim serei livre e feliz. Não quero ser dependente, encher o saco dos outros. Não sou mendiga. Ter força interior é ter dignidade para viver. É isso que quero", pensou Denise.

Alberto, observando-a, sorriu para Amélia, aprovando a nova conduta. Aproveitando a oportunidade, sussurrou ao ouvido de Denise ideias fortalecedoras daqueles conceitos e estimulou-a a prosseguir. Denise sentiu-se bem, sentiu-se forte, decidida.

Berthe a aguardava na sala, com um meio-sorriso em seus lábios. "O banheiro é um ótimo lugar para pensar, tomara que dê descarga nessas ideias bobas, piegas e infantis e saia limpa de lá", pensou rindo.

Capítulo 33

Assistidas pelos espíritos Aryana, Alberto e Amélia, Berthe e sua jovem amiga chegaram ao local da reunião espírita. Para surpresa de Denise, ficava no segundo piso de um prédio simples e antigo.

— Não é o que você esperava? — indagou Berthe, procurando as chaves na bolsa.

— Não — confirmou Denise. — Como lhe contei, no Brasil fui a alguns centros espíritas. Mas acho que é uma questão de espaço urbano. Nada a ver. Esqueça! Pensei bobagem. Meu país possui uma vastidão territorial e os centros espíritas que conheci tinham imóveis exclusivos, alguns até grandes, com alguns andares. Outros centros tinham apenas um cômodo com porta e janela e alguns móveis. Mas não me lembro de nenhum centro espírita em um edifício.

— Entendi. Questões culturais, querida. O preço dos imóveis também exerce influência. Afinal, na Terra, o máximo que conseguimos é atrair boas coisas, não plasmá-las.

— O que é plasmar? — indagou Denise.

— Significa criar, fazer surgir da matéria elementar. Quis dizer que precisamos comprar ou alugar um imóvel. Nosso desejo tem a força de atrair; o plano espiritual tem capacidade criadora, plasma objetos.

— Ah! Legal! Gostei da ideia.

Apanhando a chave, Berthe abriu a porta. Era um apartamento remodelado para atender às atividades do grupo. O hall servia de recepção. Colocaram as bolsas em um armário, depois seguiram pelo corredor e chegaram a uma sala ampla com várias cadeiras. Os móveis denunciavam que o local servia à reunião de pessoas, palestras e apresentações. Por uma porta lateral seguia outro pequeno corredor.

— Vamos aguardar na sala de trabalho. Enquanto isso, lhe explicarei alguns detalhes. Bertoldo é muito pontual. Daqui a pouco estará conosco.

Berthe avançou pelo corredor lateral e Denise a seguiu. Havia quatro portas, duas de cada lado do corredor. Ela entrou na primeira. Era uma saleta. Havia um divã, duas poltronas, uma escrivaninha com cadeira antiga, tapete, quadros na parede e uma estante repleta de livros.

— Simpático — elogiou Denise, olhando ao redor, curiosa. — Parecido com um consultório psiquiátrico ou psicológico, só que mais familiar.

— É um pouco de tudo. Gosto de trabalhar nesta sala. Tem uma energia maravilhosa. Aliás, o prédio que nos acolhe tem boas energias. Mas, particularmente, sinto-me bem aqui. Considero-a minha, embora eu trabalhe aqui três vezes na semana. Por que não senta? Caminhamos bastante.

Denise concordou. O divã a atraía, mas ela acomodou-se em uma poltrona de tecido floral desbotado.

Berthe sentou-se na outra, ao lado, e começou a falar do trabalho que iriam realizar com ela.

— Você entendeu, Denise?

— Acho que sim. Você vai me fazer dormir e, segundo suas palavras, quando adormecemos, nosso espírito se emancipa do corpo e em algumas pessoas pode manifestar-se recobrando as capacidades espirituais, então poderei ter mais conhecimentos do que agora, lembrar de outras vidas, ver, digamos, em trezentos e sessenta graus e em 3D, atravessar barreiras materiais, ouvir, deslocar-me a grandes ou pequenas distâncias e narrar o que lá se assiste. E ainda poderei ter contato com a dimensão espiritual, ver e conversar com outros seres. Você não me dará nenhuma droga, apenas manipulará energias sutis, energia vital, que não vejo, mas você diz que sentirei os efeitos. É isso?

Berthe confirmou com um movimento de cabeça e Denise declarou:

— Sinceramente, se não acontecesse comigo e eu não tivesse o testemunho das pessoas, porque não me lembro do que faço, acharia tudo isso fantástico demais. Mas, depois das nossas conversas, das leituras e porque acontece comigo, eu aceito.

A tia de Charlotte sorriu e, nesse instante, ouviram barulho na porta e depois uma voz masculina alegre e grave falando animado enquanto o som cadenciado de passos se aproximava da saleta:

— Berthe, você está aí? Como está frio! Mas teremos um entardecer lindo. Trouxe minha máquina fotográfica porque não perderei esse espetáculo.

— Sim, Bertoldo, estamos aqui.

Ele surgiu sob o batente da porta aberta. Um homem grande, aparentava estar na faixa dos cinquenta anos, roupas simples, vestia uma calça de lã marrom, um suéter bege, cachecol xadrez e uma touca preta, trazia o sobretudo preto no braço. Tinha traços rústicos, cabelos finos escapavam da touca, chegando próximo ao ombro, nariz protuberante, boca fina e grandes olhos castanhos, luminosos e encantadores. Bertoldo era feio de dar piedade, não fosse seus olhos tão lindos, expressivos e calorosos. Ele tinha olhos de amigo. E Denise não viu o quanto ele era feio e esquisito, simpatizou imediatamente com a luz daquele olhar.

— Boa tarde! É essa a moça?

— Sim, Bertoldo, lhe apresento Denise — respondeu Berthe. — Já lhe falei do motivo da visita dela.

Educado, ele se aproximou, estendeu-lhe a mão e, curioso, sem esconder que a examinava, com toda franqueza, olhou-a minuciosamente de cima a baixo. Mas foi algo tão natural e transparente, as intenções tão às claras, que Denise sorriu. Não se sentiu acanhada, ao contrário, abriu-se ao exame. Bertoldo capturara sua confiança com um simples, direto, objetivo e amistoso exame visual. Sentiu-se aquecida, envolvida por um abraço invisível, morno e acolhedor. Ao apertar a mão dele, o sorriso da jovem era aberto e franco.

Berthe notou satisfeita o entrosamento entre eles. Trabalhava com Bertoldo havia anos, era seu maior e melhor amigo. Conhecia de sobra o efeito que ele causava nas pessoas.

Trocaram algumas palavras e Berthe iniciou o atendimento, aplicando os passes. Pediu somente que Denise ficasse relaxada, sem pensar em nada. Ao cabo de um quarto de hora, ela sentiu os olhos pesados, um calor envolvendo-a, e adormeceu. Berthe prosseguiu a aplicação de energia por mais alguns minutos, então parou e examinou Denise, buscando identificar o grau do estado de sono magnético. Bertoldo ajudou-a. Constataram a insensibilidade, espetando-a com um alfinete, examinaram-lhe os olhos, erguendo as pálpebras. Ela não reagiu. Satisfeita, Berthe ordenou-lhe:

— Denise, fale comigo. Diga onde está e o que vê.

— Estou aqui.

— O que vê?

— Vejo a sala. Vejo você e uma luminosidade azulada que a envolve. Vejo Bertoldo, e ele é belo, a luminosidade dele é branca e brilhante. E o que me chama a atenção são os livros, em alguns há brilho.

— Ótimo. Bertoldo está lendo, você pode ver o que ele lê?

— É claro.

— Então, leia pra mim — ordenou Berthe.

Poucos segundos depois, Denise, adormecida na poltrona, falava em voz alta:

"Ação psíquica de um espírito sobre outro — Transmissão de pensamentos. Sugestão mental. Comunicação a distância entre pessoas vivas.

"Aquele que, fora das matemáticas puras, pronuncia a palavra 'impossível', falta à prudência (Arago).

"Tomamos o cuidado de começar estes estudos somente pelo exame de fatos de uma mesma ordem: as manifestações dos moribundos, a distância, a fim de lhes encontrar mais facilmente a explicação. Chegaremos em breve às manifestações de mortos, reais ou aparentes, e aos outros fenômenos, avançando gradualmente, lentamente, mas com segurança. O objetivo dessas pesquisas é saber se a observação científica possui bases suficientes para provar a existência da alma como entidade real independente e sua sobrevivência à destruição do organismo corporal. Os fatos examinados nos capítulos precedentes já colocaram a primeira proposição sobre um bom terreno. Tendo sido, pelo cálculo das probabilidades, eliminada, em abono da telepatia, a hipótese do acaso e da coincidência fortuita, somos forçados a admitir a existência de uma *força psíquica* desconhecida, emanada do ser humano e podendo agir a grandes distâncias.

"Parece difícil, à vista do acervo tão eloquente e tão demonstrativo desses testemunhos, recusarmo-nos a esta primeira conclusão.

"Não foi o espírito dos observadores, isto é, dos que experimentaram essas impressões, que se transportou até o moribundo. Este é que os foi impressionar. A maior parte dos exemplos citados mostra que aí é que reside a causa do fenômeno, e não em uma clarividência, uma segunda vista das pessoas impressionadas.

"Do mesmo modo"...[8]

— Basta, Denise. — determinou Berthe, sentada em sua poltrona, em frente à sonâmbula. — Você conhece esse texto? Já leu o livro?

— Não.

— Sabe quem é o autor? Qual o título da obra?

— No livro que Bertoldo segura, o nome do autor é Camille Flammarion, e o título *O desconhecido e os problemas psíquicos*. — respondeu Denise.

8 Camille Flammarion. *O desconhecido e os problemas psíquicos*. Brasília/DF: FEB, Vol II.

Berthe olhou para o amigo que, enquanto ela magnetizava a jovem, se sentara na cadeira, atrás da escrivaninha. Aleatoriamente, ele escolheu um livro e o abriu. Bertoldo fez um sinal de certo e, virando a capa do livro para Berthe, confirmou a informação da sonâmbula.

— Ótimo. Como se sente, Denise?

— Bem. Sinto-me leve.

— Você sabe quem é Georgette? Ela aparece em seus sonhos.

— Sou eu. Antes de ser Denise, chamava-me Georgette.

— Por que ainda revive essa época?

— Porque fui feliz. Amei e fui muito amada. Sinto falta dele.

— Lembra-se do nome dele?

— Anton, meu lindo e querido Anton.

A voz da sonâmbula sofrera uma leve modificação, havia uma emoção forte e latente que transparecia na fala. Ao pronunciar o nome de Anton, a voz tremera.

— Ele está aqui?

— Não.

— Você se recorda de quando e onde vivia com o nome de Georgette?

— Eu vivia na Provença, em Gordes. Era 1812.

— Sim, me fale mais desse período. Por que esse amor a marcou tanto?

— Porque era proibido. Não devo falar mais. Alberto não permite. Eu lhe contarei tudo em quinze dias.

— Quem é Alberto?

— Um anjo, eu acho. Ele é belo e luminoso, bem mais que Bertoldo. Eu o conheço, mas não recordo de onde. Ele é bom, diz que me protege e está feliz por estarmos aqui. Em quinze dias ele voltará.

— Muito bem, em quinze dias voltaremos ao assunto. Você está cansada?

— Não, mas Alberto pede para pararmos.

Bertoldo encarou Berthe, mostrou-lhe que gravara toda a sessão no pequeno gravador guardado discretamente no bolso da camisa, sob o suéter. Ela sorriu. Aquilo era típico dele, mas seria útil.

— Muito bem. Agradecemos a presença do amigo espiritual Alberto e suas orientações. Confiaremos na continuidade deste trabalho em quinze dias — falou Berthe, erguendo-se e aplicando passes vigorosos em movimentos rápidos na jovem.

Finalizou o trabalho, soprando-lhe na altura do nariz, entre os olhos, e ordenou:

— Acorde, Denise.

A jovem suspirou e abriu os olhos, piscando várias vezes.

— Estranho. Sinto como se os meus olhos estivessem fora das órbitas e o corpo desengonçado. Parece solto — falou Denise, em voz baixa.

Berthe retomou o trabalho magnético, aplicando-lhe passes da cabeça aos pés.

— E agora, como se sente? — perguntou a francesa, após alguns minutos.

— Bem, estou normal. Eu dormi?

Berthe encerrou sua intervenção magnética e sentou-se na poltrona. Denise pediu licença, levantou-se e alongou os membros.

— Sim, você dormiu. Bertoldo e eu relataremos o que aconteceu. A sessão foi gravada, poderá ouvir e comprovar por si mesma. Você tem excelentes faculdades anímicas e mediúnicas. Espero que estude o assunto com carinho e dedicação. Isso lhe fará bem.

Capítulo 34

Querer, saber e poder giram a roda do progresso, unindo o sentimento, o intelecto e o trabalho. O homem que deseja conhece, age coerentemente e encontra o caminho da felicidade. Denise demorou, mas descobriu o que queria: sentir-se livre, viver livre.

Percebeu quão poucas vezes na vida sentira que agia livremente. Se não eram seus pais, eram os professores, os amigos, e desde a infância "a voz" também orientava suas decisões. Nenhuma vez ela decidiu sozinha, seguindo e se orientando por suas próprias forças. Ora concordava com uns, ora com outros. Indispôs-se com a mãe para dedicar-se à música, mas aí também não agiu sozinha. De algumas decisões arrependia-se, de outras não. Se precisasse comprar a briga para estudar música em Paris, repetiria a epopeia. Mas queria ser livre. Sentia-se presa. Lembrou-se de quando era menina e fora a um piquenique escolar em um sítio na zona rural. Havia um riacho com muitas pedras e uma das professoras fizera barquinhos de papel com o grupo. Sentira-se frustrada quando seus barquinhos se chocavam nas pedras e não navegavam mais.

Ela não via, mas sentia uma pedra em sua vida contra a qual se chocava cegamente, igual aos barquinhos de papel. Não fluía.

Retornou a Paris decidida a prosseguir com os "atendimentos" sob a supervisão de Berthe e Bertoldo. Trazia na mochila três livros: *O desconhecido e os problemas psíquicos*, *O Livro dos Espíritos* e *Giovana*.

O primeiro, por razões óbvias, voltou lendo no trem. Em uma hora e meia de viagem, devorou vários capítulos. E entre as pausas da rotina diária, agarrava-se ao saber, precisava desvendar esse universo da alma, tão grande, pelo qual espiava. Desse universo, um chamado ecoava em sua mente: Venha! Conheça-se! Viva em abundância! Torne-se livre e feliz! Seja senhora de si!

O outro livro era sobre filosofia espiritualista, e seus instrutores insistiram que lesse com calma e atenção.

— Marque suas dúvidas e anote seus comentários ao lado das questões. Na próxima visita discutiremos a respeito. — orientou Bertoldo, ao presenteá-la com um exemplar novo da obra.

Berthe não se conteve e tirou um volume antigo da estante da sala de atendimento e o ofertou a Denise:

— Este é um incentivo. Se, em algum momento, a leitura dos outros livros tornar-se difícil ou cansativa, leia este. É um romance espírita. Por meio dele você visualizará com mais facilidade algumas lições. É a função deles.

— Como *Seráfita*, Berthe?

— Sim, minha querida, como *Seráfita*, *Hamlet*, *Anna Karenina*, e milhares de outros.

— Hum, todos falam de alguma forma sobre o espírito, a vida espiritual. Mas este aqui deve ser mais específico.

— Sim, é. A literatura tem poder, querida. E o gênero romance tem grande penetração popular. É a linguagem das massas. Os espíritos o usam há séculos, bem antes de alguém criar o termo espírita para disseminar ideias. E, se você gostar de estudar história, encontrará em alguns deles fatos sociais marcantes. Por exemplo: *Os miseráveis* e a Revolução Francesa; *A Cabana do Pai Tomás* e a Independência Americana; *Pé na estrada* e o Movimento Beat[9]; e muitos outros. Não seria na difusão de ideais visando ao crescimento e desenvolvimento dos seres humanos, chamando-os à melhora pessoal, que eles renegariam uma ferramenta dessas, não é? Contar histórias é uma excelente metodologia de ensino. A literatura espírita é farta, e mesmo Kardec, que você conhecerá com o tempo, clamava num periódico da época que viessem muitos romances espíritas.

— No Brasil tem bastante. Muitas amigas liam, minha irmã leu vários, acho que ainda lê.

— Que bom! Por aqui, esperamos que reapareçam — declarou Bertoldo. — Eu gosto muito.

Charlotte via com prazer os novos hábitos da amiga. Incentivou-os ao máximo. Denise estava bem, a nuvem cinzenta que, às vezes, encobria suas feições tinha se dissipado. Notava sua segurança, ela não estava se esforçando para parecer segura e decidida, estava tranquila e naturalmente resolvia-se como pessoa, desembaraçava o novelo complexo das coisas e emoções no qual se enredava antes. Por isso, uma noite no meio da semana, na lavanderia perto do estúdio, Charlotte comentou com Denise a respeito das palestras que frequentava com Maurice:

— Que pena ser aos sábados. Eu tenho compromisso em Nancy, só faltarei por motivo profissional — respondeu Denise. — Se houver alguma palestra em outro horário, me avise. Eu irei.

— Gostou de Nancy, Denise?

— Não tive tempo nem de fazer um passeio pela cidade, apenas nos arredores da estação e da casa de Berthe. Mas gostei. Aliás, adorei Bertoldo. Você o conhece?

---

9 *Movimento Beat:* movimento sociocultural ocorrido na década de 1950 e princípio da década de 1960 que subscreveu um estilo de vida antimaterialista, na sequência da Segunda Guerra Mundial. A filosofia *beat* baseia-se na melhoria do interior de cada um, acima das posses materiais.

— Claro. O homem mais feio e mais encantador da cidade, quem não conhece Bertoldo? Ele é um encanto. Faz tempo que não o vejo. Como está? Muito desarrumado?

— Ah, Charlotte, não fale assim. Ele é tão meigo!

Charlotte riu. "Bertoldo é uma espécie de Shrek da vida real", pensou.

— É, sim. Gosto dele. O mundo precisa de mais Bertoldos. Mas você não respondeu: ele estava muito desarrumado ou não?

Denise recordou os encontros com ele em Nancy, mas não conseguiu ser objetiva, não se lembrava das roupas dele, lembrava-se das conversas, da alegria que sentiu, da sensação de paz e bem-estar.

— Sabe, sinceramente não reparei. Bertoldo elegantemente vestido não seria Bertoldo.

— É, você tem razão, Denise. Eu tentei melhorar o visual dele: dei de presente revistas, pela internet enviava fotos de homens bem-vestidos, artigos de moda, de cortes de cabelo. Enchi a paciência dele, e não consegui nada. Se tivesse conseguido, ele já não seria um ogro moderno.

Denise riu com gosto da comparação feita pela amiga.

— Shrek! Você pensou no Shrek. Que maldade, Charlotte!

Charlotte riu com ar travesso e respondeu:

— Não pude evitar. Mas confesse: não é uma comparação perfeita? Ele é FF: feio e fofo.

— Ah, gostei tanto dele. Bertoldo tem charme.

— Sei. Essa é a salvação, ter charme. Não tem mais nada, mas tem charme. Eu disse isso muitas vezes. Mas nem sempre é verdade. No caso dele, sim. E nisso é parecido com o Shrek. Se ele não fosse um fotógrafo tão talentoso, poderia tentar uma colocação no Eurodisney[10].

Charlotte olhou o relógio, virou-se para a máquina na parede à frente, o mostrador sinalizava que faltavam dois minutos para finalizar a secagem das peças.

---

10 Parque temático dos Estúdios Disney em Paris, França.

— Até que enfim! — desabafou Denise, acompanhando os gestos da amiga. — Estou cansada. Quero ir para casa e me jogar na cama.

Enquanto tiravam as roupas da máquina, colocando-as em cestas plásticas para dobrar na bancada no centro da sala, Denise ouviu a voz de Max. Olhou para Charlotte e perguntou:

— O que ele está fazendo aqui?

Charlotte discretamente olhou na direção da entrada da lavanderia. Max estava com um rapaz e tratavam com a atendente.

— Trouxe roupa para lavar. Está com um rapaz, mas acho que não o conheço.

Nesse momento, Max viu Charlotte e acenou. Ela retribuiu, sorriu e avisou Denise:

— Ele nos viu e está vindo falar conosco.

Denise sentiu o coração disparar e um leve tremor nas mãos. "Controle-se, mulher!", ordenou a si mesma. "Seja educada, fria e natural. Como diria Camila: sossega o facho. Isso não é um encontro, é um esbarrão na lavanderia."

Ele se aproximou, cumprimentou-a alegremente, no seu modo de ser extrovertido, apresentou o amigo, Ian, imigrante escocês que fora trabalhar com ele.

— Música new age — comentou Ian. — Estudei a música celta. Adoro aqueles sons. Mas não entendo de engenharia de som. Essa parte eletrônica deixo para Max.

— Então é uma sociedade? — comentou Denise, surpresa.

Durante o relacionamento deles, Max nunca tinha falado de querer trabalhar nessa área.

Captando o pensamento de Denise, ele adiantou-se e respondeu, encarando-a:

— Estou sempre aberto a novas oportunidades.

A frase era dúbia, mas Denise sentiu-se aquecida e, sustentando-lhe o olhar, respondeu, sorrindo:

— Uma excelente forma de viver. Estou aprendendo a encarar desafios. Um dia eu também quero estar aberta às novas oportunidades que surgirem. Sucesso para vocês!

— Obrigado. Por falar em desafios, você esteve ótima na temporada de *Otelo*. Parabéns!

— A crítica gostou.

— Você esteve muito bem. Todas as apresentações a que assisti foram impecáveis — declarou Max.

Denise engasgou, piscou aturdida e pensou: "Será que ouvi direito? Não me enganei com alguma palavra?". Na dúvida, decidiu não demonstrar euforia e apenas balançou a cabeça. No entanto, o brilho do olhar denunciou o que ela tentou ocultar. Max percebeu e regozijou-se. Sentia muita falta dela.

Charlotte e Ian se afastaram. Ela estava dobrando as roupas e acomodava-as na sacola sobre a bancada, e o rapaz colocava as dele na máquina.

— Estamos trabalhando bastante, Ian e eu. Mas qualquer dia podíamos sair para jantar, o que acha?

— Será ótimo, claro. Meu telefone continua o mesmo — e dando-se conta dos meses transcorridos desde o rompimento, apressou-se em corrigir: — Mas anote, é...

— Eu tenho — declarou Max, sorrindo. — Ligarei. Quer anotar o meu?

Animada, ela sorriu e confessou:

— Não precisa, eu sei.

Depois, se sentindo boba e insegura, percebeu que poderia ter havido mudanças no telefone dele e corrigiu-se outra vez:

— Quero dizer, sei o número se ainda for o mesmo.

— É o mesmo.

Charlotte concluiu a tarefa e, carregando as duas sacolas, aproximou-se do casal. Percebeu a atração entre os dois e sorriu:

— Meus amigos, bendito seja quem inventou a máquina de lavar roupa. Eu o abençoo. É uma invenção maravilhosa — declarou Charlotte, descontraidamente.

Conversaram alguns instantes e despediram-se. Denise flutuava, dizia a si mesma para não fantasiar, não se iludir, mas estava apaixonada e, nesse caso, nem sempre se concilia razão e paixão.

Alberto e Amélia acompanhavam-na atentos. Anton, literalmente, espumava enfurecido, observando-os a distância, e resmungava:

— Malditos! É por causa deles que não consigo me aproximar. Ela não sabe o que faz, nem o que diz. E o nosso pacto?

Capítulo 35

A semana terminou, outra vez era sexta-feira. Denise chegou ao estúdio cansada e feliz. Assinara o contrato com a Ópera de Paris. Era uma cantora lírica profissional e empregada. Charlotte tinha viajado à tarde para Milão, então estava sozinha. Foi até a geladeira e encontrou um vinho branco frisante, pegou-o, apanhou uma taça de vidro e voltou à sala. Acomodou-se na poltrona, a vidraça da janela permitia ver as luzes da cidade, os faróis formavam uma serpente brilhante movendo-se pelas ruas. Abriu o vinho e serviu-se, brindando ao seu sucesso.

— Saudações, Denise! Você conseguiu, garota — disse a si mesma, erguendo a taça e sorvendo o vinho deliciada. — Eu mereço. Delícia!

Bebericando o vinho, recordou sua chegada a Paris, dois anos antes. Havia mudado. Lembrou-se da noite da chegada. Também ficara sozinha no estúdio, bebendo chá, olhando e ouvindo os sons da capital francesa. Medo e euforia a dominavam, além do teimoso desejo de provar à mãe que tinha vocação e podia, sim, viver da música e para a música.

— Eu era bem pobrezinha — reconheceu Denise, falando para a taça de vinho. — Acho que enriqueci como gente. Medo? Ainda tenho, mas não me domina. Bertoldo disse que medo todos têm, o que nos diferencia uns dos outros é que alguns ele domina e outros o controlam. Estou mudando de polaridade, penso que passei do meio do caminho. Euforia? Não, não mais. O trabalho ensina. A música é exigente, cheia de sacrifícios. Isso nos faz pousar na Terra. A ópera não é um concerto de rock, nem música popular, é um trabalho de conjunto. É interpretação e canto. O público é diferenciado e não cabe euforia. É claro que tem os egos inflados, as prima-donas, mas são alguns apenas. Na próxima semana pedirei demissão da loja. Assim terei mais tempo para fazer cursos de aperfeiçoamento, ensaios e minhas leituras. Preciso avisar o pessoal no Brasil e decidir se irei nas férias de Natal. Estou com saudade. Será bom revê-los, estarmos juntos. Convivência virtual é bom, mas não substitui o contato pessoal.

De um tema a outro, Denise percebeu que ficaria sozinha no estúdio no próximo ano, mas não pensava em se mudar.

— Não será difícil encontrar alguém para dividir as despesas, mas será que surgirá outra Charlotte? Não vou esquentar a cabeça hoje, porque ainda terei tempo para resolver isso. Como disse Berthe, o segredo do equilíbrio é ter claro na mente que a cada dia basta o seu mal. Viver as experiências do dia, sem acumular, arrastando coisas de ontem e correria para o amanhã, simplesmente saborear cada momento, seja ele doce ou amargo, na certeza de que passará. Tudo passa.

Tomou mais uma taça de vinho, sentia-se bem, relaxada, tranquila. Usufruía essa sensação. Os livros sobre a mesa, para evitar esquecimentos no dia seguinte, colocaram seu pensamento em outro rumo. Decidiu ir deitar-se. Pegaria o trem cedo para Nancy, porque queria aproveitar o dia. Bertoldo iria esperá-la na estação. Fariam um passeio pela cidade velha e encontrariam Berthe para almoçar em um bistrô próximo da sede do círculo espírita. Seria um excelente fim de semana.

Max ainda não havia ligado, mas tinha feito contato pelas redes sociais. "Não posso ter pressa. Afinal, sei que fui responsável pelo rompimento. Preciso mudar e sinto que esses atendimentos em Nancy irão me ajudar. Engraçado, nunca tinha dado importância a essa coisa de intuição, mas é exatamente o que acontece: tenho a intuição de que estou no caminho certo, é o meu caminho. O que será que a Camila diria disso?", pensou, olhou o relógio, calculou o fuso horário e deduziu que a irmã ainda estava no trabalho. Poderia tentar contato.

Levantou-se e buscou o computador. Trocou ideias com a irmã, relatou o atendimento em Nancy, o encontro com Max e o contrato com a ópera.

Camila ficou feliz com as notícias, mas havia uma sombra em seu olhar, estava com a expressão abatida. Denise considerou que a imagem fosse distorcida pela webcam, mas decidiu perguntar.

— Puxa! Devo estar horrível, Denise. Esperava que a distorção da imagem disfarçasse — brincou Camila.

— O que houve, mana? Qual é o problema?

— Eu não queria falar, não queria... ainda não temos nada conclusivo, só suspeitas.

— Fala, Camila. O que está acontecendo?

— É a mãe. Ela está doente, surgiram caroços nas mamas. E...

— Já entendi. Suspeita de câncer. Deus! Quem é o médico? Que exames fizeram? Como é que ela está?

— Como eu disse, ela ainda está fazendo exames. Fez a biópsia hoje e teremos o resultado em três dias. Está muito abalada. Na clínica, encaminharam-na para o atendimento psicológico, mas você conhece a dona Marlene. Cabeça-dura! Conversei com a psicóloga, a situação está pesada, e todos sabem que o tratamento é complicado. E tem a cirurgia, mana. Mamãe vai perder os seios. Graças a Deus, a medicina avançou e é possível fazer a reconstrução das mamas com implantes e as cicatrizes são menores. Mas é barra! E o pai, nem preciso falar, você o conhece. Nega tudo, fica dizendo que os médicos estão errados e coisas do gênero.

— Vou voltar para casa, Camila. Quando será a cirurgia?

— Ainda não tem data, e não vou ser fingida e dizer que não precisa vir. Vai ser bom ter você aqui, porque serão tempos difíceis. O médico quer apenas a confirmação de que os tumores são malignos, mas já nos disse que pelos resultados dos exames anteriores a chance de não ser é muito pequena. Eu avisarei você. A consulta é na próxima terça-feira. Até lá, não há nada a fazer, além de rezar.

Elas conversaram mais alguns minutos até que Camila precisou desligar. Denise sentia-se pesada, ansiosa. A notícia abateu-a, como era de se esperar. Olhou a garrafa. Mais uma taça de vinho era necessária. Beberia pelos motivos diametralmente opostos.

Enquanto se servia, lembrou-se de frases do *Seráfita*: "Não vejo mais as misérias humanas. Aqui, o bem brilha em toda a sua majestade; embaixo, escuto as súplicas e as angústias da harpa das dores que vibra nas mãos do espírito cativo. Aqui, escuto o concerto das harpas harmoniosas. Embaixo, há esperança, este belo começo da fé; mas aqui reina a fé, que é a esperança realizada!".

Da esperança à fé havia um caminho de crescimento pessoal. Ela meditou, concluiu que sentia esperança e desejava ardentemente que a doença fosse superada. Percebeu que a lembrança da frase e a reflexão, ainda que breve, tinham aliviado seu coração. Olhou a taça servida, perdeu a vontade de sorvê-la. Deixou-a na mesinha, ao lado da garrafa, e pegou os livros. Leu, meditou e fez preces pela mãe, pelos familiares e pedindo forças para si mesma.

Sentindo-se calma, foi deitar-se. Tudo passa, repetia em pensamento a frase preferida de Charlotte. Na manhã seguinte, embarcou para Nancy. Precisava avançar, encontrar o equilíbrio e ter força interior, pois voltaria ao Brasil em um momento delicado. Então, nada de acomodação nem de entregar-se à ansiedade.

Parada na estação de trem, recordou a conversa com Berthe, antes do primeiro atendimento: "A luta é sua, encare-a. Não me estenda a mão, trabalhe por si mesma, em vez de mendigar as forças alheias. A espiritualidade não é piegas, querida".

O trem chegou, ela embarcou e sentou-se. Abriu o livro *O desconhecido e os problemas psíquicos* e retomou a leitura. Quanto mais lia, mais identificava fatos ocorridos em sua vida semelhantes aos narrados na obra. E as explicações curavam suas dores, pois só quando encontramos o significado do sofrimento ele cessa. Suas angústias eram acalmadas. Era o poder libertador do conhecimento operando milagres.

Estava concentrada, cabeça baixa, olhos fixos nas páginas, por isso se assustou quando a tocaram. Alguém se sentara ao seu lado e literalmente colara o corpo ao dela. Isso era incomum, estranhou, sentiu-se desconfortável, imediatamente olhou para o lado para expressar seu desagrado e deparou-se com Max sorrindo e segurando uma mochila de lona. Piscou e olhou-o surpresa. Sorriu e relaxou.

— Que surpresa! — disse Denise.

— Não acreditei quando a vi entrar no vagão — respondeu Max. — Não resisti e sentei aqui mesmo, já que o vagão está quase vazio. Tudo bem?

— Tudo. E você?

— Trabalhando, trabalhando e trabalhando. E ainda dizem que os músicos são desocupados, boêmios e todos os elogios que se pode imaginar. Para onde vai?

— Nancy. Tenho ido todos os fins de semana. Estou participando de uma atividade com Berthe no círculo espírita que ela frequenta.

— É mesmo? Não sabia. Obra de Charlotte? Ela conseguiu levar-me a algumas palestras. Gostei do assunto.

— Estou apaixonada por essas palestras. Tenho necessidade desse conhecimento. Descobri que as minhas esquisitices, com as quais meus pais gastaram tanto dinheiro, apenas são habilidades pouco conhecidas, absolutamente normais e estudadas há séculos pelas chamadas ciências ocultas. Vou assumir meu lado bruxa — brincou Denise.

Max riu e depois encarou-a sério, perguntando interessado:

— Está lhe fazendo bem?

— Muito. Eu precisava de respostas para o que acontece comigo, ainda não tenho todas, mas estou no caminho. Foi como se puxassem um véu, melhor, como se espanassem as teias de aranha na minha cabeça. Sabe, me sinto livre e consigo pensar com clareza e calma. Isso eu não fazia antes.

— E os medos?

— Estamos mexendo neles devagar. Não sentia um medo puro e simples, não era como alguém com pânico. O meu medo era de mim mesma. Do fenômeno em si, e ele acontecia em mim, não fora. Quem tem medo, em geral, é de algo ou alguém, mas é externo, é definido. Não era isso que acontecia comigo. Eu tinha medo de lembranças. Lembranças de outras vidas. Ainda não sei o motivo e, sinceramente, sei que não é saber ou não os fatos do passado que me fará melhorar. Hoje eu sei que são reminiscências. Depois que comecei a participar desse atendimento e a estudar com Berthe e Bertoldo, já aconteceram alguns episódios, como aqueles de Marselha, lembra?

— Sim, é claro. Eu gostaria de tê-los esquecido, mas não pude. Afinal, acho que acabamos nos irritando e brigando por causa deles.

— Sim, foi. Eu sofria muito. A ignorância e as buscas sem solução me deixavam desesperada e essas coisas tinham se tornado intensas naquela época. Foi horrível. Será que você pode me perdoar por ter sido uma companhia tão neurótica? — pediu Denise encarando-o séria, sem se importar se o vagão do trem era ou não o melhor lugar para aquela conversa.

Ele fez um beicinho, depois sorriu e pegou a mão dela que repousava sobre o livro no colo. Fitando-a, respondeu:

— Perdoada. E você não está mais magoada comigo pelas coisas que falei quando estava com raiva? Eu já pedi desculpas. Mas não tive resposta.

— Claro que não estou magoada! Demorei, como disse, eu tinha teia de aranha na cabeça, mas reconheci que a responsabilidade maior era minha. Lembrei muito das palavras de Noru: o inimigo interno era meu. Acabei me ferindo e ferindo você também.

Ele acariciou-lhe a face e sorriu, apertou-lhe a mão e disse:

— Gostaria muito de abraçar você, mas aqui não posso. O fiscal nos poria para fora.

Ela sorriu, apoiou a cabeça no ombro dele e beijou-lhe a face.

— Teremos muito tempo. E agora me diga, para onde está indo?

Ele explicou que seguiria viagem até os Alpes. Tinha um encontro com um grupo de músicos para o projeto de música new age. Empolgado, falou sobre o trabalho, informando-a de que Noru trabalhava com eles, pois queriam sons étnicos e ao mesmo tempo transcendentais, buscando integrar cultura, natureza e espiritualidade de diversas partes do planeta.

Quando anunciaram a estação de Nancy, Denise sentiu-se triste, pois queria seguir viagem com Max. Viu nos olhos dele o mesmo desejo, mas lembrou-se do dever, precisava conhecer-se e crescer. Então, recolocou o livro na bolsa, fechou-a e encarou-o dizendo:

— Ficarei em Nancy. Estarei em Paris às dezoito horas amanhã. Preciso ficar, resolver meus dilemas, encontrar minhas respostas. Isso tem me feito bem, e sei que serei uma pessoa melhor, mais feliz e saudável.

— Eu compreendo. Faça o que deve fazer. Esperarei você na estação amanhã às 18 horas.

Ela sorriu e Max beijou-a rapidamente nos lábios.

— Um convite? — perguntou Denise, baixinho.

— Uma promessa — respondeu ele, beijando-a novamente. — Vá. Amanhã nos encontramos.

Feliz, radiante, com uma expressão sonhadora no rosto, ela saltou do trem e foi ao encontro de Bertoldo.

Passou a manhã passeando e aprendendo a fotografar, conforme combinara com o amigo. Próximo do meio-dia foram ao bistrô aguardar Berthe.

Era um local simpático, simples e aconchegante. Uma porta lateral mostrava um jardim de inverno com algumas mesas. Bertoldo encaminhou-se para lá, Denise seguiu-o, admirando o bom gosto da decoração.

— Adoro esse recanto. Na minha encarnação passada fui uma velhinha por muitos anos — declarou Bertoldo, acomodando-se e pegando o menu. — Eu amo esses recantos. Imagine que delícia ouvir música, tomar chá com madelaines e fazer crochê. É perfeito! Veja a luminosidade, sinta a temperatura. Fiz uma proposta para adquirir esse prédio, mas a proprietária me mandou à lua com rebuscada educação.

— Você é maluco, Bertoldo. Não acredito que fez isso?

— Fiz. Por que não? Mas não tive sucesso, a proprietária é apegada ao imóvel. Disse que pertence à família desde o início de 1900.

— Isso é comum. Meu pai tem uma imobiliária no Brasil e frequentemente eu o ouvia falar de casos assim.

Ao mencionar a família, uma sombra encobriu o olhar brilhante de Denise, e Bertoldo percebeu.

— Algum problema? Você falou no seu pai e seus olhos apagaram. Estavam tão vivazes que foi impossível não notar a mudança.

Denise suspirou, apoiou os cotovelos na mesa e descansou a cabeça entre as mãos.

— Doença. Minha mãe terá que fazer cirurgia nas mamas. Eu soube ontem. Na hora, perdi o chão. Não soube muito bem o que fazer nem o que dizer a Camila. Só sei que irei ao Brasil, preciso estar com eles, principalmente com a mana.

— Câncer?

— Aguardamos o resultado da biópsia, mas tudo leva a crer que sim.

— Hum. Prova difícil. Vamos orar para que ela tenha coragem e resignação.

— Coragem, ela terá. Mas resignação...

— Prefiro um covarde resignado como paciente. Os resultados são melhores.

— Minha mãe calma e tranquila, deixando as coisas acontecerem, é algo que não consigo enxergar. Dona Marlene precisa de controle e comando.

— É mesmo? Pobre mulher... É iludida. Ter sabedoria é distinguir as coisas que podemos controlar e comandar das que estão fora da nossa capacidade. Não me julgo um sábio, apesar de ter o pré-requisito de Sócrates...

— O que é isso? — indagou Denise, curiosa com a expressão.

— Eu sou feio, mas dizem que ele era horroroso. Então, estou a caminho da sabedoria — respondeu Bertoldo, sério, fazendo Denise rir.

— Você não tem jeito, Bertoldo. Mas tem razão, vi alguns bustos de Sócrates. Ele era muito feio, pequeno, esquisito, parecido com o Mestre Yoda. Mas você tem razão. Existe semelhança entre vocês: os olhos. Eu tenho certeza de que os olhos de Sócrates deviam ser parecidos com os seus: inteligentes, brilhantes e sedutores.

— Perdi a fome — declarou Bertoldo, sério, mas o brilho do olhar revelava que estava brincando. — Depois de ouvir isso, ficarei em êxtase dois ou três dias, mais do que isso se torna perigoso. Mas, falando sério, a cada ano a minha lista do que controlo e comando diminui. Já constatei e risquei tudo que era externo a minha pessoa. Estou convicto de que fora dos limites do meu pensar e sentir não há nada mais que eu possa controlar. Comandar é ainda mais restrito, ando discutindo comigo mesmo, mas, por ora, o vencedor é "só posso comandar meu pensamento". O problema é que ele é rebelde. É meu, mas é um animal indomado. Eu ponho os arreios nele, mas quando menos espero ele está solto e corcoveia comigo montado.

Denise ouviu pensativa, entendeu o que ele dizia. Esse tema permeava as leituras que fizera durante a semana.

— Ainda tenho muito a estudar, Bertoldo. Mas estou amando esse universo novo. Fez-me tão bem! Mas minha mãe não aceitaria a ideia — lamentou Denise.

— Como eu dizia, é uma pena que ela não se resigne com a doença. Ganharia força aceitando a prova que a vida lhe oferece. Resignar-se não é cruzar os braços e esperar que o melhor caia do céu. É aceitar o momento sem revolta, sem perguntar: por que comigo?; o que fiz para merecer isso?; e coisas do tipo. Mas sim: o que é o melhor a fazer agora?; para que a vida está me apontando esse caminho de enfermidade?; o que há aí para ser aprendido?... É por isso que prefiro um paciente covarde e resignado. Ele se submeterá aos tratamentos necessários borrado de medo, mas com uma confiança equilibrada. Terei que tratar somente o físico, o psicológico ele resguardou por si mesmo. Isso facilita tudo.

— Você fala como se lidasse com enfermos, mas você é fotógrafo.

— Mas eu lido com enfermos nos atendimentos do círculo espírita. O tratamento com passes magnéticos é complementar à maioria dos tratamentos convencionais. Por isso, creia, sei do que estou falando. Nós abrimos ou fechamos as portas das enfermidades, pode apostar. Meu amigo Sócrates já tinha ouvido falar e comentava que não havia doenças, mas doentes. É preciso tratar o tumor, mas não perca de vista que a vida trata a dona do tumor. Então, se pensarmos um pouquinho, veremos que, para trabalhar em favor da vida, não posso descuidar dos olhos do Criador, nem levantar minhas pobres ferramentas contra Ele. Será luta perdida. Se Ele está empregando a doença com alguém, é porque essa pessoa tem algo mais a tratar, a pensar, a rever, a mudar em si mesma ou na sua existência do que extirpar um tumor. É nisso que também precisamos ajudar, Denise. Senão a doença voltará, seja ela qual for. É uma professora muito chata, emprega o método socrático para o nosso desespero, ela faz a gente parir a solução, a mudança, e isso incomoda. Há quem não faça, mas o paciente covarde aceita.

— E os corajosos, não?

— Com maior dificuldade, eu diria. Os corajosos muitas vezes são insensatos, imprudentes e sem reflexão. Querem livrar-se do problema logo e fazem muita besteira. O medo, na dose certa, protege o indivíduo. Tem gente que bebe a própria urina jurando que é remédio. Veja bem, com o suco de frutas deliciosas, bons vinhos, água pura, ervas saborosas, tudo isso com reconhecidas propriedades medicinais, o camarada beber urina é muita coragem, não é? Deve haver alguma fábula que mostra o quanto o burro é mais corajoso que o cavalo — brincou Bertoldo. — Sim, porque o cavalo empaca diante do perigo, mas eu acho que o burrinho segue firme.

Denise ria, embora a conversa fosse séria e profunda. Bertoldo a orientava para o futuro, para conviver com a enfermidade grave da mãe.

— Nessa ânsia por livrar-se da prova necessária, também podem ser explorados. Desde que o mundo é mundo há os fazedores de milagres a tantos euros por hora. Prometem mundos e fundos, e um corajoso desesperado não pensa, só faz. Corre para todos os lados. E, às vezes, nessas misturas malucas, faz algumas explosões no próprio corpo. Isso sem falar nos problemas psicológicos. Esses ele amontoa. Comprime tanto que daí eles vão estourando, um a um, igual balão de aniversário hiperinsuflado. Todas as reações adversas, em qualquer tratamento, irão acontecer com o corajoso, porque ele está predisposto. Ele diz que não, mas age dizendo sim a todas as complicações. Entendeu por que a resignação é força?

— Acho que sim — respondeu Denise, pensativa, e compreendendo que os conceitos de Bertoldo provavelmente seriam necessários a sua mãe.

O perfil de Marlene se encaixava como uma luva na descrição de uma paciente corajosa e irresignável. Não esperava ver a mãe revoltada, desestruturada, afinal isso era uma conduta exterior. Dona Marlene estaria firme, pronta para fazer tudo que estivesse ao seu alcance para livrar-se da doença, não o que seria possível e necessário ao tratamento. A resignação era comando e controle interior. Refletindo sobre essas ideias, olhou as plantas iluminadas pelo sol e percebeu a entrada de Berthe.

— Olhe quem chegou, Bertoldo — falou Denise, sorrindo para a amiga.

Berthe cumprimentou-os, sentou-se, e pôs-se a par da conversa. Contribuiu com a preparação informal de Denise e, com seu senso prático e aguçado, decidiu o pedido do almoço.

Bertoldo e Denise se olharam e falaram juntos ao garçom:

— O mesmo para mim.

Capítulo 36

Aquela foi uma tarde produtiva. O atendimento no círculo espírita tornava-se mais rápido, o transe sonambúlico manifestava-se sem entraves e Denise progredia no domínio das faculdades.

Ela era naturalmente dócil e isso facilitava a tarefa de Berthe. Vencido o medo inicial, ela se transformara em uma aprendiz dedicada e consciente.

Revisaram os assuntos de leitura, trocando ideias. Depois conversaram sobre como ela estava se sentindo no dia a dia, se identificara os fenômenos anímicos e como lidara com eles. Satisfeitos, iniciaram a sessão. Em poucos minutos ela caía no estado sonambúlico, atendendo às sugestões de Berthe.

— Denise, concentre-se em Marlene Pereira — ordenou Berthe. — Consegue vê-la?

Alguns instantes se passaram e a jovem respondeu com voz arrastada e pausada. Tinha dificuldade para falar.

— Sim, eu consigo. Ela está deitada no quarto. As cortinas estão fechadas. Está na penumbra e sozinha. Ela chora.

— Muito bem. Você vê a casa?

— Sim. Meu pai está na sala. A televisão e o computador estão ligados, mas ele não presta atenção neles. Tem o olhar perdido. Está magro e triste. Há uma nuvem cinzenta em torno dele.

— Há mais alguém?

Ela demorou um pouco e falou:

— Há sim. Mas eu não conheço.

— O que você sente vendo essa pessoa?

— Tranquilidade. É uma senhora idosa. Ela sorri para mim.

— Ótimo. Ela consegue vê-la, Denise. Pergunte-lhe quem ela é, como se chama e o que faz na casa.

— Ela diz ser minha avó, e se chama Amélia. Está ajudando meus pais e a mim.

— É o mesmo espírito que se manifestou por você, enviando-lhe uma mensagem. Pergunte-lhe se ela pode nos ajudar a promover um encontro com um de seus familiares.

— Ela disse que sim e olhou para o quarto da minha mãe.

— Acompanhe-a e relate o que vê.

— Estamos no quarto da minha mãe. Ela continua chorando. Não é algo desesperado, mas as lágrimas correm. Amélia disse para eu olhar a cabeça da minha mãe e é estranho, eu vejo uma coisa escura, parece óleo diesel, escorrendo devagar da cabeça pelo corpo. É algo com aparência pegajosa e tem um cheiro ruim, como se fosse gordura rançosa. Por onde passa, essa coisa apaga a luminosidade que tem no corpo. Amélia diz que é o pensamento enfermiço dela que vai consumindo a energia e a vitalidade. Amélia está me chamando para perto da cama.

— Vá — ordenou Berthe. — Confie.

— Ela diz que essa coisa escura, viscosa e com cheiro desagradável é a energia mental dela mal dirigida. Minha mãe pensa de forma derrotista, não tem confiança em si nem em Deus. Aliás, ela não tem espiritualidade. Ocupa o pensamento somente com questões materiais, absolutamente presa ao cotidiano. Ela não transcende nem relaxa. E agora a doença e o medo a dominam. Ela não se ajuda. Amélia está apontando-me os seios da minha mãe e pede para eu fixar meu olhar neles.

— Faça isso, Denise — estimulou Berthe. — Talvez consiga ver o tumor e o estado dele.

— Sim, é isso. Eu os vejo: são pequenos. Há um tumor na mama direita e dois na esquerda. Os da esquerda são pequenos e alaranjados. O da direita é maior, pouco maior que um feijão ou um grão-de-bico, mas é escuro, cor de sangue escuro, tem algumas veias fininhas formando uma espécie de teia. Eu sinto que ele pulsa. Os outros dois não.

— O que Amélia diz a respeito?

— Nada. Mas olha com calma.

— Pergunte-lhe o que podemos fazer para ajudar a sua mãe.

— Ela pede para orarmos e trabalharmos pela mudança de pensamentos da minha mãe. Disse que a doença é um convite à mudança dela. Viverá uma realidade muito diferente, com a qual a sua mente ocupada no mundo da economia não sonha. Pediu que lhe deem livros e para o meu pai também. Ela explicou que os livros têm a função de consolar e instruir, irão lembrá-la de que não está sozinha no mundo e as suas dores não são únicas, nem maiores, são naturais da condição humana. Amélia falou que os livros a ajudarão a controlar a dor, fazendo-a compreender o significado das experiências que vive. Disse também que isso é urgente, pois as boas ideias atuarão no pensamento dela, que serão como despejar água e detergente nessa coisa viscosa que escorre da mente dela. E que, antes disso, não adianta pensar em mandar-lhe boas energias, ela não receberia. Amélia recomenda que a limpeza da casa mental tem que ser feita por ela para ser duradoura. Senão, bastará uma imagem qualquer para despertar-lhe ideias, pensamentos e sentimentos negativos, depressivos e automaticamente essa coisa nojenta vai fluir.

— Está anotado e será feito. Indicarei livros para ela. Enviaremos pela internet títulos em e-book — respondeu Berthe.

— Amélia diz que minha mãe sobreviverá, que a doença é um convite e um caminho para a cura da mente e da alma. Ela precisa mudar. Adoeceu por guardar muito rancor e sentimentos destrutivos. Terá que aprender a libertar-se dessas emoções pelo perdão e abandonar essa conduta autoritária e controladora. A vida está lhe mostrando que ela é descontrolada e orgulhosa. Amélia fala em estátua de sal, que minha mãe é endurecida, porque só os caracteres endurecidos não mudam.

A doença é uma oportunidade de flexibilizar sua personalidade, abrir e arejar pensamentos e sentimentos. Agora Amélia está dizendo que temos que ir.

— Denise, despeça-se de sua mãe. Fale com ela — sugeriu Berthe. — Diga o que sente.

Bertoldo observava o rápido movimento do globo ocular de Denise e fez um sinal chamando a atenção de Berthe.

— Calma, Denise. Há algum problema?

— Minha mãe. Ela não é apenas minha mãe. Eu sei, eu sinto e eu vejo. Eu o reconheço — sussurrou Denise.

Pelo timbre da voz, era perceptível a emoção estrangulando a voz na garganta. Havia medo e raiva. Berthe fitou o companheiro de trabalho e ele prontamente fechou os olhos, mergulhando em profunda concentração e doação de energia. Bertoldo exalava paz e tranquilidade de seus pensamentos, envolvendo Denise.

— Fale-me a respeito.

— É Irving Lambert. Eu o conheci em Gordes, era meu tio. E...

— Você está falando de Georgette?

— Sim. Quando fui Georgette, ele era meu tio. Irmão do meu pai. Eu fui entregue a ele quando tinha onze anos, no dia em que meus pais foram enterrados. Ele me levou embora da casa dos meus pais, fui morar na cidade, na casa dele.

— E como foi o relacionamento de vocês?

— Distante. Ele não dava atenção nem aos próprios filhos. A preocupação dele era Napoleão, a política e o comércio. Ele era rico, diferente do meu pai. Tio Irving fazia fortuna comerciando com a África. Comércio mercante. Diziam que era uma fraude, que o negócio real era comércio humano, que traficava escravos para as colônias francesas no Haiti. Não conversávamos muito, mas ele desconfiou de Anton. Foi por causa dele que tudo aconteceu.

Denise começou a soluçar e Berthe interveio, falando com serenidade e firmeza:

— Isso é passado, Denise. Você não é mais Georgette e agora a pessoa a sua frente é Marlene Pereira, a sua mãe. Desligue-se das lembranças do passado. Falaremos sobre elas depois, guarde-as. Mantenha atenção no presente. Você está à frente de Marlene Pereira, sua mãe, e ela está com câncer, provavelmente. Irving Lambert não existe mais.

— Sim. Amélia me ajudará. E estou preocupada com minha mãe, tenho piedade. A doença é grave e os tratamentos são difíceis, dolorosos.

— Sim, são. É preciso extirpar mágoas, ressentimentos, rancores, raivas. Temos que limpar o emocional, renovar a mente. Prepará-la para os tratamentos necessários. A personalidade dela a predispôs à doença. Emoções destrutivas carregam uma alta carga de energia, se ela não lida com essa energia de maneira natural e saudável, vivenciando-a para o que for necessário e deixando passar. Mas se, ao contrário, acumular e reprimir, essa energia atuará desestruturando e aglomerando-se em partes do organismo perispiritual e, em alguns anos, somatiza e gera desordens orgânicas. Deixe que Amélia a oriente. Em cinco minutos, irei despertá-la.

Sob o olhar atento de Amélia, Denise aproximou-se de Marlene, que, com o pensamento em desalinho, alimentava ideias equivocadas, de revolta, mágoa e vitimização. No fundo, ela sentia um medo terrível do futuro. Denise identificou as emoções da mãe e compadeceu-se. Ergueu a mão para tocar-lhe a cabeça e reconheceu seus próprios conflitos emocionais.

O relacionamento entre elas não era um mar de rosas, pelo contrário, era conflituoso. Conviveram em relativa calma durante a infância e o início da adolescência, a partir daí surgiram as divergências. Mas a infância deixara boas lembranças e sentimentos ternos que minimizavam o conflito. Entendeu a irritação que, com frequência, sentia na presença de Marlene. Era uma identificação, uma lembrança emocional do passado com Irving Lambert. Mas ele não existia mais e aquela personalidade espiritual estava em processo de destruição. Agora era Marlene, que ainda guardava traços de personalidade que permitiam identificá-la com Irving Lambert. Mas outros traços haviam surgido antes. O que era gérmen, em 1812, agora era uma plantinha frágil. Marlene respeitava, com R maiúsculo, o trabalho. Indignava-se quando via ou ouvia casos de abuso, de trabalho escravo. Mesmo não sendo sua área de atuação, sempre incluía o tema de alguma forma. Com a família, desenvolvia uma personalidade mais presente e amorosa, se comparada ao passado.

E Denise falou assim com sua mãe:

— Sabe, não sou Denise, a sua filha, e você não é Marlene, a minha mãe. Também não somos mais Georgette e Irving. Somos espíritos imortais e, neste momento, estamos Denise e Marlene, mãe e filha pelos vínculos de sangue. Eles são transitórios. Acabei de lembrar o que fomos há duzentos anos. Demorei, mas entendi isso e, portanto, na matéria o verbo é transitivo, é "estar", como espírito não. Ou seja, nós, Marlene e Denise, estamos em 2013, mãe e filha; mas nós, seres espirituais, somos irmãos. Temos a mesma origem. E estamos todos a caminho do melhor e vivemos neste minuto o nosso melhor. Se eu não sou a filha que você sonhava e nem você a mãe ideal, talvez possamos deixar de lado essas ideias de propaganda, essas ilusões culturais. Mãe não é santa e filhos não são apenas produtos dos pais. Somos todos criaturas em crescimento, que carregamos verdades escondidas em nós. Você é minha irmã, Marlene Pereira, e se não pensamos exatamente igual, nem por isso precisamos nos magoar. Entendi meus sentimentos e compreendi quem sou e quem você é, e desejo que faça o mesmo. Aproveite a oportunidade que a vida lhe apresenta e cure-se. Extirpe mágoas, rancores e sentimentos destrutivos que formaram energeticamente esse tumor. Pense: por que um tumor nos seus seios? Eles são símbolos do feminino. Será que você está usando bem essa experiência como mulher? Pense. Deus te abençoe, irmã, te dê força e saúde para tirar dessa lição o máximo de conhecimento possível. Fique bem. Tchau.

Denise afastou a mão e percebeu que Marlene não chorava, estava apática e sobre ela desciam minúsculos pontinhos luminosos, como se fosse uma chuva prateada. Surpresa, olhou ao redor e constatou que aquilo se irradiava dela e envolvia a enferma.

— São energias que o seu pensamento mobilizou — explicou Amélia. — É um processo natural, normal e constante, que todas as pessoas, encarnadas ou desencarnadas, realizam. Mas a maioria não tem consciência porque não vê e não crê. Ainda estão nos primeiros tempos do renascimento. O interessante é que todos sentem e, se acreditamos ou não, simplesmente não faz diferença para as Leis Naturais.

— Isso fez bem a ela — constatou Denise.

— É claro, você pensou, desejou e sentiu coisas boas.

— Se fossem ruins...

— Aconteceria o mesmo, porém seus pensamentos e sentimentos teriam impregnado essa energia que se transferiu para ela e o resultado seria o oposto. A vida é lógica, meu bem. Vamos, relaxe, em instantes você irá despertar. Fique calma.

Berthe aplicou-lhe passes com o intuito de despertá-la e falou firme e serena:

— Denise, recorde o que viveu ao despertar. Volte!

Denise piscou, mexeu a cabeça, abriu e fechou as mãos, respirou fundo e abriu os olhos, fitando Berthe e Bertoldo. Sorriu e declarou:

— Estou bem.

— Nenhum desconforto?

— Não, Berthe. Tudo bem.

Bertoldo, bocejando, fez um sinal positivo quando Berthe olhou para ele e disse:

— Estou cansado. Preciso comer e me jogar sobre um gramado bem verdinho, pegando o sol e a brisa da tarde. Só assim ficarei novinho.

Denise olhou-o curiosa e indagou:

— Por que você ficou cansado? Não fez nada.

Bertoldo sorriu complacente e informou:

— Isso é o que você pensa. Fiquei sustentando seu transe o todo tempo, enviando energia para você não se desequilibrar no seu passeio, minha querida. A atividade mental é altamente cansativa, sabia? Uma pena que não queima calorias na mesma proporção, senão eu não precisaria me preocupar.

— Exatamente, Denise. O que você pensou que Bertoldo fazia aqui?

— Assistia. Pensei que ele nos fazia companhia. Ainda tenho muito a aprender.

Berthe sorriu e concordou:

— Muito mesmo. Mas mantenha o ritmo, você está indo bem. Só para esclarecer, Bertoldo nos auxilia com emissão de energia, mas ele está apto a fazer o mesmo trabalho que eu. Aliás, é uma prática nossa: quando um conduz, o outro auxilia. Há atendimentos em que eu faço o que você vê ele fazendo. Mas voltemos à experiência de hoje. Lembra-se de algo ou quer ir direto para a gravação?

Denise calou-se, ficou pensativa e insegura, e falou:

— Tenho imagens, cenas gravadas na memória. São fragmentadas. Acho que não fazem sentido. São isoladas.

— Conte-nos.

Bertoldo ainda bocejava e levantou-se, indo servir-se de um copo de água.

— A casa de meus pais no Brasil. Minha mãe deitada. Uma televisão e um computador ligados. Algo sujo e fedido, me parece que era uma pessoa suja, como se tivessem derramado algo pegajoso nela. Depois, vi lugares, as paisagens me lembraram da Provença. Mas era outra época, roupas antigas, vi um homem e lembro o nome dele, Irving. Era grande, forte, rude e ele tem algo a ver com o mar, pois a imagem dele se mistura ao mar, a navios. E a mulher é uma freira, tem uma expressão alegre e bondosa, olhos escuros e é jovem. Lembro-me de ter tocado a cabeça da minha mãe e ter me sentido muito bem. E sei que alguém me acompanhou, mas não sei quem era ou como era. Havia uma presença comigo.

— Bom, muito bom. Confira — elogiou Bertoldo, retornando ao seu lugar.

Em seguida, ele apertou o botão do microgravador e a voz de Denise, ligeiramente alterada, arrastada, foi ouvida narrando a visita aos pais.

Conversaram a respeito, e ao final Denise indagou:

— Berthe e Bertoldo, como posso saber que tudo isso não é fruto da minha imaginação? Que não é um sonho ou um delírio pelo estado de consciência alterado?

— Aguarde as comprovações no tempo certo. Se for verdadeiro, as respostas chegarão confirmando o que disse na crise — esclareceu Bertoldo. — A única comprovação para o delírio é o diagnóstico médico, não é verdade?

— Há um tempo de espera definido?

— Não, Denise. Pode ser hoje, amanhã ou daqui a anos. Mas o certo é que haverá uma resposta.

Capítulo 37

No domingo, Denise chegou à estação de trem próximo do horário da partida para Paris. Olhou os trilhos e não pôde deixar de compará-los com a vida. Há sempre alguém esperando um trem para algum lugar, e nele alguns entram e outros saem. Vida e morte, correndo nos trilhos do planeta. Há alguns meses, fugia de pensar sobre esses assuntos, causavam-lhe temor, porque associava-os à dor e ao desconhecido. Agora, pensava neles com calma e naturalidade. Nada a temer. É sempre a vida a se manifestar na estação. Engrenagens necessárias ao progresso. Sabia que estava se modificando e gostava da nova pessoa que surgia. Sentia-se serena, alegre, bem-disposta, interessada por assuntos diversos e principalmente pela vida.

Apalpou a bolsa, assegurando-se de que não havia esquecido os livros da semana: *A evolução anímica*[11] e uma edição em espanhol de um romance com centenas de páginas, *Te perdono*[12]. Valeria o exercício para melhorar o domínio de

---

11 *A evolução anímica* é uma obra de Gabriel Delanne, publicada em 1895. François-Marie Gabriel Delanne (1857-1926), francês, era engenheiro elétrico e importante defensor da cientificidade do espiritismo na transição do século XIX para o século XX.

12 *Te perdono* é de autoria da espanhola Amália Domingo y Soler (1835-1909), escritora espírita e médium psicógrafa.

mais um idioma. Para isso, o trabalho no comércio de Paris fora fundamental. Tinha consciência de que vivia em uma aldeia globalizada e dominar idiomas se tornava uma questão de sobrevivência, pois as fronteiras não isolavam mais as pessoas e os meios de transporte facilitavam a mobilidade. Com isso, todos ganhavam, mas abrir-se ao mundo e ao outro também implicava compreendê-lo e tornar-se compreendida.

Berthe dera-lhe tempo para ler com calma, enfatizara que eram leituras complementares. Em um livro entenderia a evolução da alma, que não tinha sido criada pelo sopro divino, como alegoricamente conta o Gênesis bíblico, mas, como tudo na natureza, fora fruto do processo de transformação e crescimento de milênios. E isso glorifica a inteligência e a sabedoria do Criador, que não é um fazedor de milagres, mas a inteligência suprema e o amor infinito. E o romance mostrava a evolução moral da alma humana por meio de suas inúmeras existências na matéria.

Sábado à noite, depois das atividades do círculo espírita, Denise pudera acompanhar outros atendimentos realizados por seus amigos. E, ao ouvir o depoimento de muitas pessoas, conscientizou-se de que seus problemas eram pequenos. Ela os tornara grandes, potencializara-os pelo medo, e principalmente porque, de uma maneira que ainda não entendia, se comprazia neles. Era como se a palavra "mudar" não existisse em seu dicionário pessoal e então ficava repetindo, repetindo. Passava um tempo bem, fazia algo diferente e achava que era assim que devia ser. Conformava-se. Depois, sofria, com prazer, o retorno das crises.

Agora a palavra "mudar" constava de seu dicionário pessoal. Significava assumir desafios, buscar conhecimento, fazer coisas novas, conhecer outras pessoas e lugares e conhecer a si mesma de uma forma mais profunda. E não estava falando em conhecer o próprio temperamento, o que queria ou sua cor de esmalte favorita. Conhecer-se era saber o que e quem era, por que e para que estava vivendo. Era pensar a vida de uma perspectiva ampla e não somente o cotidiano e seus sonhos de hoje para amanhã.

Essa era a jornada de suas idas e vindas pelos trilhos de Paris a Nancy. Lembrou-se do tio. Teria muito para conversar com ele no Brasil. Joaquim pegaria o violão — não muito afinado, mas ele não se importava — e dedilharia algumas notas. Com certeza, ele cantaria *Trem das sete*, imitando Raul Seixas. Denise sorriu. Sua vida tinha sido atribulada. Deu-se conta de que havia meses não recordava uma música brasileira, então cantarolou *Trem das sete:*

— Ói, olhe o mal, vem de braços e abraços com o bem num romance astral — cantou e ficou pensativa.

"O bem e o mal na vida humana. Na poesia vivendo um romance astral. O romance da evolução humana", pensou Denise. Carregamos conosco o bem e o mal. O bem é eterno, é obra de Deus; o mal é transitório, é obra da imperfeição humana. A imagem poética é perfeita se olharmos o ser humano em suas inúmeras idas e vindas da Terra. O bem e o mal estão de braços e abraços em nosso íntimo, num romance astral de autotransformação.

As pessoas dirigiram-se à plataforma, o trem estava chegando. Denise sorriu, analisando seus pensamentos e o bem-estar que a envolvia, e congratulou-se. Estava crescendo rápido. Alberto, ao seu lado, deu um meio sorriso, complacente, e considerou de forma realista:

— Está indo bem. Aguardarei o resultado do teste necessário.

Os pensamentos que despertavam bem-estar, calma e sensação de paz em Denise também se deviam à presença dele. E boa parte do teor dos pensamentos dela tinham sido sugeridos por ele. Mas não importava no momento essa distinção. O importante era que Denise mudava e isso permitia um maior e mais próximo contato com seu protetor espiritual.

Desaparecia a sensação angustiante de viver um inferno interior e ter teias de aranha no cérebro, e surgia a sensação de liberdade, calma, mente ativa e alegria de viver. Diga-me o que pensas e te direi com quem andas, parafraseando o dito popular, é a expressão da lei de afinidade e sintonia na matéria e fora dela.

Denise embarcou no trem, sentou-se, pegou o livro *A evolução anímica* na bolsa e acomodou-se no banco à frente de um senhor. Sem querer, acompanhou-lhe os atos. Ele carregava um livro, era um best-seller atual. Olhou para o lado e percebeu uma jovem lendo em um leitor eletrônico. Constatou o hábito da leitura. Tinha notado isso nos primeiros dias. As pessoas tinham os livros por companheiros. Enfim as entendia. Confiante, abriu o seu amigo de papel e viajou para o universo da alma humana e sua fascinante história de desenvolvimento. Uma visão nova sobre natureza e ecologia abriu-se com a leitura. Se antes encantava-se com plantas e animais, agora começava a respeitá-los e a compreender a contribuição pessoal para a preservação do planeta. Se havia um altar onde se devesse ajoelhar para glorificar a Deus, esse altar era a natureza.

Mas à medida que se aproximava de Paris, a ansiedade para se encontrar com Max a distraiu e Denise guardou o livro para entregar-se à doce expectativa. Assim que desceu do trem, viu-o parado, encarando-a. Confiante, caminhou apressada, e depois correu até ele. Abraçaram-se, trocaram beijos rápidos e naturalmente seguiram para a conexão com o metrô que levaria ao apartamento dele.

Bem mais tarde, na cozinha do apartamento de Max, ela preparava baguetes recheadas com atum enquanto ele abria um vinho.

— Pronto — declarou Max, apresentando a garrafa aberta. — Minha parte está feita.

Denise fez uma careta e riu.

— A minha parte é mais complexa. Sente-se e espere — respondeu bem-humorada.

Ele serviu as taças e acomodou-se.

— Quando teremos o resultado dos exames da sua mãe?

— Acho que na terça-feira.

— E já saberemos a data da cirurgia?

— Espero que sim, mas na verdade não sei. No meu país, saúde não é propriamente uma área social prioritária, entende? Pensei em sugerir que viessem para cá. Mas depois de uma conversa com Bertoldo, repensei e mudei de ideia. Ela precisa sentir-se bem e confiante com quem a tratar. Aqui todos seriam estranhos.

Max considerou a sugestão, em silêncio. Recebeu o prato que Denise lhe estendia e elogiou:

— Bonito!

— Aprendi.

— Você disse que vai ao Brasil acompanhar a sua mãe. Penso que deve realmente ir e, se você concordar, eu gostaria de ir também.

Denise sentou-se em frente a ele, surpresa e feliz com o pedido.

— Por quê?

— Não é o momento ideal, mas eu gostaria de conhecer a sua família. E acho que devo estar com você. Mais do que isso, quero estar com você nessa dificuldade. Se fosse comigo, eu gostaria que você fosse, então...

Ela levantou-se, emocionada, e abraçou-o pelas costas, encostando sua face na dele. Beijou-o várias vezes e sussurrou:

— Pode, pode, pode. Não sabia como pedir, mas eu queria muito que você fosse comigo.

Ele sentou-a no colo, acariciou-lhe os cabelos, fitou-a sério, enrolando um cacho dos cabelos dela nos dedos, e disse:

— Eu te amo.

Denise sorriu, enlaçou-lhe o pescoço, encostou o nariz no dele e, com os olhos brilhantes, falando junto à boca de Max, respondeu:

— Eu também te amo muito — e beijou-o apaixonadamente.

Capítulo 38

Saber esperar, dizia Berthe, é a ciência da calma. Porém, só sabe esperar quem aprendeu que o pensamento e os sentimentos são forças que precisam ser conhecidas. O pensamento precisa ser controlado e os sentimentos, disciplinados, orientados. Do contrário, o desequilíbrio e a infelicidade imperam. O espírito adoece. Infelizmente, a mente de muitas pessoas é uma miscelânea. Literalmente elas são atacadas por mil pensamentos. Há um eterno ruído estressando o íntimo e permeando simplesmente tudo, não dando sossego. E sopram ventos de ideias de todos os lados. Como os sentimentos e os pensamentos retroalimentam-se, fica fácil imaginar o imbróglio energético em que a pessoa vive. Ela tem um mal-estar profundo e indefinido, sofre, e não há causa psíquica, emocional ou física. O padecimento é por falta de autoeducação espiritual. Às vezes, querem controlar a vida alheia e não conseguem controlar-se a si mesmos.

Denise olhava a agenda da terça-feira, recordando aquela lição da amiga. Fazia poucos meses que se dedicara de corpo e alma aos atendimentos em Nancy, mas já notava os resultados. As orientações de Berthe eram simples, poderia resumir em poucas palavras: conheça e controle seus pensamentos, direcione suas emoções, ambos para o bem. Procure desenvolver seu senso de valores e a espiritualidade. Seja coerente e encontrará a saúde que vem de dentro, abrirá as portas e os caminhos da vida. Fazemos escolhas interiores.

Venceu o dia. Trabalhou, encontrou seus amigos, cumpriu seus compromissos e aguardou com calma a confirmação do resultado dos exames da mãe. Intimamente sabia que seriam confirmados. A vaga lembrança da visita acompanhada da avó dava-lhe a certeza de que a doença era maligna. Mas não a assustava, não se desesperava.

Fechou a agenda, guardou-a na bolsa. Sorriu. Era exatamente esse o diferencial: não se desesperava. A doença era necessária para Marlene, era para o seu bem, para sua transformação. Como não acolher o processo? Bom, bom, não era. Mas era preciso e estava ali entre eles. Negar não resolveria. Torturar-se também não. A coisa era de fato simples: fazer o que fosse possível, o que fosse necessário e o que Marlene permitisse.

Ah! Em outros tempos teria passado os dias arrancando os cabelos, roendo as unhas e irritando os outros com suas ansiedades e choramingos. Sorriu, reconhecendo que aquela dramaticidade exagerada, aquela sensibilidade à flor da pele, era puro descontrole e uma ode ao sofrimento. Não teria resolvido nada, mas teria dificultado a vida para si mesma e para todos ao seu redor. "Berthe é sábia", reconheceu agradecida.

Olhou o relógio, apertou o botão que informava o horário no Brasil, ainda precisaria esperar algumas horas. Então, pegou um dos livros da semana e viajou em suas páginas.

Antes do previsto, Camila fez contato. Denise colocou o notebook na mesinha e posicionou-os em frente à poltrona.

— Oi, mana. Quais são as novidades? Estava aguardando.

— Confirmado o diagnóstico. Há um tumor maligno, agressivo e relativamente grande na mama direita. Os outros não são, mas por precaução o médico recomendou mastectomia dupla. Foi pesado, ela desmontou. Tava se fazendo de forte, mas na hora H...

— Puxa! Fico com pena, mas é natural. Ninguém é de ferro e não acredito que alguém receba um diagnóstico desses com indiferença. É duro! Fiquei abalada, imagino ela. Coitada!

— Eu também perdi o chão com a notícia. Ela é uma mulher jovem, mas andei lendo a respeito e o médico explicou que é a idade com maior incidência. É a faixa da menopausa ou pós-menopausa, por causa dos hormônios. Mas é uma doença que pode dar em qualquer idade, e até em homens, embora seja mais raro.

— É, eles também têm mamas, embora atrofiadas. E como ela está agora?

— Tomou um calmante leve que o médico prescreveu, levei um leite morno e ela está deitada, apática.

— E o pai?

— Ainda não chegou. Mas já sabe o resultado. Ela ligou pra ele quando chegamos em casa. E você? Vai mesmo vir?

— Sim. Eu e Max iremos.

— Max? Vocês voltaram?

— Nem deu tempo de contar, mana. Voltamos, sim. Apesar desse problema com a mãe, estou feliz por ter conseguido resolver a minha vida. Assinei com a ópera, então irei ao Brasil, acompanharei o máximo que puder o tratamento da mãe e volto a Paris. Meu futuro é aqui, mana.

— Parabéns!!! É bom receber uma, não, duas notícias boas nessa confusão dos últimos dias. Que bom! Vou adorar conhecer o meu cunhado. Ele fala português?

— Poucas palavras. Mas ele vai se esforçar, não se preocupe. Assim você treina. Mas vamos deixar isso pra depois. E você, Camila? Como está?

— Agarrando-me a todos os santos...Haha. Está pesado, não vou negar. Até pelo modo como eles agem, fechados, o pai negando, a mãe tentando ser a mulher-maravilha, sempre durona. Mas, lembra-se da Dora, uma colega de trabalho da mãe?

— Sim, claro. A que a gente chamava de "bonitona".

— Ela mesma. Tem me ajudado muito. Ela realmente é amiga da mãe, não é só aquela coisa de trabalho. Tem nos visitado. Ela frequenta um centro espírita e temos conversado muito. Ela está estudando, então conhece mais do que eu. Tenho ido com ela às reuniões públicas e isso tem me feito bem.

Denise sorriu e, em pensamento, agradeceu aos espíritos que estavam ajudando seus familiares.

— Berthe tem me ensinado a confiar nos planos da vida, como ela chama. Ela diz que a vida nos dá a dor e o remédio. Mas depende da gente buscar o alívio. A dor está conosco, está em nós; e o remédio, em nos abrirmos, aceitarmos fazendo o necessário, o possível, e não acolhendo o desespero.

— Em outras palavras, fazer do limão a limonada. Mas como esse apoio ajuda... Não tenha dúvida. Eu gostaria que a mãe fosse conosco, mas ela resiste.

— Quando ela perceber o bem que faz a você, ela irá. Mas, por enquanto, cuide de você, porque precisa estar forte. Já tem data para a cirurgia?

— Daqui a duas semanas ela será internada e fará os exames pré-operatórios e depois a cirurgia.

— Ainda bem. Foi rápido. Temi que demorasse.

— Puxa, eu acho que demora. Vai mais um mês. Queria já ter ido para o hospital hoje. Esperar nessa situação é tão ruim!

— É, eu concordo. Mas não podemos perder a calma, senão ficará ainda pior.

Elas conversaram até que Camila, alegando cansaço, interrompeu o contato. Denise afastou-se do computador, reclinando-se na poltrona. Percebeu que seus familiares precisavam realmente de energias tranquilizadoras, tal como dissera o espírito da avó.

Fechou os olhos, concentrou-se, fez uma oração pedindo a assistência dos benfeitores espirituais para si e para eles. Com a mente serena, começou a mentalizá-los, um a um, envolvendo-os da cabeça aos pés em uma energia calmante, que via num suave tom de rosa pálido. Após vinte minutos, desligou-se deles. Sentia-se bem, leve, porém fraca. Seguiu as instruções de Berthe, fazendo exercícios de respiração, alongamento rápido e foi até a geladeira servir-se de um generoso copo de suco de laranja.

Ouviu o barulho da fechadura da porta e alegrou-se. Charlotte estava em casa.

— Olá! — falou a francesa, incrivelmente bem-disposta àquela hora da noite.

— Oi! — respondeu Denise, surgindo no vão de acesso à sala. — Animada, hein? Podemos comemorar?

Charlotte esboçou um largo sorriso e abriu os braços para a amiga, declarando:

— Contratada! Estou contratada e começo na próxima semana.

— Uau! Parabéns!!! — cumprimentou Denise, feliz, abraçando-a. — *Merde! Merde! Merde!*

Charlotte dava pulinhos abraçada à Denise, repetindo a tradicional saudação de boa sorte. Seus olhos brilhavam, aliás, ela resplandecia.

— Estou tão feliz! Consegui o emprego que queria, tenho um namorado que adoro e me adora, estou saudável, tenho amigos queridos, a vida é mesmo uma dádiva!

Denise abraçou-a apertado e enfatizou:

— Você merece! A vida ajuda a quem se ajuda e retribui os nossos esforços. E eu aprendi isso com você.

Charlotte balançou a cabeça, como querendo dizer: "isso é tão comum". Ela não sabia o que era carecer de força, melhor dizendo, de vontade para levantar-se. Charlotte tinha alma de guerreira e Denise a admirava e aprendia a encarar a vida sorrindo, aceitando o presente do dia, fosse do seu agrado ou não, e seguir adiante. Ela tinha flexibilidade. Era uma bailarina, ágil, flexível e leve no trato da vida interior, emocional e intelectual.

Charlotte foi servir-se de suco e de um sanduíche e relatou a Denise a aventura da tarde, a entrevista, o local de trabalho, as possibilidades de crescimento. Estava empolgadíssima.

Naquele clima alegre, descontraído e produtivo, a semana de Denise voou. Apenas a doença de Marlene lançava uma sombra no horizonte, mas ela procurava manter-se esperançosa e confiante. Fizera as preces pela família diariamente. Sentia-se bem. Era uma forma de ajudá-los. Surpreendera-se quando Camila confessara que não sabia como, mas estavam conseguindo forças e melhorando o clima em casa e havia momentos em que se sentia envolvida por uma calma tão boa que tinha a sensação de ser capaz de enfrentar qualquer adversidade e resolver tudo sem estresse. Estava confiante de que "tudo passaria". Era um exemplo das comprovações de que lhe falava Berthe. "São elas que nos fortificam e gratificam, minha querida. Não há trabalho exaustivo ou pesado que você não esqueça quando vê quem atendeu melhor. É gratificante! O bem não precisa de pagamento, porque o amor só com o amor se paga. E quem ama o que faz, contenta-se com o bem que fez, sem esperar nada do outro. O amor pelo trabalho que realiza lhe dá toda felicidade que precisa."

Os preparativos para a viagem ao Brasil estavam prontos. Ela e Max embarcariam em dez dias, chegariam à véspera da cirurgia de Marlene.

Naquela sexta-feira, os dois casais trabalhavam concluindo a arrumação da nova cozinha do apartamento de Maurice e Charlotte. Preparativos finais para a transformação do antigo apartamento de homem solteiro em lar do casal.

— E eu que pensei que tinha tudo. — dizia Maurice, olhando as caixas empilhadas sobre a mesa.

— Quase, meu amor, você tinha quase tudo. — respondeu Charlotte, fazendo beicinho e acariciando-lhe os cabelos rapidamente.

— Vocês, mulheres, precisam de coisas demais. — protestou Maurice, zombando.

— De acordo. — respondeu Max, entrando com outra caixa. — Onde coloco isso, Charlotte? Está pesada!

— Coloque sobre a bancada, ao lado do fogão. São talheres e tábuas.

Os dois homens se olharam e riram, balançando a cabeça, mas, cordatos, ajudaram Charlotte e Denise a arrumar os armários.

Terminada a organização da cozinha, colocaram para assar uma pizza congelada e abriram uma garrafa de vinho.

Cansados, sentaram-se na sala para relaxar e conversar. Planejaram o fim de semana em Nancy. Iriam juntos. Berthe os aguardava.

Capítulo 39

Berthe sentou-se. O trabalho com Denise evoluíra com impressionante rapidez e desenvoltura. Ela era uma sonâmbula natural e dócil. Nessa sessão, esperava que, com a permissão dos mentores espirituais, ela pudesse tornar-se lúcida e que, ao regressar do transe, recordasse as experiências vividas.

— Você está bem? — perguntou-lhe Berthe.

— Sim.

— Está sozinha?

— Não. Há três pessoas comigo.

— Sabe quem são?

— Eles disseram ser minha avó Amélia, Alberto, meu mentor espiritual, e o outro é o mentor espiritual de Anton.

— Muito bem. Alberto autoriza-nos a voltar ao passado de Georgette, em Gordes, 1812?

— Sim.

— Então, recorde, Denise. Retorne no tempo e volte à personalidade de Georgette. Lembre-se. Volte. Busque a solução dos seus conflitos, dos seus medos. Volte para libertar-se do passado. Conte-nos a história de Georgette e Anton.

Alguns segundos se passaram, em silêncio. Bertoldo concentrava-se em preces, auxiliando o clima do trabalho; Berthe mantinha-se atenta, contemplando com paciência a sonâmbula.

Sabia que não devia interferir, mas apenas aguardar. Até que Denise, com a voz levemente modificada, mais doce e rouca, começou a falar.

— Nasci em Gordes, mas meus pais foram embora pouco depois do meu nascimento. Eles não concordavam com meu tio, o chefe da família, e com o padre responsável pela abadia. Meu pai tinha horror a padres. Fugiu deles. Mudaram-se para Roussillon, onde cresci. Um vilarejo lindo, ensolarado, colorido. As casas são de barro ocre, é um local alegre, quente. Meus pais são agricultores, cultivam lavanda, alecrim e outras ervas. Nossa casa é simples, pequena, e possui um cravo antigo. Meu pai sabe tocar, e todos os dias, no fim da tarde, ele toca. "Hábitos de um nobre falido ou de um rico que empobreceu", dizia ele. Mas Gérard Lefreve amava a música. Eu e mamãe éramos seu coral de anjos. Lembro-me que eu era muito pequena e minha mãe, Dorotea, colocava-me sobre seus joelhos e murmurava as cantigas para eu repetir, bem devagar, até decorá-las. Então, cantávamos. Parece que ouço aquelas cantigas alegres. Havia muito amor na nossa casa. Nunca vi meus pais discutirem. Eles conversavam e riam o dia todo, quer estivéssemos na lavoura, quer estivéssemos cantando à noite. Eu me parecia com minha mãe. Ambas tínhamos os cabelos loiros, longos, olhos grandes cinzentos e pele muito clara. Minha mãe trançava meus cabelos e colocava lenço e chapéu sobre eles. Tudo para proteger-me das sardas — Denise riu baixinho. — Um sonho ingênuo e impossível. Nós tínhamos sardas, vivíamos ao sol. Meu pai achava bonito. Me lembro de vê-lo beijar as manchas no meu nariz e também em mamãe. Enquanto eles trabalhavam, eu brincava nas lavouras lilases. Eu adorava a primavera, especialmente quando se aproximava o verão. As lavouras floriam e o perfume delas, logo cedo, misturado ao orvalho, era delicioso. Jamais esqueci a felicidade, a alegria e o cheiro daqueles campos. Eu corria e brincava com os pássaros, com os bichinhos que viviam por ali. Eu acreditava que era uma fada, era a minha fantasia preferida.

Ela calou-se, seus olhos, fechados, moviam-se rapidamente de um lado para outro. Virava a cabeça contrariada, denunciando que as lembranças tinham uma carga emocional diversa, pois até então Denise mantivera-se calma, relaxada, e somente a voz sofrera ligeira mudança.

— Odeio Napoleão Bonaparte. Ele não nos deu paz. Também... como alguém que leva a morte e a destruição aos outros seria capaz de dar a paz aos seus? Ele sangrava o povo, especialmente os camponeses. Seus soldados saqueavam e desrespeitavam sem piedade. Eram bárbaros, animais. Não! Animais não agem daquele modo. Eu o odeio. Ah, se pego aquele infeliz! Esgano ele. Não me importo que me enforquem. Ele é tirano e cruel.

— Calma, querida — pediu Berthe, interferindo delicadamente. — Isso é passado. A raiva traz consigo muita energia e precisa ser bem conduzida. É preciso ter muita lucidez para dirigir a raiva e usar essa energia de forma positiva para dar-lhe determinação e aumentar a vontade. Do contrário, ela é uma reação infantil e violenta que causa estragos na vida. Calma! Diga-me por que Georgette odeia tanto Napoleão.

— Os soldados dele mataram meus pais — declarou a sonâmbula, caindo em pranto copioso.

— Chore, meu bem. Isso lhe permitirá prosseguir mais serena.

Berthe deixou-a extravasar as emoções durante alguns minutos e, percebendo que estava mais calma, determinou:

— Retome as lembranças. Conte-me o que aconteceu após a morte de seus pais.

— Meu tio foi avisado e veio me buscar. Escapei da morte porque estava brincando num córrego do outro lado da lavoura, longe de casa. Os soldados eram maus, eles saquearam tudo que tínhamos, e na casa de outros vizinhos fizeram a mesma coisa. Só diziam que tinham fome, que a vida das batalhas era dura para garantir que ficássemos ali plantando florzinhas. Isso era mentira. Nós não queríamos guerra. Meu tio chegou no dia do enterro dos meus pais. Foi um dia muito triste. E como haviam morrido várias pessoas, o padre resolveu colocar todos os mortos na igreja e reunir toda a vila para o funeral.

Eu estava muito assustada. Lembro-me de que segurei a mão da irmã Martha o tempo todo. Ela era muito boa. As pessoas choravam e, às vezes, falavam furiosas, outras pareciam loucas. Eu era criança, mas notei que elas agiam de um modo estranho. Eu tinha medo, um medo terrível. Não entendia por que aquilo havia acontecido nem o que seria da minha vida. Mas sabia que as pessoas que morriam não voltavam mais. Fiquei todas aquelas horas agarrada à mão da irmã Martha. Às vezes, ela me abraçava. Meu medo era tanto que eu não conseguia chorar. Doía-me a garganta, mas eu não chorava. Isso foi assim desde que eu os encontrei mortos na lavoura. A última coisa que me lembro deles foi de me beijarem a cabeça como faziam todas as manhãs e recomendarem cuidado. Quando voltei, eles estavam feridos, muito feridos, ensanguentados e não falavam nem me viam mais. Estavam mortos. No chão, caídos sobre as plantas. Os vizinhos correram e me encontraram ali. Nas lavouras deles também tinha acontecido aquela barbárie. Simplesmente eles matavam, não deixavam feridos. Aqueles que sobreviveram contaram o que aconteceu. Levaram-me para irmã Martha. Ela e a outra freira ensinavam as crianças da paróquia. Mas haviam restado poucas crianças camponesas. Muitas estavam na igreja para serem enterradas com seus pais. Éramos poucos órfãos, a maioria eram bebês, a maior era eu. Por isso, o padre mandou chamar meu tio, em Gordes. Além do mais, ele era rico e poderia cuidar da sobrinha. Ele veio por obrigação. Levou-me para Gordes. Lá, meu único consolo era a amizade de irmã Martha e o amor de Anton.

— Quem era Anton? Como e quando você o conheceu? — perguntou Berthe.

— Anton era um dos monges trapistas que ainda viviam na abadia de Gordes. Ele era o encarregado da educação dos meus primos. Eu o conheci nos primeiros dias após a mudança. Eu ainda tinha muito medo, sentia-me muito sozinha e triste. Estava perdida naquela casa de pedra, cheia de quartos, salas e escadas. Tudo era o oposto da minha vida. Antes eu morava numa casa pequena, feita de barro, de cor ocre. Era arejada, cheia de flores, tinha aromas, sons e alegria. Meu tio tinha um palacete, feito de pedra, como quase todas as construções de Gordes. Era uma casa antiga, fria, silenciosa, com um pé-direito alto, e o único cheiro que se sentia era na primavera, quando floriam as lavandas. Mas aí o ar ficava impregnado e era o mesmo em toda a vila. Minha tia era uma mulher fechada, distante. Não gostou que eu fosse para a casa dela. Lembro-me quando me perguntou: "Que idade você tem, Georgette?". E eu disse: "Onze anos". Ela olhou-me, avaliou-me para dizer a verdade, e respondeu: "Uma menina bem bonitinha. Onze anos... Isso é bom. Com quinze poderemos casá-la". Depois, chamou uma criada e mandou que me levasse ao quarto que tinham arrumado para mim. E as atenções que recebi de tia Margareth foram essas, sempre frias, práticas e distantes. Uma hóspede, por alguns anos, que ela teria a obrigação de casar para se livrar.

— Sim, entendemos. Mas volte para Anton — determinou Berthe, orientando as recordações de Denise.

— Anton era um homem jovem. Eu o achava bonito e ele foi o único a dar-me atenção em Gordes. Ele tirou-me daquela tristeza, da solidão e do frio. Anton tornou-se o sol para mim. Vivi apenas para esperá-lo. Sinto, ou melhor, senti falta dele desde cedo. Eu sabia que não devia, mas entre saber e querer nem sempre há concordância. E eu o chamei, chamei muito. Fiquei viciada nele, eu acho.

— Você está falando de quando foi Georgette ou de agora, como Denise Pereira? — perguntou Berthe.

— Das duas, porque eu sou ambas. Como Georgette, de início, não entendi o que estava sentindo nem o que estava acontecendo. Eu tinha onze anos, mas meus pais prolongaram muito a minha infância e eu era ingênua demais. Não sabia que mulheres menstruavam, nem tinha qualquer ideia a respeito de sexo. Anton ensinou-me tudo. A princípio, eu sentia falta do colo do meu pai, sentia falta de ser abraçada e acariciada como uma criança que toda vida fora muito acostumada a receber carinhos e, de repente, me vi privada de tudo, vivendo numa casa gelada, em todos os aspectos. Eu sentia tanto frio lá, que até meus ossos gelavam e tremiam. Era uma carência tão dolorosa! Tão dolorosa! Eu me sentia perdida. Isso durou alguns meses. Anton ia lá, era preceptor dos meus primos. E eu não podia assistir às aulas, mas não tinha o que fazer, então eu vagava pelos corredores como uma pequena alma penada, perdida naquele casarão. Acabei ouvindo as aulas atrás da porta. Aquilo me distraía e Anton tinha uma voz linda, grave, profunda. Ele falava com calma, e ouvi-lo me acalmava. Aquilo deu sentido aos meus dias, ocupava minha mente. Um dia, ele chegou mais cedo. Meus tios não estavam em casa e eu me atrevi a chegar perto do cravo que era do meu pai. Ele estava na biblioteca, onde Anton ensinava meus primos. Tinham levado o instrumento porque havia pertencido a minha avó e era caro. Só o que se aproveitava da minha casa, era o que meu tio dizia. Fui até a biblioteca e fiquei um bom tempo olhando para o instrumento, chorando, e acariciando-o ao mesmo tempo. Sem perceber, dedilhei uma canção que meus pais gostavam e que cantávamos muito. Anton entrou e eu não vi, mas ele se aproximou de mim, cantando baixinho, acompanhando-me. Ele sentou-se na banqueta e eu me sentei no colo dele, como fazia com meu pai. Anton me abraçou e sussurrou no meu ouvido: "Você toca muito bem. Sabe cantar?". Eu balancei a cabeça dizendo que sim. Terminamos a música e ele começou a tocar outra. Eu conhecia a música, eram todas bem populares. Tocávamos e cantávamos aquelas músicas nas festas da paróquia e em casa. Ele me disse: "Cante! Cantar faz bem para a alma. Cante, minha criança". Eu obedeci e vi que ele me olhava admirado. Quando estávamos terminando, ele repetia: "Um pequeno rouxinol, um pequeno rouxinol. Você tem uma voz linda e canta muito bem. Quem a ensinou?". Eu lhe contei sobre meus pais, sobre como era a minha vida e consegui falar de tudo que estava sentindo. Ele me abraçou, me beijou os cabelos, acariciou meu rosto e me disse que nunca mais eu ficaria sozinha, que ele iria cuidar de mim. E foi assim que tudo começou. Ele falou com meus tios, enalteceu meu talento e pediu permissão para que eu o acompanhasse e cantasse nas cerimônias religiosas. Não era algo comum. Meninas não tinham funções nas cerimônias, mas eu era uma órfã e naquela época a abadia estava decadente. Poucos monges viviam lá e a novidade acabou sendo bem recebida. Com isso, Anton passou a fazer parte dos meus dias. Ele era apaixonado por música e adorava compor. Mas estava com os monges havia muitos anos. Assim como eu, ele também ficara órfão cedo e a igreja fora seu lar. A vida religiosa não era um peso ou o fazia infeliz, mas tampouco fora livre escolha. E foi assim que cresci em Gordes e encontrei a felicidade no colo de Anton. Eu era o seu pequeno rouxinol. Eu cantava na janela da casa do meu tio para chamá-lo, para que ele andasse mais depressa de manhã quando vinha ensinar meus primos. Quando eu tinha treze, quase catorze anos, tornamo-nos amantes. E um ano depois, decidi entrar para a Igreja, pois minha tia considerava que era tempo de casar-me. Acredito que ela desconfiava do relacionamento que havia entre mim e Anton.

— Você foi para a Igreja? — questionou Berthe, surpresa.

— Sim, fui. Ingressei na ordem trapista. Irmã Martha, nessa época, era a madre responsável pelo convento feminino.

A sonâmbula calou-se, emocionada. Parecia sentir vivamente aquelas lembranças.

— Irmã Martha sabia de tudo. Era uma santa mulher, nunca me julgou, nem me recusou abrigo em seu convento, mesmo sabendo ou desconfiando do relacionamento que havia entre mim e Anton. Ela me amava, de verdade, pelo que eu era. Fui muito feliz na ordem. Aqueles princípios austeros, o trabalho, a simplicidade, a hora do canto. Eu tinha sido educada para aquele tipo de vida. As plantações, o trabalho com a comunidade, a convivência com outras mulheres, eu adorava, mas sabia que havia um preço pelo segredo, pelo amor proibido que vivíamos. Sempre soubemos. Cantar em Thoronet era uma experiência divina. Eu e Anton cantávamos com perfeição naquela acústica privilegiada. Era preciso uma harmonia perfeita, e nós tínhamos. Cantávamos um para o outro. E vivemos assim por mais de uma década. Então, vieram os problemas.

A sonâmbula começou a tossir e dar sinais de falta de ar, de sentir-se sufocada. Notas de desespero soavam em suas falas entrecortadas. Uma mão no pescoço e outra no estômago eram sugestivas. Berthe trocou olhares com o amigo. Bertoldo balançou a cabeça, penalizado. A situação era óbvia.

— Mantenha a calma — pediu Berthe, falando baixo e pausadamente. — Estamos lidando com lembranças, tudo isso é passado. Nosso propósito é entender seus medos, seus traumas e sua ligação com Anton. Você está indo muito bem. Foque sua atenção em resumir qual foi o problema.

— Queriam nos separar, desejavam mandar Anton para longe. Muito longe. E eu também. Nossa ordem enfrentava problemas, éramos poucos e o governo de Napoleão III não nos apoiava. Estavam desmantelando as abadias. Sénanque tinha meia dúzia de monges; Thoronet, um pouco mais. A nossa tinha os conversos e isso aumentava o trabalho e a renda, mas, mesmo assim, não tínhamos como fazer frente à decisão dos superiores. Anton seria enviado para as terras do chamado Novo Mundo com os outros monges e nós, mulheres, iríamos para o norte da Europa ou em missões para a África. Foi então que decidi apelar para meu tio. Ele era rico e influente, e a Igreja sempre foi sensível a esses fiéis de forma especial. Eu e irmã Martha fomos a Gordes. Ah, meu Deus! Se arrependimento matasse... Mas eu tinha que tentar, era nossa última esperança. Precisávamos mostrar que a ordem era viável. Sabíamos que estávamos indo contra as regras, afinal, os trapistas eram uma ordem reformista. Não chegávamos nem perto dos reformadores alemães ou ingleses, de Lutero, Calvino, mas a França era um território não muito sereno para o poder de Roma. Tínhamos questões pontuais, como os huguenotes. E a severidade dos princípios trapistas com relação ao uso do dinheiro e do poder incomodava-os. Essa era nossa maior questão. Nossas igrejas e abadias eram simples, sem pinturas, sem esculturas, sem ouro. Nossas comunidades trabalhavam pelo autossustento, sem gerar lucros, e o pouco que sobrava era empregado no atendimento de pobres e doentes. Nosso apreço era por viver a arte, não por cultuar artistas e obras. Mesmo no auge, séculos antes, nossas abadias mantinham-se singelas. Apenas a beleza da arquitetura. Meu tio poderia ser a nossa salvação e sabíamos que estávamos negociando com o demônio, cedendo em questões que poderiam determinar nossa excomunhão da ordem. Ele era devoto de Notre-Dame de la Garde e contribuía com enormes somas para a restauração da igreja, assim como muitos comerciantes marítimos. A origem desse dinheiro era tida como legítima, embora todos soubessem que se devesse ao comércio de escravos. Mas a nossa ordem já estava desmantelada, os beneditinos a engoliam, como uma cobra engole sua presa. Ele ironizou nosso pedido, desprezou-nos e denunciou-nos ao bispo beneditino que ganhava prestígio na Provença. Eu o odiei e odiei Notre-Dame de la Garde e suas belezas. Meu tio precipitou o nosso fim. Ele denunciou Anton, acusou-o de crimes sexuais contra crianças, jovens conversos e com votos e de corrupção. Expôs nosso relacionamento. Foi o fim. A comunidade de conversos foi banida, as pessoas jogadas na rua, na miséria. As terras foram arrendadas aos nobres e ricos, entre eles meu tio. As monjas, entre elas irmã Martha, foram encaminhadas para missões nas Américas, Haiti e Honduras, onde meu tio traficava escravos. E os monges receberam ordem de partir para o Novo Mundo. Eu e Anton não suportaríamos a vida separados. Eu não suportaria outra perda. Recusava-me a pensar e a sofrer. Então, às vésperas da data derradeira, Anton propôs-me um pacto: nunca nos separaríamos, ninguém ficaria entre nós, jamais nos afastaríamos um do outro, fosse naquela vida ou no além, não importava se no céu ou no inferno, desde que estivéssemos juntos. Demorei a entender do que ele falava, pois a morte não era propriamente algo que eu cogitasse. Pensava em fugir, em assumir outra identidade, em ir para algum lugar bem longe e viver numa casinha simples. Até numa toca eu seria feliz se ele estivesse comigo. Mas Anton era teimoso, orgulhoso e muito persuasivo. Convenceu-me de que meus sonhos eram bobagens e que jamais fugiríamos dos olhos da Igreja, afinal ela tinha poder em todo o mundo. E ele estava sendo acusado de crimes graves e não tinha defesa.

Dizia que ninguém tinha, e que os tribunais eclesiásticos faziam o que queriam. Ele não era influente na Igreja, era só um monge trapista que amava a música e aquela vida simples e pobre, que era a única que conhecia. Acabaríamos podres em uma cela, numa morte cheia de dor e agonia. E seríamos separados, com certeza. Desesperei-me. Era tarde da noite e estávamos na sala capitular da nossa abadia. Era onde nos encontrávamos escondidos à noite. Então ele apresentou-me um frasco e disse-me que nossa única saída era morrermos juntos, unidos no ato de amor. Aquela seria a melhor morte, o fim dos problemas, e Deus nos perdoaria, pois fazíamos aquilo por amor. Eu aceitei. Selamos o pacto bebendo o veneno juntos e esperamos a morte um nos braços do outro. Não foi tão fácil, nem tão bonito como ele havia descrito. Eu morri nos braços dele, senti-o me beijar e apertar em meio à terrível queimação da garganta, do esôfago, senti meu estômago desmanchar, abrir-se em feridas, e o sangue jorrar por minha boca. Foi horrível, ainda me sinto sufocar. Falta-me o ar. Mas eu o ouvia jurar que me amava e que para sempre cumpriria o nosso pacto. Dizia que enfim eu era completamente dele. Ele morreu algumas horas depois de mim. A agonia dele foi maior.

A sonâmbula caiu em choro comovido e repetia:

— Meu Deus, como me arrependi do que fiz! Quanto sofri! Foi horrível! Horrível! Me arrependi muito. Foi horrível! Sinto falta de ar, da boca ao estômago tudo arde, está queimando. Ele diz que me ama, mas eu não quero morrer. Nããāooo!

— Denise! Denise! Calma! Isso é passado. Você está revivendo lembranças com alta carga emocional, mas é passado. Já aconteceu, agora são lembranças. É bom que tenha se arrependido do suicídio. É um ato que só aumenta o sofrimento. Por fim, a vida física não resolve absolutamente nada. É um grande engano! Viver é mais do que um direito de todos nós, é uma necessidade. Precisamos das experiências na matéria para desenvolver nossas potencialidades emocionais, intelectuais e morais. É para isso que nascemos, morremos e renascemos inúmeras vezes na Terra: para evoluir. O suicídio acrescenta altas doses de sofrimento a esse processo. Enfrentar os desafios da vida de cabeça erguida, confiar no melhor e saber que Deus deseja o nosso bem, e só o nosso bem, é o caminho, querida. Que essa ideia infeliz não encontre mais espaço em sua mente. Com as lembranças desse passado revisitado, traga esse medo enorme e sem domínio que povoou seu íntimo e liberte-se. Lance fora mágoas, rancores, ressentimentos, raivas, ódios, medos, sentimentos destrutivos ou paralisantes e perdoe o que os gerou, retire toda carga emocional desses fatos. Liberte-se, perdoe-se, perdoe os que conviveram com você e despeça-se de Anton. Ele pertence ao passado. No momento, está no plano espiritual e ainda precisa enfrentar um processo de autoconhecimento, precisa confrontar seus sentimentos, crenças, valores e vivências. Ele ainda não se arrependeu do que fez, permanece preso àqueles fatos. Crê no pacto que fizeram e cobra sua execução. Analise essas lembranças, querida. É uma história de um amor possessivo, obsessivo, na verdade. Nossa forma de amar ainda é um amor cheio de falhas, ressente-se da nossa própria evolução, por isso muitas vezes amor rima com dor. Mas não deve ser assim. Conforme evoluímos espiritualmente, entendemos que o amor liberta, o amor satisfaz a quem ama, ele nos torna felizes por descobrirmos essa imensa força e capacidade em nós. Um amor que se projeta exclusivo sobre outra pessoa, que gera dependência, apego, carência e sofrimento é uma semente que nasce em um campo eivado de erva daninha. Para que floresça forte e saudável, carregando alegria, paz, felicidade e força, será preciso limpar esse terreno. A afinidade entre vocês era o amor pela música e a carência da orfandade, aliada a grande dose de paixão sexual, o que é normal, mas não pode dirigir as decisões. Você, hoje, no ano de 2013, é um espírito reencarnado como uma jovem mulher e tem pela frente um futuro repleto de oportunidades. Hoje você é Denise Pereira, a personalidade Georgette é passado, liberte-se dessas vivências, deixando-as sepultadas, não reassuma as carências e fantasias de Georgette nem reviva esse amor obsessivo. Aproveite a oportunidade do dia presente e viva-o com equilíbrio.

Berthe calou-se e observou sua atendida. Denise estava calma e serena. A sombra de um sorriso se desenhava em seu rosto marcado pelas emoções do passado.

— Sim, eu farei isso. Irmã Martha, minha avó Amélia nessa existência, diz para eu viver e ser feliz, valorizando o que tenho. Ela reencarnou perto de mim, do grupo. Mas eu não reconheço meu pai, nem minha irmã.

— Isso, com certeza, não é necessário, nem útil, por isso não foi permitido pelos mentores espirituais que nos assistem. A vida é dinâmica, na roda das encarnações entram seres novos em nossas vidas e outros se afastam. Mas tudo se realiza visando o melhor aproveitamento para todos. Além do mais, com alguns espíritos temos relacionamentos a ajustar, outros se aproximam para ajudar, e, por fim, lembre-se de que você não viveu apenas como Georgette. Você é velha, meu bem! Muito velha! Todos somos. Quem garante que essas pessoas não tenham vínculos ainda mais antigos com você? E jamais se esqueça: a vida não é só passado, ela é, principalmente, presente e futuro. Não trave a roda da sua evolução. Você se dispõe a perdoar-se, a perdoar esse passado?

— Sim. Eu o encerro e o esquecerei.

— Fortaleça ao máximo sua vontade de viver o presente, aqui e agora, com olhos no futuro, buscando crescer em paz, com saúde e felicidade.

Berthe levantou-se, fez passes transversais sobre Denise, acrescentando um sopro frio na região entre os olhos, e ordenou-lhe:

— Desperte e guarde na memória o necessário para libertar-se das angústias e dos medos que a afligiam. Desperte!

Denise pestanejou, sentia-se confusa e cansada. Lentamente, recobrou as lembranças. Tivera um sono magnético lúcido, consciente. Relatou a Berthe e Bertoldo suas impressões, dispensando a fita gravada. Trocaram ideias, e Denise, ao final, sentia-se leve, livre e disposta. Estava confortável em si mesma, após muitos anos de uma cruel tortura de insatisfação, medo, estranheza, solidão, de ter teia de aranha no cérebro, saudades inexplicáveis e viver sob o comando da voz e da vontade alheias. Enfim sentia-se bem e livre. Havia espaço em seu íntimo.

Epílogo

Anton acompanhou as mudanças de Denise, revoltou-se, sentiu-se enfraquecer, enfureceu, mas simplesmente a força de vontade dela mudou a energia ao redor e impediu seu acesso. Ela tornou-se senhora da própria mente e o pensamento dele não a alcançava. Denise havia voado para longe. Ele estava destruído. Vivera anos a fio, o suficiente para compor séculos, fugindo de si mesmo, agarrando-se a outras pessoas como um parasita, sugando-lhes as forças. Georgette fora a raiz perfeita sobre a qual se estabeleceu naquele passado longínquo e que manteve sob seu domínio por mais de duzentos anos.

Iludimo-nos quando pensamos que os fortes dominam e oprimem. Os verdadeiramente fortes são livres e libertam. O forte oprime o fraco em força física, em economia, e, ainda nisso, quando lhe falta inteligência, pois é mais seguro impulsionar o progresso do que oprimir. É a fraqueza moral que oprime. O orgulho, o medo, a carência, o apego e todo seu cortejo de afiliados são opressores. Anton era uma personalidade marcada por esses sentimentos em larga escala. Seu histórico reencarnatório era um quadro repetitivo. Como não poderia deixar de ser, para mudar a história é preciso mudar o ser humano. E ele, como toda pessoa dominada pelo medo, era conservador e teimoso em suas atitudes, orgulhoso, mantinha opiniões arraigadas e não cedia. Inflexível, típico de um intelecto pouco desenvolvido, de uma mente não afeita à reflexão. Então, impõe suas vontades, domina, oprime, vive amores exigentes e obsessivos, numa palavra, sufocantes. É o popular “amor que mata”. Como espíritos não morrem, o amor dele maltratava. Sentia-se injustiçado, traído e abandonado. A paixão ameaçava tornar-se ira. Uma mente como a dele é fértil em fantasias para justificar-se e fazer-se de vítima, de incompreendido e carente.

Alberto e Endrigo, o mentor espiritual de Anton, assistiam à ruminação mental que ele fazia, apoiado na antiga árvore no Museu de Balzac. Não era difícil deduzir por que ele estava ali. Atribuía a mudança de Denise à conversa com Maurice. Foi ali, naquele jardim, que pela primeira vez ela reagiu contra a vontade dele e não o obedeceu. A partir dali perdera rapidamente o poder sobre ela. E culminava no fato de ela sentir piedade dele e esquecê-lo, julgando-se capaz de viver sozinha.

— Quanto ele ainda precisará sofrer? — indagou Alberto.

— O sofrimento é autoimposto, meu amigo, bem sabemos disso. Somos os criadores dele. Assim, depende de cada um pôr fim ao seu sofrimento. Quanto antes Anton decidir aprender e libertar-se dessas inferioridades que cultiva tão zelosamente, dessa forma pateticamente romântica de viver e amar que os iludidos apreciam, mais cedo será livre e feliz. Quem construiu essa prisão foi ele. Sempre que posso digo-lhe que a chave está nas mãos dele, ou melhor, no uso da vontade. É usar e abrir. Mas... ele teima. A mudança dela poderá ajudá-lo, fazê-lo refletir — disse Endrigo.

— É, espero que sim. Mas sabemos que Denise não foi a primeira pessoa a sofrer essa ação por parte de Anton — lembrou Alberto.

— Sim, é claro. Houve Kerstin e, antes dela, Eleanora. Anton não sabe o que é o amor nem o que é amar. Ele tem apego, paixão, possessão sobre o objeto de seu afeto. Isso é triste, porque reflete o interior dele. Meu protegido ainda tem um longo caminho a percorrer, e a maior dificuldade é não abrir-se ao aprendizado. Planejamos o retorno dele à matéria. A libertação de Denise o fará consumir-se, como aconteceu nas outras situações. Enfraquecido, ele cederá e iniciará um processo reencarnatório forçado, obrigatório.

Alberto balançou a cabeça, compadecido, e comentou:

— Espero não vê-lo como muitos que reencarnam nessa condição e depois, a toda e qualquer hora, dizem que viver é um castigo.

Endrigo observou, resignado e paciente, seu tutelado.

— Eu também, mas isso dependerá dele. A vida oferece a todos o melhor, o necessário para progredir, crescer e ser feliz. Abraçar essa realidade e vivê-la depende da vontade de cada um. É questão de maturidade. Por ora, vamos levá-lo a uma colônia espiritual para que se refaça, e na esperança de que abra a mente e possamos trabalhar juntos no planejamento da nova reencarnação.

Anton, fixado e fechado na ruminação mental que fazia, não percebia a assistência dos benfeitores espirituais. Mas estava fraco, acostumara-se a conviver com as energias de Denise, e sentia falta delas. Endrigo não teve dificuldade em adormecê-lo usando a própria repetição mental que fazia para hipnotizá-lo. Limitou-se a interferir mentalmente, repetindo, como uma cantilena, o nome de Georgette. Aliou a isso a ação de sua vontade e sentimentos, envolvendo Anton em energia calmante, e ele, ainda muito materializado, perdeu a consciência.

Endrigo tomou-o nos braços, como se fosse uma criança adormecida, e, sorrindo para Alberto, disse:

— Sucesso na sua missão junto a sua protegida!

— Obrigado, desejo-lhe o mesmo. Se precisar de mim...

Endrigo acenou e partiu, levando Anton.

Alberto sentou-se no banco de concreto e mentalmente agradeceu a Deus a solução daquele conflito. A ação obsessiva de Anton sobre Denise ameaçava pôr em risco o planejamento da existência dela. Havia sido uma prova longa, mas enfim ela crescia e tinha vontade de vencer.

Denise e Max chegaram ao Brasil dois dias antes da data da cirurgia de Marlene. A visita do rapaz propiciou uma bem-vinda mudança no clima da família, até então centrado na doença e em Marlene. O namorado francês da filha alterava completamente o foco de interesse. A própria enferma transformou-se. Max era um rapaz muito atraente, possuía uma personalidade cativante e soube conquistar a simpatia dela. Marlene considerou promissor o mercado de música new age e muito interessante os seus projetos de trabalho. Camila arregalou os olhos ao ouvir a conversa e esforçou-se para conter o riso, dando-se por satisfeita em retirar as louças da mesa, após o jantar, e ir arrumar a cozinha com Denise.

— Será que mamãe está entendendo o inglês com sotaque francês de Max? — perguntou a Denise, fingindo espanto. — Você ouviu o que ela disse sobre música new age? Eu nem imaginava que ela soubesse do que se trata!

Denise ficara penalizada com a aparência pálida e abatida da mãe. Marlene emagrecera, tinha olheiras e havia medo em seus olhos. Apoiada ao balcão, lembrando-se disso, respondeu:

— Sei lá, mana! Mas ela até está mais corada e não está encolhida como quando chegamos. Parece mais alegre e descontraída. Acredito que, no esforço de conversar com Max, ela e o pai esquecem a doença. O ânimo melhor ajudará no sucesso da cirurgia e na recuperação. Pensando bem, acho que pedirei que ela leve o Max para passear pela cidade amanhã. Ela pode mostrá-lo às amigas e o dia passará rápido, sem que ela fique se torturando com a hora de ir para o hospital.

— Boa ideia! Será que ele vai gostar?

— Falarei com ele, mas acho que irá de boa vontade. Max gosta de ajudar as pessoas. Eu lhe contei sobre o trabalho que ele faz com os imigrantes africanos em Paris?

— O africano que lhe ensinou aqueles provérbios que você postava? Sim, falou. Muito legal! Gostei do cunhado. Desejo que dê tudo certo entre vocês.

Denise sorriu e, brincando, cruzou os dedos e beijou-os ao dizer:

— Dará sim!

Conversando muito, concluíram a tarefa doméstica, prepararam a bandeja com chá e voltaram à sala.

Na manhã seguinte, cumprindo o planejado com Denise, Max perguntou a Marlene se ela se importaria de levá-lo para conhecer a cidade. Com olhos brilhantes, a resposta positiva foi imediata. Renato olhou as filhas e balançou a cabeça. Ao longo daqueles dois anos, aproximara-se mais de Camila e apegara-se muito à jovem.

— Camila, estou me sentindo abandonado — declarou ele, baixinho, sorrindo.

— Não se queixe, pai. Prefiro ver a mãe de braço com o francês do que deitada no quarto escuro. Vai ser bom ela estar descansada e bem-disposta para a cirurgia. O estresse não faz bem. E, sem eles, esses últimos dias seriam mais difíceis. Que bom que ela vai passear! E Max é um amor, ele sabe muito bem o que e por que está indo passear com dona Marlene — retrucou Camila.

Rapidamente Marlene arrumou-se, apanhou a bolsa e as chaves do carro e informou que levaria Max para conhecer alguns recantos da cidade antes do almoço.

— Mãe, e se nos encontrássemos na praia para almoçar? — sugeriu Denise. — Aquela barraca em que a gente ia ainda funciona? Tinha um camarão na moranga delicioso. Max adora experiências gastronômicas.

— Claro, Denise! — respondeu Marlene. — Está combinado. Às 14 horas fica bem para todos?

Renato e Camila concordaram e Denise confirmou:

— Ótimo! Encontraremos vocês lá. Bom passeio!

Beijou Max e acariciou-lhe o rosto, sussurrando-lhe ao ouvido em francês:

— Obrigada, meu amor.

Ele respondeu descontraído e saiu com Marlene.

— Denise, seu namorado é milagroso — comentou Renato. — Desde que soubemos do câncer, eu não tinha mais visto a sua mãe sorrir. Ele é um antidepressivo de efeito rápido.

Denise sorriu e continuou a conversa, feliz por sua família ter aceitado Max e pelo bem que ele fazia com tanta naturalidade a sua mãe. A presença dele facilitava a convivência entre mãe e filha. Os dois anos em Paris e a conquista profissional não tinham merecido sequer uma palavra de Marlene.

O dia chegou ao fim. Denise e Camila tinham preparado a bolsa com roupas e objetos pessoais de Marlene. Contente, Denise constatou que a mãe tinha comprado, em versão impressa, alguns dos livros eletrônicos indicados por Berthe. Colocou-os na bolsa. Seriam ótimos companheiros no restabelecimento do pós-operatório.

— Que bom que ela leu! — falou Denise, mostrando um dos livros para Camila. — Boas ideias têm um poder curador simplesmente incrível!

— Eu sei. Não creio que bastará mudar de pensamento para curar um câncer como o da mãe, mas, com certeza, acredito que ajuda muito a vencer o que for necessário para curá-lo. E ela aceitou bem, foi muito dócil e receptiva à proposta dessas leituras. Aliás, excelentes, muito bem recomendadas. Quando eu for à França, quero muito conhecer a Berthe. Ela operou uma revolução em você. Eu notei, você está mais paciente, mais interessada nas pessoas, mais tolerante, e seu mundo se abriu. Você não fala mais só de música ou daquelas "esquisitices". Você está equilibrada. É maravilhoso! Não ouvi reclamações.

Denise sentiu corar as faces. Mas reconhecia que Camila estava apenas colocando em palavras o que ela sabia: fora uma criatura muito chata.

— É, sim, maninha. Berthe é uma grande amiga. Eu as apresentarei, fique tranquila. Ela gostará de você, tenho certeza. Charlotte também me dizia que eu tinha mudado. Graças a Deus, para melhor! Hoje não espero que ninguém me compreenda, tento entendê-los; não espero que tenham paciência, procuro ser paciente. Enfim, entendi que seja lá o que for que eu deseje, primeiro devo dar. Curei minhas carências afetivas aprendendo a amar.

— Que bom! É uma alegria vê-la feliz e senhora de si.

A cirurgia correu bem. E Max estava sendo o incentivo na dose exata para Marlene superar a fase de restabelecimento.

E foi superada. Logo iniciou o tratamento com quimioterapia. Nas fases mais críticas, Renato, Camila e Denise mantiveram-se ao lado de Marlene, zelando pelo seu restabelecimento.

Dora mostrou-se uma excelente amiga e contribuiu para a melhora de Marlene.

O mês que Denise e Max ficaram no Brasil passou rápido e, abraçados, no aeroporto, acenaram para a família da jovem. Max gritou em um português carregado de sotaque:

— Esperamos vocês em Paris!

Deram as costas, sorrindo, e atravessaram os portões do embarque internacional.

Distante dali, em Nancy, Berthe arrumava suas gavetas quando encontrou o maço de folhas escritas por Georgette. Passou os olhos sobre aquelas frases românticas, típicas de uma jovem camponesa cheia de ilusões e carências. Falavam de um amor infantil por alguém cujo caráter ela não tinha como avaliar de forma sadia.

— É passado! O presente e o futuro precisam de espaço. Ninguém mais precisa disso — falou e rasgou todas as folhas, colocando-as no lixo.

Rua Agostinho Gomes, 2.312 – SP
55 11 3577-3200

contato@vidaeconsciencia.com.br
www.vidaeconsciencia.com.br